LES MOTS

JOHN INMAN

LES MOTS

JOHN INMAN

Publié par
DREAMSPINNER PRESS

5032 Capital Circle SW, Suite 2, PMB# 279, Tallahassee, FL 32305-7886 USA
www.dreamspinnerpress.com

Les mots
Copyright de l'édition française © 2021 Dreamspinner Press.
Titre original : Words
© 2021 John Inman.
Première édition : juin 2018
Traduit de l'anglais par Sully Holt.

Illustration de la couverture :
© 2021 Aaron Anderson
aaronbydesign55@gmail.com.
Les éléments de la couverture ne sont utilisés qu'à des fins d'illustration et toute personne qui y est représentée est un modèle

Édition e-book en français : 978-1-64405-763-6
Édition imprimée en français : 978-1-64405-762-9
Première édition française : septembre 2021
v 1.0

Édité aux États-Unis d'Amérique.

PROLOGUE

et ostende incipit… que le spectacle commence.

À L'AUBE de ce dimanche matin, Washington Square Park était dans la neige jusqu'aux genoux. Situé dans le quartier sud de Manhattan, le parc était le lieu de rassemblement favori des habitants de Greenwich. Une haute tour de marbre s'élevait à l'une de ses extrémités, célébrant l'inauguration de George Washington en tant que Président des États-Unis en 1789, et les quatre hectares de terrain couverts d'arbres et d'herbe grasse étaient un atout très apprécié des New-Yorkais, quelle que soit la saison.

Calquée sur l'Arc de Triomphe de Paris, l'arche de Washington Square, grande et imposante, élevait ses vingt-deux mètres aux pieds de la Cinquième Avenue. Derrière elle s'étendait la fontaine du parc et son étang qui, à cet instant, étaient gelés et aussi durs que du marbre.

L'air était suffisamment froid pour tuer en quelques heures une personne exposée aux éléments et décourager jusqu'aux plus fervents joggers de s'aventurer à l'extérieur. À l'autre bout du spectre social, les petites habitudes quotidiennes et les refuges pour sans-abris étaient d'une affligeante banalité. La véritable élite était assise à l'abri, bien protégée au sommet des gratte-ciel environnants, sirotant du café kenyan dans des tasses en porcelaine de Chine comme des dieux intouchables, en jetant un œil à la ville pétrifiée à travers les fenêtres couvertes de givre situées cinquante étages plus hauts.

Les New-Yorkais sont braves et robustes pour la plupart, mais ce climat contrariait une grande majorité d'entre eux. Ce qui pouvait donner un indice sur la présence de la silhouette solitaire qui se tenait à l'angle nord-ouest du parc de Washington Square, à l'aube de ce mois de janvier glacé : cette personne n'était pas new-yorkaise.

Il est plus que probable que les gens ayant un meurtre en tête ne ressentent pas le froid comme les autres. Mais laissons ça aux experts.

L'inconnu qui se tenait dans la pénombre était grand et mince. Si quelqu'un avait pu jeter un œil sous l'écharpe serrée autour de son visage, il aurait peut-être découvert qu'il était beau. Ou pas. Des gants de laine

1

chaude protégeaient ses mains. Son corps était recouvert d'un long et lourd manteau qui descendait jusqu'à ses chevilles, un vêtement qui aurait pu paraître prétentieux sous n'importe quel autre climat que celui-ci. Ses cheveux étaient peut-être blonds ou sombres, roux ou gris, court ou long, c'était difficile à dire puisqu'ils étaient cachés sous une casquette de laine portée bas sur le front. Et ses oreilles étaient rentrées bien au chaud sous le couvre-chef. En vérité, le froid ne touchait que ses yeux. Ces derniers étaient bleu glacé, peut-être pour s'immuniser contre la rudesse de l'hiver.

Le vent souffla près du visage de l'inconnu qui se tenait debout sous l'un des plus grands arbres du parc, étudiant l'hôtel situé de l'autre côté de la rue.

L'arbre imposant était un orme d'Angleterre de plus de trois cents ans. Ses longues branches étaient dépourvues de feuilles à cause de la saison. En été, l'arbre déployait largement ses ramures, accueillant les passants pour leur faire partager son ombre fraîche. Dans les cercles historiques, il était connu comme étant l'Orme du Pendu. Il n'avait pas obtenu ce nom suite à un élan fantaisiste issu de l'imagination new-yorkaise, mais à cause d'une légende qui racontait que les traîtres de l'État étaient pendus à ses branches durant la Révolution américaine.

Étant lui-même une sorte de bourreau, ce n'était peut-être pas très approprié que notre inconnu se tienne sous les branches dénudées de l'Orme du Pendu en ce matin de janvier, tandis qu'il palpait les soixante centimètres de corde à linge dissimulés dans sa poche. Un garrot, appelait-on ça, et cet homme qui observait les alentours, connaissait son usage mieux que quiconque. À cet instant, c'était l'objet le plus précieux qu'il possédait.

Faisant glisser la longueur de corde étroite et veloutée entre ses doigts fins, l'inconnu l'enroula lentement autour de sa main gantée. La solidité de la corde qu'il dissimulait fut assurée, tandis que le geste nourrissait sa colère avant que ses traits ne s'adoucissent de nouveau. Un frisson presque sexuel lui traversa le corps alors que ses yeux, au-dessus de l'écharpe, se plissaient de désir ou de furie. Peut-être était-ce des deux.

Ce regard dur comme l'acier, ces yeux froids se figèrent de nouveau lorsqu'un taxi s'arrêta devant l'hôtel Washington Square situé à l'angle tout proche. Un homme et une femme en descendirent. Le chauffeur déverrouilla le coffre. D'un air malheureux, tel un employé surexploité, il ouvrit la portière conducteur et sortit pour extraire les bagages du couple. Il n'attendit pas un remerciement, mais lâcha presque les valises sur leurs pieds avant de bondir rapidement dans la chaleur du taxi. Tandis qu'il

2

s'éloignait lentement à une vitesse moyenne de dix kilomètres-heure, ses chaînes de pneu craquèrent sur l'asphalte, abandonnant derrière elles deux cicatrices irrégulières sur la neige immaculée.

Le couple agrippa ses bagages, leur souffle formant un nuage autour de leurs visages, avant de se précipiter vers les portes de l'hôtel pour échapper au froid.

L'inconnu sous l'arbre se mit à sourire. La patience était toujours récompensée.

Notant la présence de caméras de sécurité au-dessus de l'entrée de l'hôtel, la silhouette solitaire tira la casquette sur son front et resserra l'écharpe autour de son nez et de sa bouche, ne laissant une fois encore que ses yeux exposés.

Se déplaçant enfin pour la première fois depuis trente minutes, l'inconnu épousseta la neige de ses longues manches et s'éloigna de l'Orme du Pendu pour traverser la rue, marchant d'un pas lourd dans la poudreuse. Quelque part au loin, le son d'un chasse-neige s'éleva dans l'air glacé. Il commençait la tâche colossale qui consistait à nettoyer les rues de la ville. Bientôt, il atteindrait cette partie de Greenwich Village. Lorsque ce serait le cas, toutes les empreintes de pas seraient effacées. Derrière son écharpe, l'inconnu sourit de nouveau, heureux que ce soit une chose de moins pour laquelle s'inquiéter.

Afin de se débarrasser de la neige sur ses semelles et sur l'ourlet de son pantalon, la longue silhouette piétina devant les marches de l'hôtel, puis secoua les derniers flocons de son manteau avant de franchir sans hésiter les portes du bâtiment.

L'employé assis derrière le comptoir leva à peine les yeux sur l'homme si minutieusement protégé contre le froid, songeant seulement qu'il devait être l'un des clients de l'hôtel qui ne voulait pas mourir durant cette horrible matinée d'hiver. Le groom qui patientait nonchalamment près de la zone d'enregistrement des bagages avant de les déplacer à l'étage et, avec un peu d'espoir, soutirer un pourboire pour ses efforts, ne le remarqua pas non plus. Il frissonna quelque peu sous l'intrusion soudaine d'air froid qui balaya le hall lorsque les portes s'ouvrirent. Il tapa impatiemment du pied tandis que l'employé de l'accueil vérifiait les réservations du couple et leur tendait les brochures touristiques obligatoires, comme si n'importe quelle personne sensée allait avoir envie de visiter la ville au milieu d'un blizzard.

3

Le visiteur foula le sol du hall sans hésitation. S'inclinant dans le petit ascenseur pourvu de cuivres et d'un miroir intérieur – le seul ascenseur du bâtiment capable de transporter des gens – l'inconnu pressa un doigt ganté sur le bouton numéro 3 du panneau. Après un temps interminable, le vieil ascenseur s'éveilla en sursaut et commença à grimper. Pendant qu'il s'élevait, son passager se détendit, fredonnant un air tranquille sous son écharpe avec une voix d'une surprenante douceur. L'une de ses mains continuait à palper la corde à linge cachée dans la poche de son manteau d'hiver.

Au troisième étage, après avoir de nouveau attendu un temps infini que les portes se rouvrent, l'inconnu posa un pied dans le couloir tout en écoutant attentivement les sons de l'hôtel endormi. Les portes de l'ascenseur demeurèrent ouvertes. De cette manière, l'inconnu voyait que les nouveaux arrivants n'avaient pas encore été envoyés dans leur chambre. Elle serait probablement située au troisième étage. Il avait donc peu de raison de se hâter.

Le couloir était étroit et tournait dans toutes sortes de directions étranges. Enregistrant la configuration des lieux assez rapidement, la silhouette se mit à la recherche de la chambre numéro 311. Elle était située tout au bout du corridor, juste après les escaliers menant plus bas – dans le hall d'entrée, mais aussi vers la sortie de service qui s'ouvrait sur MacDougal Street. On ne pouvait pas pénétrer dans l'hôtel par cette issue, mais on pouvait facilement en sortir par là et se glisser dans les rues de la ville comme un souffle d'air s'échappant par une grille de métro.

Le visiteur vérifia que la porte menant aux escaliers n'était pas verrouillée. Une fois fait, il scanna le plafond du couloir, cherchant les caméras de sécurité qui étaient – croyez-le ou non – absentes. L'inconnu sourit largement et sans plus d'hésitation, marcha directement vers la chambre 311.

De l'autre côté de la porte, aucun son ne se fit entendre. Il n'y en avait pas non plus en provenance des autres pièces. Ni même de l'ascenseur situé plus bas dans le couloir. L'appareil se tenait simplement là, portes ouvertes comme une gueule béante attendant d'être nourrie.

En dehors du refrain doux qui s'échappait de ses lèvres dissimulées sous son écharpe, rien ne résonnait autour de l'inconnu. L'hôtel Washington Square était aussi calme que la mort.

Retirant le garrot de sa poche et l'agrippant fermement, le visiteur frappa doucement à la porte de la chambre 311. Aucune réponse. Seul le silence lui répondit quand l'inconnu se rapprocha pour presser son oreille sur le bois froid. Il frappa de nouveau.

Cette fois, un marmonnement s'éleva, puis un coup sourd, comme si la personne qui se tenait à l'intérieur farfouillait pour trouver une lampe à allumer sur sa table de nuit.

— Oui ? demanda une voix féminine un peu vaseuse. Qui est-ce ?

Pour la première fois, la mince silhouette écarta l'écharpe de sa bouche pour que sa voix basse puisse porter.

— C'est le personnel de l'hôtel, M'dame. J'ai bien peur qu'il y ait une légère urgence. Je suis navré d'interrompre votre sommeil.

Ça devrait suffire, songea le visiteur. Juste assez alarmant pour réveiller la dormeuse sans l'effrayer à mort ou la pousser à appeler le bureau de l'accueil pour découvrir ce qui se passait.

— Une minute, répondit la femme.

Sa voix fut suivie par le bruissement des draps, puis par le bruit de ses pieds foulant le tapis. La poignée fut secouée de l'intérieur et, un moment plus tard, la porte s'ouvrit légèrement. À travers l'ouverture, un regard ensommeillé apparut. De nouveau, la voix s'éleva :

— Oui ?

Un coup solide propulsé par l'épaule de l'intrus brisa la chaîne et la porte fut repoussée vers l'intérieur, frappant la femme en plein visage. Elle lâcha un cri de douleur, puis de terreur. Avant qu'elle puisse trouver la force de renouveler ses hurlements, l'homme fit irruption dans la pièce et repoussa rapidement le panneau pour le refermer, les barricadant à l'intérieur. La longue silhouette agrippa la femme au moment où elle pivotait pour s'enfuir, une main gantée lui recouvrant la bouche par-derrière pour la réduire au silence. Elle jeta un œil par-dessus son épaule, le regard non plus ensommeillé, mais écarquillé et débordant de panique à présent. Elle était clairement incapable de parler, incapable de comprendre réellement ce qui se passait. Eh bien, elle allait l'apprendre rapidement.

Vêtu seulement d'une chemise de nuit, son corps pâle portait sur lui l'odeur du sommeil et de la levure, ce qui dégoûta son assaillant. L'haleine de la femme était aigre de terreur. Elle marmonna quelque chose et tenta de le mordre à la main, ne récoltant qu'un tiraillement sec sur ses cheveux.

Ses genoux faillirent lâcher et l'intrus lutta pour la maintenir debout. Repérant un moyen plus commode pour atteindre son but, il la poussa en avant, l'obligeant à s'effondrer sur le lit en se tenant au-dessus d'elle tandis qu'elle s'affalait.

5

Même avec une main couvrant sa bouche, la femme se tordit le cou et tenta de hurler. Un coup de poing au visage la réduisit au silence.

Utilisant le poids de son corps pour la maintenir en place, l'attaquant passa la corde à linge autour de sa gorge et serra de toutes ses forces, lui coupant la respiration.

Ses yeux s'arrondirent d'effroi et des larmes gouttèrent sur le lit.

Le garrot se resserra. L'odeur de la peur augmenta et devint acide. La puanteur de l'urine envahit la pièce, ce qui révulsa encore plus l'intrus.

Alors que le visage écarlate de la victime se mettait à gonfler et que sa langue glissait entre ses lèvres, noircissant déjà à cause du manque d'oxygène, l'ombre d'un visage pressa sa bouche contre son oreille et lui offrit les dernières paroles qu'elle allait entendre.

— Ta plume n'est que poison, chuchota son agresseur. Tes mots sont des immondices.

La femme essaya de se tourner, elle tenta de voir le visage de celui qui était en train de la tuer, se débattant pour comprendre ce que ses mots signifiaient, pourquoi cette personne faisait cela, ce qu'elle-même avait pu faire pour mériter une telle haine, une telle fureur.

— Non, réussit-elle à bredouiller. Pitié.

Mais l'inconnu qui se tenait au-dessus d'elle se contenta de resserrer la corde et lui sourit avec ses yeux bleus glacés aussi froids que l'hiver qui régnait à l'extérieur.

De nouveau, il se pencha pour murmurer à son oreille. Ses lèvres effleurèrent sa peau tendre, comme le baiser d'un amant, tandis que le garrot s'enfonçait davantage dans sa gorge, déchirant son larynx, brisant l'os hyoïde et emportant son existence.

— Ta plume n'est que poison, répéta la voix étouffée, et avant que les mots ne soient totalement prononcés, la vie avait quitté les yeux de la femme.

À présent, son regard vide fixait les flocons de neige qui touchaient les vitres de l'hôtel et le ciel qui s'éclaircissait peu à peu à l'est, apportant la promesse d'une aube que la victime ne verrait jamais.

Son agresseur garda la corde serrée autour de sa gorge durant trente secondes de plus avant de se lever du lit pour l'observer. Sa chemise de nuit était tachée là où elle s'était oubliée dans ses derniers instants. Son immobilité, songea le tueur, était une grande satisfaction par rapport aux sons qu'elle émettait lorsqu'elle était vivante.

La silhouette fit une pause dans l'embrasure de la porte avant de se glisser à l'extérieur. La chambre était à présent silencieuse. La terreur qui planait à l'intérieur diminuait, s'évaporant comme la vapeur au-dessus d'une boisson chaude oubliée. Mais le tueur pouvait toujours saisir la peur qui avait envahi les lieux quelques instants auparavant. Et en la sentant, il se sentit heureux.

— Salope répugnante, murmura-t-il.

Cinq secondes plus tard, des pas silencieux foulèrent les escaliers de service, descendant rapidement les trois étages à travers le vieux bâtiment, tel un souffle de fumée enfin emporté vers la sortie et MacDougal Street.

Seul piéton présent dans les rues, la mince silhouette se dirigea vers le sud de la ville, baissant la tête sous les auvents là où la neige était peu profonde. À deux pas de l'hôtel, le garrot disparut dans une bouche d'égout. Sachant à quel point la police pouvait se montrer obsédée par les preuves – fibres, peluches, cheveux – les gants, le manteau et la casquette suivirent le même destin dans une poubelle à l'angle de la Cinquième et de la Douzième Avenue, là où ils ne seraient probablement jamais retrouvés. Quant à l'écharpe, toujours serrée douillettement autour du visage du tueur, il la conserva. Après tout, c'était sa préférée.

Frissonnant à présent, la silhouette se pressa le long des rues glacées, poumons et yeux brûlants de froid.

Au bout d'un moment, quand l'aube se leva et que le jour commença à s'illuminer, la glace froide et immaculée fit de même. Notre tueur en fuite s'activa le long des rues vides, luttant à travers le vent hostile. Claquant des dents, il se hâta tandis que les flocons de neige piquants mouchetaient l'écharpe serrée sous son regard humide et débordant de joie.

Le monde était plus pur maintenant. Moins sale. Un peu plus agréable.

Se recroquevillant contre le froid, la silhouette vola à travers les ombres, souriant dans les rafales glacées.

Il ne manquait que quelques étapes pour qu'il devienne encore meilleur.

I

MILO COOK avait pris place derrière la longue table en bois à l'intérieur de la librairie Andiron située à Coronado, en Californie. Il espérait intercepter chaque acheteur qui flânerait jusqu'ici. Le problème, c'est que personne ne se baladait à cet instant.

Il est vrai que Coronado, Californie, était une ville militaire, mais c'était également un haut lieu touristique connu pour ses plages immaculées. Située de l'autre côté de la baie de San Diego, dos à l'océan, Coronado se tenait sur une île rattachée au continent par un tombolo [1] connu sous le nom de Brin d'Argent. En dépit de sa beauté, Milo commençait à se dire que la ville n'était peuplée que d'illettrés. Est-ce que personne ne lisait dans cette ville ? Les habitants n'avaient-ils pas envie de découvrir une bonne histoire qui les arracherait de leur quotidien monotone ? Ils engloutissaient des tonnes de crèmes glacées dans la boutique située au bas de la rue. Est-ce que l'un d'eux ne souhaitait pas quelque chose d'un peu plus cérébral et d'un peu moins calorique ? Comme de la fiction, pour l'amour du Ciel ?

C'était le job de Milo. Les histoires. Les fictions. Et si personne n'avait envie de lire de telles choses, il risquait en un rien de temps de finir sa vie dans une boîte en carton derrière une benne à ordures. Ce n'était une perspective plaisante pour personne. Milo appréciait son confort. On pouvait dire qu'il aimait avoir un toit au-dessus de sa tête et de la nourriture sur sa table. Sans parler d'un sac de Dog Chow occasionnel pour son bâtard Spanky, qui était sans aucun doute assis à cet instant précis dans sa maison de San Diego, occupé à se tourner les pouces (sachant qu'il n'en avait pas) en attendant que sa journée solitaire et triste se termine, exactement comme son maître.

La table en chêne éraflé derrière laquelle Milo était assis (sur une chaise qui semblait faite de granite et grinçait de façon alarmante chaque fois qu'il bougeait) supportait une pile d'exemplaires de son dernier roman. Près des livres se tenait une affiche avec la photo et le nom de Milo ainsi que quelques extraits disséminés ici et là d'articles flatteurs récoltés par son

---

1 *Cordon littoral de sédiments reliant une île à un continent. (Source : Wikipedia)*

livre. Pour les écrivains, il n'était plus question de modestie lorsqu'il fallait imposer leur manuscrit à un public crédule et, par là même, augmenter leurs ventes. Au cours d'une période de fantaisie morbide, Milo avait réalisé que les auteurs travaillaient sur le même principe que les serials killers. Plus on comptait de corps, plus on devenait connu. Après tout, il y avait peu de lecteurs éparpillés sur la planète alors qu'il y avait des écrivains absolument partout, agitant la copie de leur dernier chef-d'œuvre sous le nez de chaque lecteur qu'ils rencontraient.

Une femme quitta la rue pour s'aventurer à l'intérieur de la librairie et Milo plissa aussitôt les lèvres pour offrir son sourire breveté – accueillant, humble et sage. Le regard de la femme glissa au-dessus de lui comme s'il n'était qu'un énième parcmètre, un extincteur ou n'importe quel autre objet inanimé, et fouilla l'intérieur du magasin. *Une lectrice clairvoyante ? Peut-être à la recherche du dernier Grisham, Brown ou – s'il vous plaît, mon Dieu ! – Cook ?* Sa question silencieuse obtint immédiatement une réponse quand la femme s'écria :

— Ah !

Et qu'elle s'engouffra vers les toilettes situées au fond du magasin.

Milo conserva son sourire jusqu'à ce qu'elle revienne quelques minutes plus tard. Une nouvelle fois, ses yeux glissèrent sur lui comme s'il n'existait pas tandis qu'elle se dirigeait vers la sortie. Elle avait l'air considérablement soulagée d'avoir trouvé des toilettes publiques. Milo fut heureux pour elle. Il fut surtout aux anges lorsqu'il vit qu'elle traînait un mètre de papier toilette derrière elle, coincé sous sa chaussure.

Il fouilla dans la poche de sa veste de sport, en sortit un chewing-gum aux fruits et déballa tranquillement son emballage avant de le fourrer dans sa bouche. Puis il reprit sa place pour attendre, évitant les yeux de la vendeuse qui ne cessait de jeter de fréquents coups d'œil vers lui – peut-être éprouvait-elle de la pitié pour ce pauvre écrivain qui n'avait obtenu rien d'autre que des miettes ; ou alors était-ce de l'ennui en voyant qu'il occupait autant d'espace pour rien ? Milo n'était pas très sûr, au final.

Il y avait pas mal d'autres choses plus excitantes à faire pour un auteur, songea Milo, que d'être coincé dans une librairie, s'offrant au peuple pour le faire baver d'admiration et gagner une chance d'acheter l'un de ses livres ou obtenir un autographe gratuit.

Cependant, il y avait aussi tout un tas d'autres choses plus humiliantes que ça. Le peuple décidait parfois qu'il avait d'autres chats à fouetter et se

9

montrait incapable de reconnaître un bon livre – ou un auteur mondialement connu – même si ce dernier lui bondissait dessus et lui mordait les fesses.

Milo Cook écrivait depuis des années alors qu'il n'avait que vingt-huit ans. Son premier livre s'était bien vendu. Son second avait légèrement mieux marché. Les ventes de son troisième avaient considérablement dépassé celles des deux premiers. Il était encore trop tôt pour évaluer le résultat de ses récents efforts, cependant les chroniqueurs s'étaient montrés emballés. Pas follement enthousiastes, mais emballés. Et Milo en était satisfait. Rien ne pouvait faire plus de mal à un écrivain qu'une mauvaise critique. Et dans certains cas, au sens littéral. Milo connaissait une pauvre âme qui avait bu une bouteille de Destop [2] après avoir reçu un avis particulièrement cruel ce qui, même aux yeux de Milo, menait la sensibilité artistique un peu loin.

Il jeta un œil sur sa montre. Il était assis à cette table depuis plus de trois heures et, durant cette période, il n'avait signé que deux livres. D'ailleurs, ces livres avaient été achetés ailleurs et à bien y regarder, pas si récemment que ça. En fait, les deux bouquins avaient probablement été balancés dans le coffre d'une voiture, oubliés, jamais lu, jusqu'à ce que les propriétaires tombent sur un panneau évoquant la présence de Milo Cook dans le secteur, venu pour signer des autographes, et qu'ils se soient dit : « Eh bien ! Pourquoi pas ? Nous n'avons rien de mieux à faire. Nous pourrions tout aussi bien obtenir une dédicace du scribouilleur pendant que nous sommes ici. Peut-être que ça augmentera la valeur du bouquin sur eBay. »

Milo avala un autre chewing-gum pour faire grossir le premier. Le puissant parfum de fruits flotta autour de sa tête comme une émanation néfaste. Il tambourina sous la table avec ses orteils, improvisant une petite danse façon claquettes pour tuer le temps – en restant discret, bien sûr, pour ne pas passer pour un dingue. À travers la vitrine de la librairie, il jeta un œil aux passants qui profitaient de ce splendide après-midi californien. Aucun d'eux ne regarda dans sa direction ou n'eut une vague idée de son existence. Au bout d'un moment, il poussa un profond soupir et se releva pour attraper un livre sur une étagère, de l'autre côté de l'allée. Il ne cessait de fixer ce livre depuis deux heures. Le ramenant vers l'accueil, il le déposa sur le comptoir avec sa carte de crédit. La vendeuse essaya de ne pas sourire tandis qu'elle enregistrait l'achat, mais ce fut sans succès.

---

2 *Marque de produits de nettoyage pour canalisations.*

Finalement, son sens de l'humour la poussa à s'exprimer. Tout en faisant glisser l'article dans un sac de la librairie, elle lâcha d'un ton aimable et avec une infinie pitié avant de lui rendre sa carte :

— Je pense que vous n'avez pas bien compris le principe. Les gens sont supposés *vous* acheter des livres, ce n'est pas vous qui devriez leur acheter les *leurs*.

— Très drôle, répondit Milo avec une grimace avant de retourner à sa table solitaire placée près de la porte d'entrée pour poursuivre son expérience d'humiliation abjecte.

Il se rassit derrière le plateau en chêne qu'il était rapidement en train de haïr et laissa son regard errer une nouvelle fois à travers les fenêtres de la librairie. Il y avait une imprimerie située de l'autre côté de la rue. Peut-être aurait-il assez de temps pour y faire un saut et y imprimer une bannière de trois mètres. Une bannière qu'il pourrait étaler sur la devanture de la boutique et qui dirait, si c'était possible : « Très bien, alors ! N'entrez surtout pas ici pour y rencontrer l'auteur ! » Serait-ce trop mesquin ? Il ricana et se colla un troisième chewing-gum aux fruits dans la bouche.

Étrangement, ce fut à ce moment-là que les choses commencèrent à s'améliorer.

Une ombre tomba sur la porte d'entrée de la librairie. La clochette située au-dessus se mit à tinter joyeusement, signalant la présence d'un être vivant dans les locaux. Milo leva les yeux et aperçut un homme magnifique, sensiblement du même âge que lui, qui clignait des yeux pour chasser l'éblouissement de la lumière et se focalisa immédiatement sur l'écrivain malchanceux assis tout seul derrière sa table en bois plutôt kitsch.

Comme c'était lui l'écrivain malchanceux, Milo se redressa un peu, fit jouer son sourire breveté, et regretta aussitôt d'avoir un paquet de chewing-gum aux fruits dans la bouche, suffisamment gros pour étouffer un hippopotame.

Étant amateur d'hommes grands – c'était le moins qu'on puisse dire – Milo se tint là, sans voix, avec une certaine admiration pour le type lorsqu'il baissa la tête afin de franchir le seuil du magasin. Il avait sûrement dû se cogner le front une paire de fois en passant les seuils des portes, et il n'avait pas envie de recommencer. C'était terriblement sexy. Une fois à l'intérieur, l'homme leva la main et repoussa ses cheveux sombres et épais de ses yeux. Ses mèches étaient de la couleur des châtaignes dans l'éclat du soleil et bouclaient autour de ses oreilles. Elles étaient suffisamment longues à l'arrière de son cou pour être perpétuellement agitées par le

11

mouvement de son col. Son visage était fin, mais chaleureux, avec une barbe naissante très sexy qui assombrissait ses joues. Il le trouva vraiment beau. Il arborait un sourire généreux qui produisait une sensation familière, comme si c'était quelque chose de constant chez lui. Ses yeux étaient noisette, ses lèvres étaient pleines et expressives et son corps svelte. Il portait une tenue de tennis – un polo blanc, un short blanc, des tennis blanches et des chaussettes – et tout ce blanc faisait ressortir la peau tannée de ses bras et de ses jambes, ainsi qu'un petit morceau de sa poitrine bronzée à la base de sa gorge. Il portait aussi un bracelet Pride à son poignet gauche, une simple corde tressée de fils multicolores.

Pour dire les choses en toute simplicité, ce type était un très beau spécimen de mâle et, à en juger par son bracelet, il était également gay. Étant lui-même gay et célibataire, et quelque peu excité aussi, ayant toujours été attiré par les longues jambes poilues et bronzées ainsi que les hommes auxquelles elles étaient attachées, Milo se montra instantanément fasciné.

Le regard de l'inconnu fit le tour du magasin avant de se poser de nouveau sur le visage de Milo. À cet instant, ses lèvres expressives s'écartèrent largement dans un sourire qui révéla une dentition d'un blanc immaculé. L'homme fit glisser ses mains sur le devant de sa chemise, lissant le tissu comme s'il essayait d'être le plus présentable possible – même si l'inverse avait peu de chance de se produire avec le look qu'il avait – et ce fut ce simple manque de confiance en lui qui retint réellement l'intérêt de Milo. Comme si les regards de star de ciné n'y étaient pas encore parvenus.

Ses longues jambes magnifiques le portèrent directement jusqu'à sa table, et le cou de Milo craqua quand ses yeux parcoururent sa haute silhouette avant de lui retourner son sourire.

Tentant de ne pas s'étouffer avec son chewing-gum, il lui demanda :

Un mètre quatre-vingt-quinze ?

Et le regretta aussitôt.

Bon sang. Pourquoi je me mets toujours à jacasser avant de faire fonctionner mon cortex cérébral ?

C'était une question qu'il s'était posée de nombreuses fois. Tout spécialement lorsqu'il se trouvait en présence de mecs sexy, et ce type pouvait sans aucun doute être qualifié de la sorte.

Le type sexy en question se mit à rougir, mais ne sembla pas offensé par la question.

— Un mètre quatre-vingt-dix-huit, en vérité. Peut-être un peu plus.

— Eh bien ! Vous les portez bien. Je vois que vous êtes également fan de tennis.

— Oui. Pas vous ?

— Je regarde le tennis masculin à la télévision.

Uniquement pour les jambes des hommes.

Il garda cette dernière pensée pour lui. Milo n'était pas totalement idiot.

Le rougissement de l'homme s'accentua. Tout en le contemplant, il fit glisser un doigt sur l'un des exemplaires du dernier livre de Milo qui trônait sur la table devant lui. S'arrachant à sa vision, il souleva le livre pour observer sa couverture. Il la retourna et fixa la photo de Milo à l'arrière, puis ses yeux s'en détournèrent pour se braquer de nouveau sur ses traits bien *vivants* qui, il en était convaincu, étaient loin d'avoir été photoshoppés à l'extrême.

— Je vais le prendre, dit l'homme.

— Vous voulez dire le livre ?

— Oui, le livre.

Milo fut étrangement ravi. Il n'était pas certain de savoir pourquoi. Qu'on le croie ou non, il avait déjà vendu des bouquins avant, bien qu'à la vague de gratitude qui s'infiltra instantanément en lui, on put en douter.

— Fantastique, dit-il au milieu de la boule de chewing-gum aux fruits. Voulez-vous que je vous le dédicace ?

— S'il vous plaît, répondit l'homme en lui tendant consciencieusement le livre.

Pendant que Milo notait « Quelqu'un pour un tennis ? » sur la page de garde du livre, avant de signer au-dessous de façon extravagante comme un trou du cul pompeux, l'homme tendit la main par-dessus la table et tapota l'affiche que Milo avait placée là et qui montrait des extraits de ses meilleures critiques.

— C'est moi, dit-il. BookHunter – le Chasseur de livre. C'est tiré de ma propre critique dans le Huffington Post.

Milo s'arrêta aussitôt d'écrire et fixa ce que l'homme était en train de pointer. Puis il releva les yeux sur le visage du type. Il tenta de déplacer la boule de gomme pour qu'elle n'interfère pas avec ce qu'il s'apprêtait à dire, car c'était important.

— Vous êtes BookHunter.com ? demanda-t-il. Le critique ?

Le beau gosse haussa les épaules.

— En chair et en os.

Milo observa le livre qu'il venait juste de signer.

— Alors vous devez déjà posséder un exemplaire de ce livre. Pourquoi voudriez-vous en avoir un autre ? Et au passage, je suis honoré de faire votre connaissance. Vraiment.

Il recula son siège grinçant et se releva, tendant la main par-dessus la table. Tandis qu'ils se saluaient, Milo ne put s'empêcher de noter que sa main moulait parfaitement bien la sienne.

— Je suis un peu perdu, dit-il en se dégageant à contrecœur. Vous connaissez mon nom, mais j'ignore le vôtre.

L'homme battit des paupières.

— Je suis Logan Hunter, dit-il alors que ses oreilles s'embrasaient autant que ses joues.

Une nouvelle fois, il tapota l'affiche.

— Bookhunter.com, comme je vous le disais. J'ai fondé ce site de chroniques il y a quelques années.

— Et vous avez chroniqué mon livre.

De nouveau, le rougissement s'amplifia.

— C'est exact. J'adore votre style.

Milo cligna des yeux. Le complimenter sur son style le frappait toujours en plein cœur.

— Merci, heu…

— Appelez-moi, Logan.

— Logan.

Il s'étrangla quand la boule de chewing-gum tenta de glisser au fond de sa gorge.

Le sourire de Logan Hunter passa de timide à taquin en un battement de cœur.

— Vous devriez recracher ça avant de vous étouffer.

Milo acquiesça tandis que ses yeux se remplissaient de larmes. Il jeta un œil autour de lui pour trouver un endroit où déposer le chewing-gum. Nulle part il n'y avait de poubelle en vue.

Logan sortit un morceau de papier de sa poche arrière.

— Tenez. Prenez ça.

— Oh, non, je ne pourrai pas. C'est sûrement important.

Logan l'agita sous son nez.

— C'est juste une note que j'ai écrite pour moi avant de m'arrêter ici pour vous parler. Maintenant que je suis là, je n'en ai plus besoin. Prenez-la.

Milo le fit. Avec la gigantesque boule de gomme en moins dans la bouche, parler devint bien plus facile. Pendant qu'il plaçait la boule de papier sur le côté, sans être tout à fait sûr de ce qu'il devait en faire, Logan lui prit le livre des mains et commença à lire ce qu'il avait gribouillé. Son sourire lui fit comprendre que la dédicace était bonne.

— Pourquoi achetez-vous ce livre si vous le possédez déjà ? répéta Milo.

— Je ne possédais que l'ebook, et c'était un service de presse de votre éditeur, dit Logan. Les services de presse numériques sont très bien pour chroniquer les livres, mais pour les histoires que j'aime, je préfère me procurer le format papier pour le garder sur mes étagères.

Surpris, Milo battit de nouveau des paupières.

— Je vous comprends. Je le fais aussi, en fait.

Son regard glissa vers le livre dans la main de Logan. Il détestait demander ça, mais il ne put s'en empêcher.

— Alors, vous l'avez vraiment aimé ?

Les doux yeux de Logan se posèrent sur Milo comme une couverture chaude.

— Avez-vous lu mon article entièrement ?

— O-Oui.

— Alors vous savez que je l'ai adoré. J'ai aimé tous vos livres. Je les ai tous chroniqués aussi, vous savez.

— Oui. Je le sais. Et merci encore.

Cette fois, quand Logan haussa les épaules, c'était presque de l'autodérision.

— Chroniquer les livres, c'est ce que je fais. Vous n'avez pas à me remercier. C'est mon boulot.

Un silence assez confortable s'installa entre eux. Milo se rassit sur sa chaise. Il se sentit quelque peu coupable qu'il n'y ait pas un autre siège pour Logan. Pourtant, ça lui permit d'avoir le visage au niveau de son entrejambe. Il pouvait difficilement s'en plaindre.

Seigneur, je suis un véritable obsédé.

— Que diriez-vous d'aller manger un morceau ? demanda Logan en lui souriant. Dans un endroit décontracté. Je ne suis pas vraiment habillé pour le Ritz.

— C'est vrai ? Vous voulez m'emmener dîner ?

— Si vous voulez appeler ça un dîner, oui. Il vous arrive de manger, n'est-ce pas ?

— Eh bien, oui.

15

— Alors, quel est le problème ?

Les yeux de Milo tombèrent sur le bracelet Pride autour du poignet de Logan.

Ce dernier intercepta son regard et sourit.

— Ne laissez pas votre imagination d'auteur prendre le dessus. Ceci n'est pas un rendez-vous. On va juste manger un morceau.

— Non, je… Je sais…

— Si vous êtes partant pour un peu d'interaction sociale, vous pourrez parler de vos livres. Je n'ai jamais rencontré un auteur prêt à refuser ce genre d'invitation.

— Et c'est bien le cas aujourd'hui, répliqua Milo en les faisant rire tous les deux. Mais devriez-vous vraiment me demander de dîner avec vous ? Comment être sûr que je ne suis pas déjà dans une relation ?

Les fossettes de Logan se creusèrent.

— En premier lieu, je vous demande de manger avec moi, pas de faire l'amour. Et en second, si je me fie à votre bio, vous vivez avec un chien nommé Spanky. Si vous aviez quelqu'un de particulier chez vous, quelqu'un d'humain, vous en auriez déjà parlé.

— Oh.

Milo déglutit discrètement. Il était surpris par le côté sexy avec lequel l'homme avait prononcé les mots « faire l'amour ». Ça mit réellement un coup de fouet à son imagination d'écrivain. À grand renfort de cloches, de sifflements et tout le toutim. Miam.

Totalement inconscient des étranges pensées qui rampaient dans la tête de Milo – merci, mon Dieu ! – Logan jeta un œil autour de lui à la recherche de la vendeuse.

— Je vais payer le livre, peut-être pourrons-nous partir ensuite. Il est presque dix-sept heures et j'imagine que vous devez vous ennuyer depuis un moment. Je n'ai pas l'impression que beaucoup de lecteurs ont fait la queue pour venir se délecter de votre succès.

Milo lâcha un petit rire. Alors que ce dernier s'estompait, il réalisa qu'il n'était pas très joyeux.

— Non, vous êtes ma première vente.

— Dans ce cas-là, j'en achèterai deux.

Il attrapa un autre livre, l'ouvrit à la page de garde avant de le faire glisser vers Milo pour qu'il le lui dédicace.

— Dites quelque chose sur la littérature en général. Ce sera le cadeau de Noël de ma mère.

Milo fit comme demandé, gribouillant « Bonne lecture ! » au-dessus de sa signature.

Logan y jeta un œil et plaça le livre sous son bras auprès du premier.

— Bien. Je vais payer pour ça pendant que vous remballez. Est-ce que ça vous convient ?

Sans même une once de timidité, Milo répondit :

— C'est la meilleure offre que j'ai reçue de toute la journée. Donnez-moi deux minutes.

Il regarda Logan Hunter, alias BookHunter.com, alias beau gosse extraordinaire, alias le fils adoré de sa chère vieille maman (n'était-ce pas adorable ?) emprunter l'allée en direction de la caisse enregistreuse au fond du magasin. Dès que Milo put s'arracher à la vue des longues jambes velues sur lesquelles Logan s'éloignait, il commença à rassembler ses affaires.

Il ne tenta même pas de cacher son sourire tandis qu'il remettait n'importe comment les livres invendus au fond des cartons dans lesquels ils étaient arrivés. En deux minutes chrono, il eut tout empaqueté et fut prêt à partir.

— Je n'ai jamais croisé beaucoup de critiques, dit Milo.

Logan sourit.

— Je suis convaincu que tu n'as rien perdu. Nous sommes un bon paquet de grogneurs.

Milo leva les yeux au ciel d'un air moqueur.

— Je n'y crois pas.

Logan fronça les sourcils puis, aussitôt derrière, retrouva son sourire.

— Moi non plus. La plupart des chroniqueurs que je connais sont des gens super. Ils aiment ce qu'ils font.

Milo lui sourit en retour.

— Je n'en doute pas une seconde.

Alors qu'il approuvait ses paroles, Logan sentit pourtant une légère réticence dans la manière dont les mots furent prononcés. Il savait parfaitement que certains critiques pouvaient être blessants. À en juger par l'expression méfiante sur le visage de Milo, il avait dû en être la cible une fois ou deux. Logan fut reconnaissant de le voir chasser sa tristesse d'un sourire. Il suspectait, quoiqu'il ne le connaisse que depuis quelques minutes, que la bonne humeur et un optimisme flagrant faisaient partie de son caractère. C'était un changement agréable. La plupart des auteurs que Logan côtoyait n'étaient pas seulement inaptes socialement, mais aussi agréables qu'une rage de dents.

Avec l'aide de Logan, Milo avait jeté son attirail de dédicaces et deux cartons de livres invendus dans sa voiture située au bas de la rue. À présent, ils attendaient leur commande dans un restaurant de hamburgers à deux rues de la librairie où Milo venait juste d'endurer le pire après-midi de sa vie – comme il en informa Logan avant de commander le plus gros hamburger du menu.

Logan lui lança un sourire par-dessus la table. Il devait admettre qu'il était intrigué par l'écrivain assis en face de lui. Et pas seulement à cause de ses livres.

Ce qui le surprit bien plus que tout ce qui avait pu lui arriver depuis un moment.

Milo Cook mesurait peut-être un mètre soixante-dix-huit, une bonne tête de moins que lui. Ses mains étaient expressives, son sourire vif et ses yeux aussi verts que les jeunes feuilles qui pointaient sur les branches des arbres. Et ces adorables yeux le fixaient de sous les plus longs cils que Logan avait jamais vus. Ses cheveux indisciplinés étaient roux, mêlés de blond. Les mèches plus claires étaient dues au soleil et pas aux recettes magiques d'un quelconque coiffeur. C'était évident. Même son hâle était plus prononcé que celui de Logan, et s'il n'avait pas l'air aussi musclé que lui, il possédait la silhouette svelte et gracieuse d'un coureur ou, peut-être, d'un nageur.

Tandis qu'ils attendaient leur repas, Logan l'étudia en essayant de ne pas en avoir l'air.

— Tu dois souvent vivre à l'extérieur. Est-ce que tu cours ?

— Je surfe, je nage, je suis un vrai dingue de la plage, dit Milo. Enfin, quand je ne suis pas collé à mon ordinateur, assis dans ma caverne d'écrivain, à tenter d'assembler des mots pour pouvoir gagner assez d'argent dans le but d'acheter de la nourriture pour chien, c'est sûr.

— Ah oui. Pour le susmentionné Spanky.

— Exactement.

Logan s'appuya contre le dossier de son siège. Ses jambes étaient tellement longues qu'elles heurtèrent celles de Milo sous la table.

— Oups. Désolé.

— Aucun problème, le rassura Milo en déplaçant ses propres jambes pour lui faire de la place.

Le silence retomba entre eux et soudain, Logan se sentit mal à l'aise. Enfin, pas vraiment mal à l'aise, juste *anxieux*. Peut-être même un peu coupable. Ça faisait longtemps qu'il ne s'était pas intéressé à un autre homme. Et certainement plus longtemps encore qu'il n'avait pas demandé à quelqu'un de partager un repas avec lui.

Après avoir joué avec le sel pendant une minute, puis jeté un nouveau coup d'œil au menu fixé sur le petit panneau à sandwiches de la table – il ne savait pas vraiment où poser les yeux –, il s'éclaircit la gorge et interrogea :

— Qu'est-ce qui t'a donné envie de devenir écrivain ?

— Est-ce une interview ? questionna Milo.

— Non, juste du bavardage. Tu travailles sur quelque chose de nouveau ?

Milo grogna.

— On dirait bien une interview, pourtant. Et si tu veux vraiment le savoir, je travaille toujours sur quelque chose de nouveau.

— Bien. Tu es bien trop talentueux pour ne pas écrire.

Logan put constater que ses mots le touchèrent. Un éclat de satisfaction illumina les yeux de Milo, mais avant qu'il puisse dire « Merci » ou exprimer l'une des centaines autres mondanités que les gens disent quand ils reçoivent un compliment inattendu, Logan reprit la conversation.

— Alors, réponds à ma question. Qu'est-ce qui t'a donné envie de devenir écrivain ?

Milo sourit. C'était un sourire plus franc, cette fois, songea Logan. Moins timide, constata-t-il avec joie. Il était toujours fasciné de voir à quel point un compliment sincère pouvait toucher les gens.

— Je suppose que tu veux la vraie réponse, soupira Milo, une mèche de cheveux roux retombant devant ses yeux avant d'être impatiemment repoussée dans la masse de boucles qui couronnait sa tête.

Logan lui retourna son sourire pour l'encourager.

— Bien sûr.

Milo déplaça ses couverts, puis fit tourner la bague à son doigt. Logan remarqua qu'elle représentait un chiffre en or et en onyx. Très élégant. Simple et masculin. Pour une raison qu'il ignora, Logan fourra ses mains sous la table pour cacher son propre anneau d'argent. Il ne chercha pas à analyser les raisons de ce geste. À la place, il regarda Milo dont le regard s'attarda vers la fenêtre du restaurant. Quand ses yeux se posèrent de nouveau sur lui, il parut résigné.

Tout en parlant, il joua avec sa fourchette.

— Eh bien, en toute honnêteté, je vais t'épargner les foutaises sur l'artiste qui souffre depuis trop longtemps parce qu'il veut laisser sa marque dans un monde impitoyable ; je vais éviter le fait que je me débats pour écrire des histoires qui dureront dans le temps ; je préfère taire la manière dont mes livres sont ma seule progéniture ; sans parler de mon homosexualité et de tout le reste. Je te dirai juste la vérité. Et la vérité c'est… que j'ignore pourquoi j'écris. C'est simplement quelque chose que j'ai toujours fait. Quelque chose que j'ai toujours adoré. Ça a été mon exutoire depuis le lycée. C'est un truc dur à accomplir, mais je ne peux pas imaginer ma vie sans ça.

Il fit une pause, un peu embarrassé, comme s'il en avait trop dit. Puis il se pencha, plongeant ses yeux dans ceux de Logan.

— À mon tour. Qu'est-ce qui t'a donné envie de devenir critique littéraire ?

Logan se mit à rire.

— Oh, crois-moi, je préférerais être écrivain plutôt que critique, mais je n'ai ni le talent ni la patience pour imaginer des choses créatives. Pourtant, j'adore les livres. Devenir chroniqueur est ma façon à moi de rester près d'eux, j'imagine.

Il étudia Milo avec une lueur admirative dans le regard.

— De tous les écrivains avec lesquels j'ai parlé ces deux dernières années, tu es le premier à me demander pourquoi je fais ce métier.

— Je suis un curieux.

— Non. Je pense que c'est autre chose.

— Eh bien, peu importe ce que c'est, je suis heureux que nos deux destins se soient croisés. Sans toi, je n'aurais fait aucune vente aujourd'hui, et je serais sûrement assis chez moi, occupé à manger un sandwich à la bolognaise.

Logan se mit à bouder comme un enfant de trois ans – du moins le prétendit-il.

— Et moi qui pensais que tu m'admirais pour mes talents de chroniqueur. Maintenant, je sais que c'est uniquement ma carte de crédit qui t'intéresse.

Milo rit.

— Le short de tennis a beaucoup joué, lui aussi.

Au grand amusement de Logan, Milo parut aussitôt choqué par ce qu'il venait de dire. Ses oreilles s'embrasèrent et sa bouche forma un O horrifié. Il sembla si consterné que Logan faillit exploser de rire.

— Je suis désolé, s'excusa-t-il. Je ne sais pas ce qui m'a pris.

Logan tendit la main par-dessus la table et lui tapota la main, tout en essayant de ne pas rire.

— Ne sois pas si gêné. Je te pardonne. Fais-moi confiance, c'est bon de savoir que je peux encore faire tourner les têtes.

Il baissa les yeux sur sa main. La sensation de la peau de Milo sous ses doigts était quelque chose qu'il n'avait pas anticipé. C'était… *électrique*. Il retira sa main.

— Oui, eh bien…, balbutia-t-il, s'agitant pour trouver quelque chose à dire avant de repérer la serveuse qui se dirigeait vers eux entre les tables, chargée de leurs assiettes.

Milo ne parut rien remarquer d'anormal et Logan en fut reconnaissant. Il ravala sa surprise en sentant un courant de désir le traverser, provoqué par le simple fait d'avoir touché sa main.

Ressortant son grand sourire au bénéfice de la serveuse, Logan s'exclama :

— Ah ! Enfin ! La nourriture !

MILO ÉTAIT en train de tremper sa dernière frite dans une mare de ketchup au moment où Logan retomba au fond de sa chaise en tapotant son ventre.

— Seigneur, je suis repu.

— Moi aussi.

Milo sourit comme les dernières miettes de son déjeuner disparaissaient entre ses lèvres.

— Je vais devoir revenir demain, marmonna-t-il, avalant puis glissant sa bouche derrière son poing pour dissimuler un délicat renvoi. Bon service. Bonne nourriture.

— Bonne compagnie, ajouta Logan.

Il tapota sa bouche avec sa serviette et pinça les lèvres autour de sa paille, avalant le restant de son soda en produisant autant de bruit qu'un gamin de quatre ans. Par-dessus son verre dépoli, son regard tomba directement sur le visage de Milo.

— Est-ce que tu vis à Coronado ?

Il posa son verre avant de le repousser sur le côté.

Milo secoua la tête, admirant pour la millième fois la chaleur qui irradiait des prunelles noisette de Logan. Elles aussi, il les admirait, avec

21

leurs petites tâches dorées qu'il pouvait apercevoir quand la lumière tombait d'une certaine manière sur son visage.

— Non, répondit-il en revenant à la réalité. Je vis de l'autre côté de la baie. Un petit quartier embourgeoisé de San Diego appelé South Park. Et toi ?

— Manhattan.

Surpris, Milo battit des paupières.

— Mais que fais-tu ici ? Et comment as-tu pu traverser un continent entier et me tomber dessus alors que j'étais assis seul dans cette stupide librairie ?

Logan haussa les épaules.

— Un coup de chance, j'imagine.

Puis il éclata de rire.

— En fait, je suis à la recherche d'un appartement. J'ai décidé de venir m'installer ici. Les hivers de New York sont réellement en train de me tuer. Est-ce que tu arrives à imaginer qu'ici, à cet instant précis, il fait vingt-deux degrés en plein mois de janvier ? Et que la température est de moins cinq à Manhattan, avec trente centimètres de neige bloquant la circulation en rendant la vie impossible à des millions de New-Yorkais ronchons et frigorifiés ?

— Sans rire ?

— Je suis sérieux. Tu l'ignores peut-être, mais, à cette température, tes crottes de nez gèlent à l'intérieur de tes narines en l'espace de dix secondes. C'est le plus déconcertant.

Milo laissa échapper un bruit de dégoût.

— Je veux bien le croire. Alors, tu vas faire tes cartons et déménager sur la côte Ouest uniquement pour sauver tes crottes de nez du froid ?

Un sourire joueur plissa les lèvres de Logan, laissant apparaître une fossette.

— Ai-je besoin d'une meilleure raison ?

Milo secoua la tête et s'esclaffa.

— Non, j'imagine que non. Je me plains déjà quand les températures descendent au-dessous de quinze degrés à San Diego.

— Chochotte. La vérité, c'est que j'ai déjà déménagé. Tout ce que je possède se trouve dans un van à moins de trois kilomètres d'ici. Je suis en train d'essayer de trouver un endroit où mettre mes affaires. Un endroit qui est comme un foyer. Au passage, je ne te recommande pas de rouler à travers tout le pays en remorquant ta voiture avec un van. C'est vraiment pénible.

Milo se relaxa dans son siège en étudiant Logan plus attentivement. Il lui offrit un gloussement de sympathie.

— Je veux bien le croire. Mais ça n'explique toujours pas comment tu as pu me tomber dessus pendant que j'étais assis comme un nigaud dans cette librairie.

Logan haussa les épaules.

— Je surveille mes auteurs préférés. Je savais que tu dédicaçais tes livres aujourd'hui. J'avais noté dans mon agenda de m'arrêter pour te rencontrer. Manger un morceau avec toi était une décision prise sur un coup de tête, mais très plaisante.

La cheville de Milo frôla le pied de Logan sous la table. Il s'éloigna aussitôt à regret.

— Très plaisante, en effet, affirma-t-il. Merci de me l'avoir proposé.

Logan haussa de nouveau les épaules, mais Milo remarqua qu'il était ravi.

— N'en parle à personne.

Un silence amical s'installa entre eux avant que Milo ne le questionne :

— Alors tu déménages à San Diego tout seul ? Pas d'amant ? Pas de moitié ? Et ta mère ? Est-elle empaquetée dans le van elle aussi ? Ou l'as-tu laissée geler comme un Esquimau glacé dans les congères de New York ?

À sa grande surprise, Logan eut un instant de flottement, comme si ce que Milo avait dit l'avait déconcerté. Il retrouva ses esprits assez vite, mais Milo trouva sa bonne humeur forcée dans la réponse qu'il lui donna. Ou peut-être était-ce dû à son imagination exacerbée tintée d'un complexe d'infériorité qu'il combattait depuis le lycée. Les deux étaient connus pour s'exprimer aux plus mauvais moments.

— Pas d'amant, répondit Logan, le regard ferme. Pas de moitié. Et ma mère vit en Floride. Mais je préférerais m'immoler par le feu plutôt que d'aller vivre là-bas. En fait, durant la majeure partie de l'année, tu préférerais aussi. Il y fait plus chaud qu'en enfer. Étrangement, les vieilles dames juives ne semblent pas prêter attention à la chaleur. Et juste entre toi et moi, je préférerais brûler au lieu de vivre à proximité de ma mère.

— Alors, comme ça, tu es juif et ta mère est agaçante. Aucun cliché, par ici. Pas d'animaux domestiques ?

— Pas le moindre. Est-ce un défaut de personnalité ?

— Oui, ça l'est, mais certains de tes autres attributs l'atténuent.

— J'espère que tu n'es pas encore en train de parler de mon short de tennis ?

Milo grimaça.

— Eh bien, maintenant que tu y fais allusion… D'ailleurs, si tu viens de la glaciale Côte Est, comment tes jambes peuvent-elles être aussi bronzées ?

Et sexy, mais il s'abstint de l'ajouter.

Logan grimaça à son tour.

— L'ascendance. Les parents de ma mère étaient Égyptiens. Ils ont migré jusqu'aux États-Unis durant la crise du canal de Suez.

— Après la fondation d'Israël ?

— Exactement. Bref, belle peau, ces Égyptiens. Ça m'économise une fortune en UV et en Coppertone [3].

— J'imagine, approuva Milo. Seconde question indiscrète : si tu n'as pas encore déballé tes affaires et que toutes tes possessions sont dans un van qui se balade en ville, comment peux-tu être habillé comme si tu te rendais à Wimbledon ?

— J'ai repéré des terrains de tennis sur El Cajon Boulevard.

Il esquissa un vague geste de la main en direction de l'Est.

— Quelque part par là-bas. Après avoir malmené cet énorme camion pendant des jours, j'avais besoin de me détendre et de me dégourdir les jambes. Alors j'ai fouillé parmi mes bagages pour trouver ma tenue de tennis, puis je me suis arrêté pour jouer quelques parties avec une vieille dame très gentille dont les jambes ressemblaient à des allumettes et qui m'a battu deux jeux à trois.

Milo éclata de rire.

— Quelle garce !

— C'est ce que je me suis dit.

Milo resta silencieux un moment, les deux hommes souriant à leurs propres plaisanteries. Puis il demanda :

— Comment savais-tu que je devais faire des dédicaces aujourd'hui ?

Logan haussa paresseusement des épaules.

— Étant chroniqueur, je me tiens informé de ce genre de choses.

— J'ose espérer que tu ne laisseras pas le monde littéraire apprendre quel flop lamentable c'était ?

— Ton secret est bien gardé avec moi.

---

3 *Marque d'huile de bronzage.*

— Ouf !

Milo se pencha plus près, son regard fouillant le sien.

— C'est tout ce que tu fais ? Chroniquer des livres ? Je veux dire, est-ce assez pour payer les factures ?

— Tu avais raison. Tu *es* un fouineur. Mais non. J'édite aussi d'autres auteurs, je soumets mes critiques de livres à plusieurs types de publications, et je rédige des dossiers commerciaux pour une société de publicité à New York. Tous ces boulots peuvent être effectués en ligne. Loin de la neige. Un peu n'importe où, en fait. Ou plus précisément, ici. Très près de l'un de mes auteurs favoris.

Les joues de Milo s'enflammèrent.

— Flatteur.

Curieusement, Logan rougit aussi. C'était une vision que Milo commençait à apprécier. Comme il appréciait aussi la manière dont ses yeux se plissaient aux coins quand il riait. Ou la façon dont son nez se retroussait quand il souriait. Milo posa ses coudes sur la table et étudia attentivement le visage de Logan. C'était un sacré visage. Et cette barbe naissante était incroyablement sexy.

— Je n'arrive pas à croire que tu ne sois pas pris, s'entendit-il dire. Eh oui, je continue à me montrer fouineur.

À sa grande surprise, Milo perçut un éclat d'embarras dans son regard. Il en avait déjà saisi quelques-uns durant leur conversation, mais celui-là les dépassait tous. Il était sur le point de s'excuser pour avoir été trop loin quand les yeux de Logan glissèrent vers la fenêtre, comme si quelque chose avait attiré son attention. Alors que l'écrivain l'imitait, Logan recommença à parler. Milo pivota pour l'écouter, mais les yeux du chroniqueur ne dévièrent pas de la fenêtre. Sa voix était légèrement étouffée, comme s'il étudiait le passé, sa vie ou quelque chose qu'il était le seul à pouvoir voir.

— J'ai eu un amant autrefois. Nous sommes restés ensemble pendant trois ans. En mars dernier – je n'arrive pas à croire que ça fasse bientôt une année –, Jerry est mort dans un accident de voiture. Dans la neige, plus exactement. Durant un blizzard. Il avait vingt-sept ans à l'époque. Je pense que c'est aussi la raison pour laquelle j'ai voulu quitter New York.

— Trop de souvenirs ? demanda doucement Milo.

— Oui. Trop de souvenirs.

Logan reporta son regard sur lui tandis qu'un sourire lent revenait se peindre sur ses lèvres. Il poussa un profond soupir.

— Maintenant, tu sais tout ce qu'il y a à savoir sur moi. Et toi ? Pas d'ex dont je devrais entendre parler ? Pas de romance au travail ?

Milo fit courir son doigt sur un cercle humide laissé par son verre de soda.

— Je n'avais pas l'intention de me montrer aussi curieux, Logan. Je suis désolé. Désolé pour ta perte. Je ne peux pas... Je suis incapable d'imaginer ce que ça a pu être pour toi.

Logan lui adressa un petit signe de la tête, les yeux à présent fixés sur la table, sur ses mains posées devant lui. Pour la première fois, Milo remarqua l'anneau d'argent sur son annulaire. D'une certaine manière, il sut qu'il y avait une histoire derrière cette bague, une histoire qu'il adorerait entendre, mais pour laquelle il ne demanderait jamais rien.

— Merci, Milo, dit Logan, éloignant son attention de l'anneau. Ne sois pas honteux de te montrer curieux. Je pense que c'est ce que les écrivains doivent faire. Mais tu n'es pas tiré d'affaire pour autant. Je veux entendre tous les détails de ta vie amoureuse. Combien d'amants as-tu rendus dingues en tapant jour et nuit sur les touches de ton clavier quand ils tentaient de dormir ? Combien en as-tu poussé à bout en épinglant leurs défauts les plus ennuyeux pour les personnages de l'un de tes romans ? Et, par pitié, comment un homme tel que toi peut-il vivre seul avec un chien nommé Spanky et pas un magnifique Adonis qui te vénère ?

Comme le bout de son doigt était déjà mouillé, Milo lui envoya l'humidité au visage, le faisant sursauter. Après qu'ils se furent esclaffés tous les deux – même si Milo savait qu'il se comportait de façon infantile et n'avait aucun doute sur le fait que Logan le savait aussi –, il décida de partager avec lui ses petits secrets. C'était le moins qu'il puisse faire après les révélations de Logan.

— Merci pour le compliment, si c'est bien ce que c'était, dit Milo en grimaçant.

Puis son visage redevint sérieux.

— Mon Adonis et moi-même avons rompu il y a longtemps. Son prénom était Bryce. Un écrivain.

Milo leva les yeux au ciel.

— Enfin, disons qu'il essayait de le devenir. Il n'a jamais eu de bol. Il n'a jamais pu faire une seule vente. Je ne veux pas me montrer vache en disant que son travail n'était pas assez bon, mais, en toute honnêteté, il ne l'était pas. Pourtant, je n'ai jamais eu le courage de le lui dire. Je l'aimais, après tout. Du moins, je pense que je l'aimais. Je ne voulais pas le

26

faire souffrir. Cependant aujourd'hui, je pense que j'aurais mieux fait d'être franc.

— Que s'est-il passé ? demanda Logan.

Il était penché en avant, les coudes sur la table, le menton dans les mains, absorbant chaque mot.

Milo trouva presque embarrassant qu'il se montre si passionné par ce qu'il racontait. Mais il ne pouvait plus s'arrêter. Il devait finir son histoire. Logan s'était montré ouvert avec lui. Un prêté pour un rendu.

— Un jour, Bryce s'est levé et il est parti. Non, ce n'est pas exact. Je suppose que nous nous sommes quittés plus ou moins en même temps. La vérité, c'est que notre relation semblait aller vers l'autodestruction sans aide, à l'un comme à l'autre. Finalement, il est parti. Il a quitté San Diego, d'après ce que j'ai entendu dire. Je ne sais pas trop où il a atterri. Ça pourrait être n'importe où. Bryce possédait de l'argent dont il avait hérité, c'était une chose dont il n'avait pas à s'inquiéter. En tout cas, j'espère qu'il est heureux. Nous avons eu de bons moments ensemble durant un temps, et je connais beaucoup de gays qui n'ont jamais eu ça. Alors je ne me plains pas.

Il s'arracha à ses pensées et regarda Logan comme s'ils étaient déjà de très bons amis et qu'il le retrouvait pour la première fois depuis longtemps.

Une lueur de sympathie réchauffa le regard de Logan, comme s'il saisit l'instant exact où Milo s'arracha à ses souvenirs pour revenir au présent. Il tendit le bras et lui tapota la main.

— Merci d'avoir partagé ça avec moi, dit-il.

Milo hocha la tête.

— Toi aussi.

Soudain, Logan se redressa. Il jeta un œil à sa montre. Quand son regard revint se poser sur Milo, il parut attristé par ce qu'il était sur le point de lui dire. Triste, mais déterminé.

— Je vais devoir te laisser. J'ai un rendez-vous pour visiter un appartement dans trente minutes. Je ne veux pas être en retard.

Milo bondit sur ses pieds.

— Non. Bien sûr que non. Attends, je m'occupe de ça.

Il chercha à se saisir de la note, mais Logan fut plus rapide.

— Non. Je t'ai invité, dit-il. Le déjeuner est pour moi.

Milo se rassit.

— Très bien, si tu insistes.

Peu de temps après, il ajouta :

— C'était sympa de te rencontrer. Merci encore pour tes chroniques.

27

Logan haussa les épaules de façon nonchalante.

— Hé, c'est mon boulot.

Il regarda de nouveau sa montre.

— Je vais devoir courir. Je ne veux pas perdre la chance de saisir cet appartement. Il est parfait.

— Oui, c'est évident. Va. Cours.

Milo l'observa comme il abandonnait quelques billets sur l'addition avant de la pousser sur le bord de la table pour la serveuse. Il se leva et se tint au-dessus de lui quelques secondes. Silencieux, il se trémoussa d'un pied sur l'autre, incertain quant à ce qu'il souhaitait dire.

Finalement, il demanda doucement :

— Puis-je t'appeler quelques fois ?

Surpris par la timidité de sa voix, Milo leva les yeux et répondit sans même réfléchir :

— Bien sûr. J'aimerais beaucoup.

— Oh, bien, dit Logan, le soulagement se peignant sur son visage, même s'il avait toujours l'air incroyablement embarrassé.

Son regard glissa de Milo aux clients du restaurant dispersés ici et là.

Avant que Milo puisse répondre, avant qu'il songe à répliquer quelque chose, Logan posa une main délicate sur son épaule, le geste le plus léger qui soit, avant de se précipiter à l'extérieur, zigzaguant entre les tables et filant par l'entrée principale sans un regard en arrière.

Ce ne fut qu'une fois qu'il eut disparu au bas de la rue que Milo réalisa qu'il ne lui avait pas donné son numéro de téléphone.

II

LE LENDEMAIN du jour où il rencontra Logan Hunter, Milo se leva très tôt, revêtit son pyjama – puisqu'il n'en portait que pour travailler et pas pour dormir – et s'installa au rez-de-chaussée pour écrire. Sa maison était bâtie au-dessus d'un canyon boisé et luxuriant qui se poursuivait en direction du sud. Depuis la fenêtre de sa chambre, les jours les plus clairs, il avait une vue magnifique sur les lointaines montagnes mexicaines. À travers les vitres de son salon, de l'autre côté de la maison, il voyait s'étaler à l'horizon la ville de San Diego située à cinq kilomètres à l'ouest. Cependant, de son bureau, le panorama était bien moins impressionnant, ce que Milo considérait comme une bonne chose puisque ça lui évitait les distractions. Dommage que d'autres distractions ne soient pas aussi simples à éliminer. Armé d'une cafetière à ses côtés, sa journée de travail débuta, comme toujours, en trouvant des fautes dans tout ce qu'il avait rédigé la veille. Tout en se montrant dur avec lui-même, il perdit un temps considérable en souhaitant avoir la faculté de cumuler les pages comme Stephen King qui, d'après la rumeur, pouvait secouer un bol de soupe en forme de lettres et terminer avec un roman et deux nouvelles.

À cet instant, Milo était plongé dans l'écriture d'un thriller. Son dernier livre avait été une comédie. Il aimait mélanger les genres pour ses intrigues. Il supposait qu'il n'avait pas tort puisque ses lecteurs ne l'avaient pas encore abandonné.

Son bureau était un peu froid, ce matin-là. Milo glissa ses orteils nus sous Spanky, son gros chien poilu de race inconnue, à la loyauté sans faille et à l'infinie paresse, qui se tenait allongé à ses pieds en ronflant, aussi obséquieusement servile qu'à son habitude.

Pendant qu'il écrivait, Milo faisait des tours occasionnels sur Facebook. Il pouvait jurer que ça signifierait un jour la mort de sa carrière. Les écrivains étaient toujours en train de se chercher des excuses pour ne pas écrire. Avoir Facebook à un clic de souris rendait la flânerie facile. Malheureusement, la plupart de ses contacts dans le monde littéraire – amis, chroniqueurs, confrères auteurs, éditeurs, lecteurs, même les quelques idiots qui ne postaient rien d'autre que des conneries politiques et qui s'étaient glissés parmi les relations de Milo quand il ne regardait pas – tout était maintenu à travers les réseaux sociaux. Au regard de Milo, c'était un mal nécessaire.

Aujourd'hui, sa balade à travers Facebook, qui représentait d'habitude une totale, néanmoins amusante perte de temps, débuta avec une surprise de taille. Une surprise qui plissa de joie son regard endormi tandis qu'il était assis là, fixant l'écran en buvant sa troisième tasse de café.

La surprise était une demande d'ami provenant d'un certain BookHunter, critique de tout ce qui avait trait à la littérature – du moins, c'était ainsi qu'il se présentait sur sa page Facebook.

Milo accepta immédiatement, et pas plus de dix secondes plus tard, reçut un message privé.

BookHunter : *Bonjour.*
Milo Cook : *Bonjour à toi aussi. As-tu obtenu l'appartement ?*
BookHunter : *Oui ! Je vais rapidement déménager.*
Milo Cook : *Félicitations ! Dans quel coin de la ville ?*
BookHunter : *Hillcrest.*
Milo Cook : *Oh, mon Dieu ! Nous sommes quasiment voisins !*
BookHunter : *Super ! Oups, je dois y aller. Je suis assis dans le camion Ryder que j'ai loué avec toutes mes affaires entassées à l'arrière, et les déménageurs que j'ai embauchés viennent juste d'arriver. Je suis dégoûté de constater qu'il n'y en a pas un seul de mignon dans le lot.*
Milo Cook : *Il y a des jours où rien ne va. LOL.*
BookHunter : *Ce n'est pas tout à fait vrai. À plus tard.*

En souriant, Milo referma la boîte de messagerie. Il passa un moment merveilleux à songer qu'à présent, lui et Logan avaient un moyen de communiquer ensemble. Et les minutes suivantes à se souvenir de son look en short de tennis.

Bon sang, je suis vraiment un obsédé.

Se secouant pour revenir à la réalité, Milo referma Facebook et tenta une nouvelle fois de se concentrer sur son Projet en Cours. Il y était parvenu depuis environ une heure, le bébé réussissant à se faire un chemin au milieu de l'intrigue, quand un bip annonça un nouvel email. Il cliqua et trouva le message d'une amie auteure depuis sa maison d'édition, Winter Press. Son nom était Lillian Damons, une auteure de romances. Fans mutuels, elle et Milo s'étaient rencontrés lors d'une conférence à Denver plusieurs années auparavant. Elle était mariée à une journaliste littéraire, Grace Connor. Milo avait assisté à leur mariage à Kansas City, là où les deux femmes vivaient.

> *Cher Milo,*
> *Mon cœur est brisé. Grace a été assassinée à New York il y a deux semaines. Elle a été étranglée dans sa chambre d'hôtel. Ils m'ont dit que c'était probablement une tentative de viol ou un cambriolage qui aurait mal tourné. Je suis choquée depuis lors. Je ne cesse de pleurer. Il a fallu pratiquement dix jours à la police de New York pour libérer son corps. Les funérailles ont eu lieu hier, dans la ville natale de Grace, à Roanoke. Sa famille s'est montrée adorable, comme toujours, mais nous sommes tellement écrasés par le chagrin que nous avons du mal à accepter qu'elle soit partie. Peut-être que nous n'y parviendrons jamais.*
> *Je sais que tu l'aimais, c'est pourquoi j'ai voulu que tu sois au courant. Je prie pour qu'ils attrapent le monstre qui a fait ça, mais, jusqu'à présent, l'enquêteur de la criminelle responsable du dossier m'a dit qu'ils n'avaient pas beaucoup de pistes.*
> *Quel cruel endroit le monde est devenu ! Ma bien-aimée Grace avait des problèmes de cœur également. Elle a dû être si effrayée à la fin. Mon propre cœur est lui aussi brisé à présent.*
> *Prends soin de toi, mon cher ami.*
> *Lillian*

Milo fixa longuement l'écran tandis qu'il lisait et relisait le message déchirant de Lillian. Finalement, il répondit avec un message personnel révélant son état de choc, l'empathie, le chagrin et la commisération, usant de mots justes, en exprimant toutes les émotions appropriées.

Et durant tout le temps où il pianota, une sorte de culpabilité ne cessa de le ronger. Culpabilité, car, en vérité, Milo n'avait jamais aimé Grace. Il ne se rapprochait d'elle que parce qu'elle était la femme de Lillian et que cette dernière était son amie. Ils partageaient tous les deux une histoire. Travaillant pour le même éditeur. Se rendant à des conférences. Voyageant une fois jusqu'en Allemagne ensemble pour la fête du livre de Francfort, le

31

plus grand rassemblement d'écrivains et de maisons d'édition du monde. Ils avaient co-écrit une nouvelle dans l'une des anthologies de leur éditeur.

Alors qu'il n'avait pas d'histoire avec Grace, en tout cas, aucune à laquelle il aurait voulu prendre part.

Presque sans y réfléchir, il signa son message avec de vides platitudes et des expressions de réconfort hypocrites, puis l'envoya. Pendant que le mail fonçait à toute allure à travers l'éther, ses pensées ne se focalisèrent pas sur le chagrin de Lillian, mais sur Grace. Et sur certains des avis qu'elle avait rédigés. Sur les ennemis qu'elle s'était faits en se montrant tout sauf gracieuse avec les auteurs. Elle n'était pas populaire parmi eux. Elle prenait souvent de rudes positions à leur sujet en recherchant leur soi-disant talent. Ses paroles pouvaient être moqueuses, humiliantes et parfois même flirter avec la cruauté. Sous le prétexte élimé de faire de l'humour et des jeux de mots, elle pouvait anéantir l'ego fragile d'un auteur. Elle le faisait d'ailleurs souvent, de toute évidence pour le simple plaisir qu'elle en tirait. En fait, il y avait une tendance à la méchanceté dans ses revues qui avait découragé plus d'un jeune auteur à vouloir être de nouveau publié.

Milo ne lui avait jamais souhaité de mal à cause de ça, mais il y avait eu de nombreuses fois où il avait senti qu'elle allait trop loin. Pourtant, il savait que ses réflexions sur sa mort étaient tempérées par le fait qu'elle n'avait jamais pointé sa plume malfaisante sur lui ou ses livres. Ce qui n'était pas le cas des autres dans la communauté littéraire suspecta Milo. Il ne doutait pas qu'il y eut des écrivains, là dehors, qui devaient trinquer à la mort prématurée de Grace en se disant qu'elle était bien méritée.

Cependant, ce n'étaient pas les critiques de Grace qui l'avaient tuée. Le destin l'avait fait. Mauvais endroit, mauvais moment. Ou peut-être était-ce le karma. Et si un brin de justice y était mêlé, ce n'était pas à Milo d'en décider.

Pourtant, impossible de nier que, de son point de vue, une victime plus sympathique aurait suscité une plus grande démonstration de chagrin.

La froideur de cette constatation poussa Milo à se recroqueviller dans son siège de bureau en fermant les yeux. Lillian avait raison. Le monde était un endroit cruel. Même Milo n'était pas immunisé contre ses pièges.

L'ANXIÉTÉ SOCIALE avait toujours grignoté le psychisme de Milo. De simples devoirs, que la plupart des auteurs effectuaient avec facilité, devenaient une corvée pour lui. Les dédicaces, les lectures, les conventions littéraires – tout pesait lourd, ébranlant son sang-froid et épuisant ses nerfs, mais il avait appris à vivre avec ses faiblesses au fil des années. En vérité, la plupart de ses amis auraient probablement été surpris d'apprendre qu'il souffrait de phobie sociale.

En fait, les groupes les plus importants étaient les moins intimidants aux yeux de Milo. Comme celui de ce soir, par exemple.

Le club de lecture de South Park avait envoyé une invitation à Milo, ainsi qu'à deux autres auteurs locaux, pour qu'ils assistent à leur rassemblement mensuel. Et pour qu'ils effectuent également une courte lecture avant de répondre aux questions des membres qui étaient tous fans, précisait l'invitation.

Milo avait bien sûr accepté. Après tout, ces lecteurs vivaient dans le voisinage. Il ne pouvait pas faire comme s'ils n'existaient pas. Pourtant, il devait se concentrer pour ne pas se retrouver couvert de sueur froide ou trouver mille autres manières de se rendre ridicule. Et jusqu'à maintenant, il s'en sortait bien.

En fait, la lecture d'un extrait de son dernier Projet en Cours à présent derrière lui – il avait prévu de passer le dernier, ce qui n'arrangeait pas vraiment sa nervosité – le pire était maintenant terminé. La petite foule, peut-être vingt personnes en tout, se montrait gentiment attentive, clairement reconnaissante que Milo ait daigné les faire bénéficier de sa présence. Et les tortillas au fromage étaient particulièrement délicieuses, ce qui n'était pas un mal. Il réalisa qu'on trouvait toutes les particularités du spectre social dans le groupe. Du fortuné au non fortuné, du jeune au vieux comme celui entre deux âges. Comme toujours, c'était leur amour de la lecture qui les avait tous rassemblés. Les statuts sociaux n'entraient plus en ligne de compte. C'était l'un de ces aspects autour de l'amour des livres qui donnait à Milo de l'espoir dans l'espèce humaine. Pour l'attrait d'un simple conte sur papier ou numérique, les gens pouvaient dépasser leurs différences et se rassembler pour partager une passion commune.

Oui, la nuit se déroulait à merveille.

Puis, les questions-réponses débutèrent.

La première question vint d'une petite femme avec d'épaisses lunettes et des cheveux gris permanentés qui se trouvait dans la foule. Elle ressemblait à une grand-mère ordinaire. Une championne pour faire cuire des cookies, sans aucun doute, ou distribuer des tas de conseils tout en braquant un œil aiguisé sur les amis et les étrangers.

Cet œil aiguisé s'exerçait à présent sur eux, tandis qu'elle lançait un regard inquisiteur sur les trois auteurs recroquevillés côte à côte dans le sofa avec des assiettes de nourriture posées sur leurs genoux. La manière dont les aliments et les couverts se figèrent dans l'air révélait assez bien à quel point sa question leur causa un choc.

— Je me demande si l'un d'entre vous nous donnera son opinion concernant le récent meurtre de Grace Connor, sachant qu'une bonne part de la communauté littéraire n'est pas réellement dévastée par sa mort.

Milo était en train de tenir une assiette de fromage et de crackers. L'un des crackers se trouvait dans sa bouche. Il le mâcha rapidement avant de l'avaler tout en remarquant l'extraordinaire manque d'empathie dans les yeux de la vieille dame alors qu'elle évoquait le décès de Grace.

Heureusement, ce fut Juliet Karnes, l'écrivaine située à sa droite, qui choisit de répondre en premier. C'était une femme blême, tout habillée de tweed, d'environ soixante-dix-sept ans, qui écrivait de telles scènes de sexe dans ses romances qu'elles faisaient boucler les cheveux de Milo. L'idée même qu'elle sache ce qu'était un acte sexuel paraissait fantastique. Le fait qu'elle soit assise ici, occupée à siroter de temps en temps le contenu d'une flasque en argent, et qu'elle jure comme un charretier, semblait tout aussi étonnant.

— Putain, parce qu'elle ne l'est pas ? demanda-t-elle froidement. Je veux dire, dévastée par ce qui s'est passé ?

La vieille dame qui avait posé la question émit un bruit désapprobateur, à cause de la question ou des jurons, Milo ne put le dire.

— Bonté divine ! C'est partout sur les réseaux sociaux. Des extraits de ses nombreux retours désagréables – si je puis dire. Les mots méchants qu'elle a employés à propos de tel ou tel livre, un écrivain descendu en flammes après l'autre. N'avez-vous aucune opinion au sujet de son décès ? De nombreux auteurs parmi vos amis doivent certainement en avoir une.

Pour la dixième fois en cette soirée, Miss Karnes remit sa flasque dans sa poche et sourit, comme un requin qui vient de repérer un nageur solitaire avec de belles cuisses bien appétissantes.

— La plupart des écrivains savent que les avis ne comptent pas. Et pour ma part, je refuse d'alimenter les potins en rôdant sur Facebook, sur les blogs privés ou sur n'importe quel autre site de réseau social. Ce ne sont que des conneries. J'admets que Grace Connor était une garce, mais je ne suis pas certaine qu'elle a mérité ce qui lui est arrivé. Et je pense que c'est un tout petit peu prématuré d'évoquer l'idée qu'elle a été tuée à cause de ses critiques. Est-ce que le meurtrier a abandonné un manuscrit inachevé derrière lui sur la scène de crime ? Je suis navrée, très chère, mais vous avez une manière merdique de vous exprimer.

Quelques ricanements se firent entendre, mais la femme qui avait posé la question opposa un silence du type « Eh bien, ce n'est pas le cas ! ». Faisant un noble effort pour lisser ses plumes, elle se tourna vers le second auteur pour avoir son opinion, laissant Milo s'exprimer une nouvelle fois le dernier.

Le second invité était Adrian Strange, un auteur de science-fiction avec une belle liste de vieux ouvrages dans ce genre sur son profil Amazon, mais qui n'avait jamais réellement obtenu un succès financier grâce à son propre travail. Milo savait que c'était un homme prolifique qui écrivait à une époque jusqu'à deux ou trois livres par an. Après avoir lu quelques-unes de ses créations, Milo avait senti qu'Adrian aurait davantage gagné en se concentrant un peu plus sur la qualité que la quantité. Étrange était cet homme maigre et dégingandé d'une bonne trentaine d'années, qui n'était ni laid ni beau, dont les longues jambes étaient à cet instant coincées sous la table basse devant lui parce qu'il n'y avait tout simplement pas de place pour les mettre ailleurs. Il tenait en équilibre sur ses genoux une pile de nourriture qui menaçait de déborder de son assiette. Apparemment, Monsieur Strange n'était pas de ceux qui rataient un repas gratuit. Peut-être que ses joues, qui étaient tout sauf royalement fééériques, avaient quelque chose à voir avec ça.

À cet instant, il mâchouillait une saucisse, mais ça ne l'empêcha pas de dire :

— Je suis un grand partisan du karma. Les gens récoltent ce qu'ils ont semé durant leur vie. Un manque de respect, un mot désobligeant, un avis cruel vous reviendront à la figure et vous attaqueront d'une manière ou d'une autre. Grace Connor était un serpent. De temps à autre, les serpents rampent sous le mauvais pied et se font couper la tête par la binette d'un fermier. De mon point de vue, le monde de l'édition se portera bien mieux sans elle.

Il s'était adressé à tous, mais, à présent, Adrian focalisait son attention sur la vieille fille qui lui avait posé sa question.

— Vous me demandez si sa mort est la conséquence directe de la façon cruelle dont elle analysait le travail des autres. Ma réponse est oui. Et même si ce n'est pas le cas, le résultat est le même. Elle a eu ce qu'elle méritait.

Avec ça, il sourit sarcastiquement et se colla une autre saucisse dans la bouche.

Milo ne pouvait honnêtement pas croire à ce qu'il entendait. Lorsque les regards chargés d'espoir se tournèrent enfin vers lui, il posa son assiette sur le côté. Il venait soudain de perdre l'appétit. Il fixa ses mains pendant un moment tandis que le club de lecture de South Park tout entier se tenait assis là, à l'observer avec espoir, attendant clairement son opinion. Tous, excepté Adrian Strange qui était en train de piocher dans sa salade de pommes de terre comme si la fin des temps arrivait et qu'il avait bien l'intention d'y faire face l'estomac plein.

Milo s'éclaircit la gorge. Espérant ne pas se mettre toute la pièce à dos, il choisit de se focaliser sur la femme qui avait démarré la conversation. Peut-être que, de cette manière, les dommages collatéraux seraient minimisés.

— Ce qui est arrivé à Grace Connor est terrible. Je ne pense pas qu'il soit juste de laisser entendre que des hordes de gens soient satisfaites qu'elle ne soit plus là. Elle était dure avec ses critiques, je l'admets. Mais elle était également généreuse avec les louanges. Elle ne détestait pas tout ce qu'elle lisait. Elle n'a jamais descendu aucun de mes livres.

Adrian Strange marmonna quelque chose d'incohérent et Juliet Karnes ravala un rire sarcastique tout en sirotant sa flasque. Pour la première fois, Milo remarqua qu'elle n'avait que trois radis intacts dans son assiette. Pas surprenant qu'elle est l'air si émacié.

La vieille femme qui les avait interrogés était loin d'être impressionnée.

— Mais sa compagne homosexuelle est une collègue et une amie. Peut-être que si ça n'avait pas été le cas, elle se serait mise après votre second livre qui, à mon avis, possède quelques lacunes dans l'intrigue qui sont suffisamment grosses pour y faire passer un camion et qui auraient dû être vues lors du travail éditorial.

— Touché, murmura Miss Karnes, clairement amusée à présent.

Milo se mit à rire lui aussi. Il remarqua que l'hôtesse responsable des activités de la soirée parut vivement reconnaissante lorsqu'il le fit. Il était évident qu'elle avait pensé que la discussion commençait à devenir incontrôlable, et la dernière chose qu'elle souhaitait était d'offenser les invités d'honneur. Même si, de l'opinion de Milo, la plus grande offense avait été faite par les invités eux-mêmes, pas l'hôtesse. Cette dernière lança un regard assassin à la vieille femme et Milo se demanda si son interviewer allait être soudainement rayé des listes pour les futurs événements du club.

De nouveau, il concentra son attention sur la femme avec les lunettes aussi épaisses que des bouteilles de soda.

— Il se trouve que vous avez raison. Je suis un ami et un collègue de Lillian Damons. Mais Grace et elle n'étaient pas simplement en couple, comme vous l'avez dit. Elles étaient légalement mariées l'une à l'autre. J'ai assisté à leur mariage. Pour ma part, je considérais autant Grace comme une amie que Lillian.

C'était un mensonge, mais personne n'avait besoin de le savoir.

— C'est presque comme si vous accusiez Grace d'avoir été assassinée à cause de ses critiques.

— Pourquoi pas ? répliqua la femme à lunettes. Elle a ruiné plus d'une carrière littéraire, d'après ce que j'ai entendu dire. Qui peut savoir si l'une de ces personnes ne l'a pas poursuivie pour se venger ?

Cette fois, ce fut Adrian Strange qui tenta de réprimer un ricanement, même si Milo remarqua qu'il n'y mettait pas réellement d'effort.

Il observa la femme d'un œil bien moins charitable. Très honnêtement, il commençait à être fatigué de ses collègues, les invités d'honneur. Il lui fallut une volonté considérable pour ne pas leur répondre avec impolitesse. Mais finalement, il fut sauvé par une question hâtive posée de façon contrainte, et provenant de l'autre côté de la pièce. Elle concernait les points de vue en écriture. Reconnaissant de lui éviter le sujet de la malheureuse Grace, Milo pivota pour s'adresser à lui pendant que la femme qui blâmait Grace pour son propre meurtre murmurait « *Harrumph* » suffisamment fort pour être entendue de lui, ce qui était clairement son intention.

Milo s'exprima pendant trois minutes sur les points de vue omniscients et non omniscients que la personne qui l'interrogeait avait semblé cibler. Pendant toute la durée de son exposé, il se sentit de plus en plus déconcerté par la manière cruelle dont la femme avec l'affreuse permanente et les lunettes épaisses avait fait référence à l'épouse de Lillian. Il n'était pas tellement satisfait de la réponse de ses deux acolytes non plus, mais, comme c'était la vieille fille qui avait commencé, il décida de balancer son opinion finale à son sujet. Alors, au moment où il termina l'explication des points de vue – et il pouvait dire qu'il était probablement temps de conclure au vu des regards vitreux sur les visages de son auditoire – il se tourna vers la femme. Elle avait toujours l'air flouée par la réponse de Milo et apaisait sa frustration en gobant chips et salsa. Milo la surprit tellement en redirigeant son attention sur elle, qu'une goutte de sauce visqueuse glissa sur son menton et atterrit sur ses genoux.

Milo s'exprima froidement, dissimulant le mépris qu'il éprouvait. Il y avait des choses qu'il avait envie de dire, et il était déterminé à les dire. Et s'il pouvait passer un savon aux deux auteurs présents à ses côtés, alors tant mieux.

— Madame, je ne crois pas que les critiques de Grace aient quoi que ce soit à voir avec sa mort. Sa femme non plus ne le pense pas. Parfois, le monde a une manière bien à lui de se glisser jusqu'à nous et de mettre les meilleurs à genoux. La plupart du temps, ça n'a rien à voir avec la manière dont nous avons vécu nos vies. Ça se produit, c'est tout. Pour le meilleur et pour le pire. Ça pourrait vous arriver à vous demain. Ou à moi. Ou à l'adorable personne qui a préparé cette délicieuse sauce au fromage.

Des rires s'élevèrent dans la pièce. Ils semblaient provenir de chacun des participants sauf de celle à qui il s'adressait. Cette femme-là ne semblait pas du tout amusée.

— Les auteurs peuvent parler de meurtres, Madame, mais la plupart d'entre nous trouveraient difficilement les ressources pour s'organiser correctement sur le papier, sans parler de le faire dans la vie réelle. Je pense que vous, comme chacun d'entre nous, devriez laisser la mémoire de Grace Connor reposer en paix. Il y a peu d'intérêt à en dire du mal maintenant qu'elle est morte.

— Très bien, dit la femme entre ses lèvres serrées.

Il n'en était pas certain, mais Milo suspectait les regards sévères de l'hôtesse d'être à l'origine de sa capitulation.

Finalement, elle parut accepter la réprimande en retombant dans le silence, et Milo en fut reconnaissant.

Quant aux auteurs à ses côtés, Milo n'avait aucune idée de ce qu'ils pensaient de ses paroles. À ce moment précis de la soirée, il ne concentrait son attention que sur la salade de crabe qui était vraiment délicieuse.

Plus tard, après avoir roulé jusqu'à la maison, puis avoir promené Spanky dans le quartier, Milo se prépara un verre pour décompresser. En se connectant sur les réseaux sociaux pour tuer le temps juste avant d'aller au lit, il réalisa rapidement que les spéculations concernant les raisons de la mort de Grace étaient loin d'être limitées à une seule vieille dame du groupe de lecture de South Park. Ni même à deux auteurs médiocres qui semblaient un peu trop à fleur de peau au goût de Milo. C'était quelque chose de galopant, comme la femme l'avait dit.

Certains ne croyaient pas que Grace l'avait cherché, et beaucoup des intervenants ne mâchaient pas leurs mots, expliquant durement qu'elle le méritait. Quelques-unes des remarques étaient même cruelles et offrait si peu d'espoir de respect quant à sa disparition que Milo pouvait seulement prier pour que Lillian se détourne des réseaux sociaux pendant un temps. Elle avait déjà supporté assez de choses.

Dégoûté, Milo éteignit l'ordinateur et alla se coucher dans son lit. Spanky y bondit derrière lui et piétina lourdement en cercle, bouleversant les couvertures jusqu'à ce qu'elles soient exactement comme il le voulait. Ce ne fut qu'à cet instant qu'il lâcha un soupir monumental et s'effondra en plein milieu du lit comme une chose morte. Bâillant et s'étirant, il usa de ses pattes pour pousser Milo en dehors de son chemin, s'arrangeant par la même occasion pour accaparer quatre-vingt-dix pour cent de la place, ce qui représentait son rite nocturne.

Milo, relégué tout au bord du matelas comme d'habitude, grommela gentiment et caressa Spanky sur la tête. Il fut remercié de sa patience par un coup de langue.

Juste avant que le sommeil ne le prenne, l'esprit de Milo glissa vers Logan Hunter, combien il lui avait semblé grand et beau dans sa tenue blanche de tennis le jour où ils s'étaient rencontrés. Et combien il s'était montré timide quand il lui avait demandé s'il pouvait l'appeler parfois. Le souvenir amena un sourire qui l'entraîna jusque dans le sommeil. Ses rêves furent plus brûlants que d'habitude et, lorsqu'il se réveilla le lendemain matin, il était si excité qu'il était prêt à exploser.

Se prenant en main, il parvint au soulagement avant que le soleil levant ne touche les fenêtres. Et ce faisant, c'était la pensée de Logan qui l'encourageait.

Finalement, essoufflé, le cœur battant comme un piston en mal de réglages, il effaça une trace de sperme qui avait giclé jusqu'à ses lèvres souhaitant qu'elle ait été déposée là par Logan lui-même au lieu de lui.

Alors que les ombres de la nuit fuyaient lentement la chambre comme l'aube frappait le canyon à l'extérieur, Milo balança ses jambes tremblantes par-dessus le matelas. Tout en tentant de ne pas déranger Spanky, ce qui n'était pas très dur étant donné que le cabot pouvait dormir dans n'importe quelle situation – même lors d'une séance de masturbation très matinale – Milo se dirigea vers la salle de bain pour nettoyer le sperme sur sa poitrine et son menton avant de démarrer la journée.

Toujours aussi efficace, il mit la cafetière en marche. Tandis qu'elle reprenait de la vigueur et remplissait la maison avec le délicieux parfum du café fraîchement moulu, Milo sauta dans la douche pour se savonner.

La prochaine fois où je partagerai une séance de sexe avec Logan Hunter, se dit-il en plissant les yeux sous les fines gouttelettes, *ce ne sera peut-être pas le fruit de mon imagination. Ce sera peut-être réel. Des choses plus étranges se sont déjà produites, non ?*

En souriant, une lueur espiègle dans le regard, il se demanda quelles étaient ses chances que cela arrive. C'était une question dangereuse. Milo aimait beaucoup ce type, après tout. Logan Hunter n'aurait pas été davantage son genre s'il l'avait imaginé de toutes pièces.

Considérant le fait qu'ils n'avaient passé qu'une seule heure ensemble autour d'un hamburger et de frites, Milo suspectait qu'il l'aimait probablement un peu trop. Mais Logan l'appréciait-il ? Ça, c'était la question la plus intéressante. Et si c'était le cas, était-ce de cette manière-là ? De plus, comment Milo était-il supposé savoir si Logan était prêt à enclencher des rapprochements intimes ? Entre deux hamburgers, il avait été clair sur le fait que son ancien amant lui manquait. Pauvre homme. *Et moi, je suis là, à me demander comment je pourrais l'amadouer pour le mettre dans mon lit. Comme si obtenir une bonne critique du type n'était pas suffisant, maintenant je veux le baiser aussi. Jésus, je n'en ai jamais assez.*

Plus tard, tandis qu'il se séchait, Milo se souvint de la malheureuse Lillian qui devait pleurer la perte de sa femme, et il se réprimanda *encore* pour se comporter comme un crétin aussi indélicat. Peut-être devrait-il lui envoyer des fleurs. Ou leur envoyer des fleurs à tous les deux. Logan et Lillian. Pour en courtiser un et consoler l'autre. Ou peut-être ne devrait-il rien faire, comme il le faisait tout le temps. Et puis, il ne possédait pas l'adresse de Logan pour lui envoyer des fleurs.

Milo fixa son reflet dégoulinant dans le miroir de la salle de bain et soupira.

Pourquoi la vie doit-elle être aussi compliquée ?

III

Avec un soupir de soulagement, Logan Hunter écrasa le dernier carton jusqu'à ce qu'il soit plat et le balança vers la porte d'entrée avec tous les autres. En cette fraîche matinée californienne, après deux jours à travailler sans interruption, son nouvel appartement était enfin prêt à l'accueillir. Ses affaires avaient été mises à leurs places définitives, ses meubles arrangés comme il le voulait et ses placards à vêtements étaient propres et en ordre pour la première fois depuis dix ans. Bien sûr, ça ne resterait pas ainsi pour la même durée parce que Logan était tout simplement un porc. Ce fait peu glorieux avait été prouvé et corroboré de nombreuses fois au fil des années. Jerry, son ex, disait que cette habitude de jeter les choses partout et de ne jamais ramasser un seul malheureux objet, oscillait entre le charme excentrique et l'ennui exaspérant. Le charme parce qu'il aimait Logan, et à travers les yeux de l'amour, vous pouvez supporter beaucoup de défauts. L'ennui, car lorsque les placards de Logan finissaient par avoir l'air d'avoir été bombardés, puis réarrangés avec un bulldozer comme c'était inévitablement le cas, les affaires de Jerry étaient elles aussi perdues dans les décombres.

À présent, Logan se tenait devant la penderie de sa chambre, fixant les vêtements bien alignés, la plupart chiffonnés pour avoir été transportés dans des cartons durant des semaines. Au moins, ils étaient suspendus et non plus au sol. Peut-être pour la première – et dernière fois – de leur vie. Jerry serait surpris de voir ça.

Comme toujours, la pensée de Jerry poussa l'esprit de Logan à l'introspection. La tristesse embua ses yeux. C'était si familier qu'il n'avait pas besoin d'un miroir pour le voir. Il savait quand c'était là. Il savait toujours quand c'était là.

Il baissa les yeux sur sa main, fixant pour la énième fois le simple anneau d'argent passé autour du troisième doigt de sa main gauche. Un anneau identique qui se trouvait toujours sur la main froide et sans vie de Jerry, dans un endroit situé au sixième niveau, près du mur est de la chambre mortuaire de Peabody à Calumet City, juste au sud de Chicago. Calumet City avait été la ville natale de Jerry, et Logan avait dû renvoyer son corps là-bas pour l'enterrement à la demande de ses parents. À cette époque, il avait détesté l'idée de le laisser reposer aussi loin de Manhattan, mais, à présent, il en était heureux. Ça lui avait facilité les choses pour quitter New York.

L'esprit ailleurs, Logan tourna la bague autour de son doigt, éprouvant sa douceur, sa perfection familière. Pour la première fois, il se demanda si l'alliance se sentait seule, elle aussi. Après tout, son âme sœur avait disparu comme celle de Logan. Ils étaient tous les deux seuls maintenant, lui et la bague, comme c'était le cas depuis plus d'un an.

Peut-être – et ce n'était qu'une supposition – était-il temps de mettre le passé derrière eux.

Il agrippa l'anneau entre son pouce et son index et commença à le faire glisser, mais à la dernière seconde, il s'arrêta. Non. Il lui était insupportable de se séparer de ce dernier vestige de Jerry. Pas encore. Peut-être qu'un jour, si l'amour lui tombait dessus de nouveau, il le retirerait. Pour le placer dans un tiroir quelque part comme les centaines d'autres souvenirs qu'il avait rangés au fil des années et qui, à la fin, étaient perdus ou oubliés. Cette fois, il laissa retomber ses mains à ses côtés et laissa la bague là où elle était. Comme Jerry, solidement ancré dans son cœur.

La plus grande peur de Logan était qu'avec Jerry toujours présent, un nouvel amour, s'il venait à se présenter, serait incapable de se faire un chemin puis une place dans son cœur. Pourtant, l'anneau était encore à son doigt. À cause du souvenir de Jerry qui sommeillait au fond de lui, vivant et en bonne santé – du moins dans sa mémoire – Logan savait qu'il ne pourrait jamais réellement avancer. Et ça l'attristait.

Surtout maintenant. Sans l'ombre d'un doute, il avait acquis la certitude que, d'une quelconque manière, soudainement et inexplicablement, les choses avaient changé. Contre toute attente, les plaques tectoniques sur lesquelles reposait sa vie s'étaient déplacées. Juste assez pour le faire chanceler, loin de l'équilibre habituel qu'il pensait posséder, le rendant instable sur ses jambes. Et la raison en était étonnamment simple, même lui l'avait comprise.

Pour la première fois depuis le décès de Jerry, Logan avait rencontré une personne qui l'intriguait. Il n'était pas certain de ce qu'il ressentait.

Il poussa un soupir et referma le placard. Pénétrant dans la seconde chambre, qui était à présent son bureau, Logan s'affala sur sa chaise de bureau et alluma son Mac. Un moment après, il se balada sur Facebook. Pour être un petit peu plus précis, il se balada sur le profil Facebook de

Milo Cook. Il parcourut rapidement les photos, sourit à Milo en train de rire parmi un groupe d'auteurs de chez Winter Press à une quelconque convention ou autre. Sur une autre, il portait un chapeau d'anniversaire ridicule derrière un gigantesque gâteau surmonté d'une forêt de bougies et une horde d'amis attendait avec espoir qu'il les souffle. Il y avait des photos de plage où il se tenait torse nu dans le sable avec un maillot de bain ample qui tenait à peine autour de ses hanches étroites.

Logan se pencha davantage sur l'écran pour étudier le corps de Milo. Il était magnifique. Pas excessivement musclé, mais fin et élégant. Ses jambes, illuminées par les poils blonds, capturaient le soleil. Un autre chemin de duvet blond errait depuis son nombril avant de disparaître sous la ceinture tombante de son short. D'autres détails attirèrent son attention : le réseau de veines sur ses avant-bras et sur le dos de ses mains ; ses cheveux roux, striés de blond par le soleil, qui dégringolaient autour de son visage, emmêlés sous le vent qui agitait l'eau ; la planche de surf, apparemment très aimée et très chevauchée, qui était couchée dans le sable à ses pieds. Son nez était blanchi par la crème solaire, et ses yeux se plissaient sous le soleil tandis qu'il riait en faisant une tête ridicule et impatiente comme pour pousser le photographe à prendre son stupide cliché.

Logan se mit à sourire en retour à son visage heureux à l'expression insouciante. En le regardant, personne n'aurait imaginé qu'il y avait un cerveau derrière cette grimace folle, ou qu'il était un écrivain renommé possédant, de toute évidence, toute une série d'histoires dans sa tête qui attendaient juste d'être couchées sur papier et offertes à un monde de lecteurs fidèles.

S'enfonçant dans son siège, Logan fit défiler d'autres photos, puis d'autres encore. Clairement, Milo essayait de garder ses contacts Facebook au courant de sa vie et de sa carrière. Les photos paraissaient sans fin. Soudain, la main de Logan eut un sursaut tandis qu'il fixait l'un des clichés en particulier.

C'était un instantané de Milo et d'un jeune homme avec des cheveux sombres. Ils portaient tous les deux des shorts de randonnées, des chaussures de marche ainsi que de gros sacs à dos sur leurs épaules. Leurs mains étaient serrées tandis qu'ils se tenaient, épaule contre épaule au bord d'une falaise. Derrière eux, l'océan – sûrement le Pacifique – s'étalait jusqu'à l'horizon, sa surface aussi lisse que de l'argent frappé.

Logan fixa l'homme aux côtés de Milo. Il le dépassait d'une tête, il était beau, avec des yeux sombres et de fines lèvres qui souriaient à peine.

Pourtant, il semblait heureux tandis qu'il se tenait là, en tenant la main de Milo d'un côté tout en agrippant de l'autre une laisse avec un chien attaché au bout. Logan sourit. Ça devait être Spanky. Marron et blanc, la queue haute, jouant à tirailler les chaussettes de Milo.

De nouveau, le regard de Logan glissa sur l'homme tenant la main de Milo. Était-ce son amant avant qu'ils ne se séparent ? Sûrement. Un détail à propos de la manière dont Milo l'attirait à lui, l'éclat joyeux dans ses yeux rieurs tandis qu'il fixait l'objectif de l'appareil photo, laissaient entendre que c'était là l'un des moments les plus heureux de sa vie. Et pourquoi n'aurait-ce pas dû être le cas ? Il possédait l'amour, la jeunesse, il avait la vie et sa carrière devant lui.

Logan se demanda ce qui les avait finalement séparés. Était-ce la jalousie, comme Milo l'avait insinué ? Jalousie parce qu'il était publié avec succès pendant que – quel était son nom, déjà ? Ah oui, Bryce – pendant que Bryce n'arrivait pas à saisir sa chance ? Ou était-ce dû à autre chose ? À l'infidélité ? Ou peut-être que les choses s'étaient passées comme Milo l'avait dit. Ils s'étaient simplement éloignés comme les couples le font quelquefois.

Pendant un moment, Logan étudia le visage de Bryce, les angles nets et durs, les yeux sombres et perçants, les lèvres fines à peine plissées par un sourire. S'arrachant à l'écran, il finit par se déconnecter, puis éteignit l'ordinateur. Jetant un œil sur sa gauche, il observa un long moment la photo de Jerry qui saluait et souriait au photographe, inconscient de s'appuyer sur la voiture dans laquelle il mourrait moins de deux mois plus tard.

En se détournant, Logan étouffa une vague de chagrin familière. Ce chagrin et ce vide étaient presque un vieil ami, à présent. Il le savait bien. C'était tout ce qui lui restait de la colère qu'il avait d'abord éprouvée après la mort de Jerry. Il repensa à ces premières semaines après l'accident, combien l'injustice de cet acte l'avait consumé, à quel point la rage face à ce qui s'était passé l'avait dévoré jour après jour. Mais à la fin, la colère était trop destructrice pour continuer à s'y accrocher, et il s'était progressivement autorisé à glisser vers le chagrin. Ça n'avait pas été simple d'abandonner sa colère, mais il y était finalement parvenu parce qu'il savait qu'il n'aurait jamais pu survivre avec elle.

Attrapant ses clés et son portefeuille, il jeta un dernier regard sur l'appartement parfaitement rangé. Se sentant peu à sa place dans tout cet ordre et cette propreté, il passa le seuil de la porte d'entrée et sortit. Dans la rue, en bermuda et tee-shirt, il prit un moment pour savourer la tiédeur de l'air qui effleurait ses jambes nues en plein mois de janvier. Au-delà de ça, il appréciait la nouveauté de se tenir à l'autre bout du pays, à l'exact opposé de l'endroit où il avait passé la majeure partie de sa vie. C'était énorme pour lui. S'installer en Californie représentait un changement important, un nouveau départ. Il ne lui échappa pas une seule seconde qu'il laissait Jerry loin derrière lui en faisant cela. Peut-être était-ce la raison de son déménagement.

Logan choisit une direction au hasard et partit à pied explorer son nouveau voisinage. Mais explorer n'était pas la seule chose qu'il avait en tête en ce brillant et lumineux matin de janvier. Il avait aussi besoin de réfléchir, et les pensées qui l'agitaient étaient à la fois troublantes et exaltantes. Surgissant au milieu de ce fouillis de cogitations, le souvenir d'un jeune homme avec lequel il avait mangé quelques jours auparavant s'imposa à lui. Milo Cook jaillit dans son esprit, beau et souriant, aussi brillant que le reflet de la lumière du jour sur la vitre d'un gratte-ciel.

Et tandis que la beauté de ce jeune homme lui remplissait l'esprit, il toucha l'anneau à sa main gauche, parfaitement conscient de la façon dont il serait douloureux – et réconfortant aussi – de pouvoir enfin le retirer.

LE MATIN du dernier jour où Logan avait vu Jerry en vie, ils avaient fait l'amour, comme ils le faisaient presque toujours – doucement, encore endormis après s'être éveillés paresseusement pour saluer cette nouvelle journée qui éclairait les vitres de leur chambre. Comme toujours, l'un d'eux avait été attiré par la chaleur accueillante et familière de l'autre, il avait rampé à travers le lit pour recueillir cette chaleur entre ses bras attentionnés et exigeants. Un baiser gêné avait suivi puisqu'aucun d'eux ne s'était encore brossé les dents. Se pelotonnant l'un contre l'autre, chacun avait respiré la tiédeur du corps de l'autre. Plus tard, des mots d'amour chuchotés avaient dérivé dans la pénombre et, après ça, la tentation de leurs sexes durs tendant leurs pyjamas avait attiré leurs bouches affamées plus bas. Très vite, ce qui avait commencé comme un câlin innocent était devenu une faim qu'aucun des deux hommes n'avait la moindre envie d'étouffer.

Durant cette dernière matinée, alors qu'ils étaient allongés dans leur cocon de satisfaction post-orgasmique, savourant toujours la chaleur et le goût de l'autre, Logan avait jeté un œil par-dessus la hanche soyeuse de Jerry et observé la neige lourde qui mitraillait la fenêtre de la chambre avec un crépitement sourd. Jerry enseignait aux CM1 et avait cours ce matin-là.

— Peut-être que tu ne devrais pas y aller, se souvenait-il avoir dit. La circulation va être horrible.

— À moins que ce ne soit un jour officiel d'intempérie, je dois y aller. Tu le sais. Mais ne t'inquiète pas. Je conduirai prudemment.

— Les chaînes sont dans la malle. Utilise-les si tu en as besoin.

— Tu es inquiet ! gloussa Jerry.

Il l'avait attiré à lui dans une étreinte propre à lui briser les os avant de se glisser hors des couvertures et de marcher nu jusqu'à la salle de bain, riant tout du long, car le sol était glacé.

Longtemps après que la brigade des autoroutes eut appelé, bien des jours plus tard, après qu'une rage froide et furieuse devant l'injustice de tout cela se fut installée dans le cœur de Logan, il repensa à ce dernier rire qui avait jailli et s'était poursuivi dans la pénombre de cette matinée glacée. Comment Logan aurait-il pu savoir que ce seraient les derniers moments qu'ils passeraient ensemble ? Ça paraissait incompréhensible qu'un événement capable d'altérer la réalité, un événement comme la mort de Jerry, puisse se produire sans même une pointe de pressentiment. Et chaque fois qu'il repensait à ce rire identique à un carillon joyeux lorsque Jerry se précipitait nu, à travers la pièce, pour se préparer à aller travailler, le cœur de Logan se brisait de nouveau. Comment cela avait-il pu se produire ? Comment une journée pouvait-elle démarrer dans un tel bonheur et finir dans une avalanche de douleur, de chagrin et de perte ?

Ce que Jerry avait perdu était encore pire que ça. Parce qu'il avait été abandonné dans une éternité de néant, son rire devenu muet et les battements de son cœur généreux et aimant éteints à jamais.

C'est ce qui avait rendu Logan le plus furieux, ce qu'il avait combattu pendant si longtemps. Ce n'était pas ce qu'il avait perdu. Ce n'était pas son chagrin face à la perte de Jerry. C'était ce que Jerry avait perdu. Et le fait que le destin avait effacé un tel homme de la surface de la Terre sans même un frisson de compassion.

Cette lointaine matinée était la dernière où Logan avait touché un autre homme par amour. Depuis lors, il avait vécu son existence comme un moine. Pourtant, il ne regrettait pas son année d'abstinence. Jerry méritait au moins ça. Mais à présent, les choses commençaient à changer. Logan pouvait sentir les modifications en lui qui émergeaient. La faim. Le besoin. Le désir à couper le souffle.

Il était temps pour lui de rejoindre la race humaine, il en était diablement convaincu.

LE BOURDONNEMENT d'une abeille volant trop prêt de son oreille ramena Logan au présent. Il jeta un œil à sa montre, perplexe. Bon sang ! Il avait marché durant vingt minutes et ne se souvenait de rien. Riant devant sa propre étourderie, il regarda autour de lui comme s'il craignait que les autres passants soient en train de l'observer comme s'il était dingue. Bien sûr, personne ne faisait attention à lui.

Il se demanda ce que Milo était en train de faire. Il était encore tôt ; il était probablement occupé à écrire. Logan devait lui aussi travailler, réalisa-t-il subitement. Il s'était peut-être implanté à l'autre bout du pays, mais ses obligations restaient les mêmes. En fait, avec le déménagement et son installation, il avait une semaine de retard sur tout. Il avait du travail à finir, un blog à mettre à jour, deux livres à chroniquer, des gens à informer de sa nouvelle adresse pour qu'ils puissent garder le contact avec lui en cas de nécessité. Il devait rassurer la famille de Jerry à Chicago et sa propre famille à New York, car les deux clans pensaient de toute évidence qu'il était devenu dingue lorsqu'il leur avait appris qu'il déménageait à presque cinq mille kilomètres de là.

Actuellement, Logan avait une toute nouvelle vie à démarrer.

Il regarda autour de lui, cherchant encore à se repérer dans cette ville de San Diego inondée de soleil et si peu familière qu'il appelait à présent un foyer. Lançant un dernier regard stupéfait à l'ardent ciel de Californie qui s'étalait au-dessus de sa tête, il exécuta un demi-tour joyeux et reprit le chemin par lequel il était arrivé. En direction de son appartement. En direction de sa toute nouvelle vie.

Et peut-être en direction de toutes les autres choses qu'une nouvelle existence ne manquerait pas d'impliquer.

IV

MILO ÉTAIT debout depuis quatre heures du matin, travaillant sur son nouveau livre. Quand il écrivait, il était le plus heureux des hommes. Et le plus malheureux aussi. Il vivait une relation de haine et d'amour avec le processus créatif. Certains jours, les mots qu'il inventait survivaient tout au long de la création jusqu'aux révisions personnelles, puis encore après, lorsque son histoire passait sous contrat (s'il était chanceux). Ils pouvaient même survivre aux révisions de son éditeur. Bon sang, ils pouvaient même parfois demeurer inchangés après qu'un éclair de génie les eut amenés à la vie, et ce, jusqu'au jour de publication, quand le livre, poli au maximum, était enfin livré à un public adorateur – avec un peu de chance.

D'autres fois, bien sûr, ses mots disparaissaient au bout de cinq minutes. Souvent, les phrases choisies avaient du mal à supporter d'être projetées à travers l'écran de l'ordinateur comme des fientes d'oiseaux (une comparaison pertinente, s'il en était) avant que Milo ne change d'avis et ne décide de supprimer ces saletés de la surface de la Terre.

C'était le cas aujourd'hui. Chaque mot qui se déversait de son cerveau à travers ses doigts jusqu'au clavier, lui laissait un goût désagréable en bouche. Certains jours, ses mots s'envolaient. À d'autres moments, ils étaient mort-nés. Aujourd'hui était un jour de mort-nés.

Alors ce fut avec un soulagement infini qu'il fut distrait du bruit incessant de la touche « Delete » par un bip annonçant un message Facebook.

— Merci, mon Dieu, murmura Milo, réduisant la page sur laquelle il était en train de travailler pour se connecter sur Facebook.

Il était aussi reconnaissant pour l'interruption que s'il avait bénéficié d'un sursis du gouverneur survenu juste avant que le gardien ne mette le contact et ne lui grille son petit cul coupable.

Quand il vit de qui le message provenait, il se sentit encore plus heureux.

Eh ! J'ai oublié de prendre ton numéro de téléphone. S'il est toujours disponible, bien sûr.

Milo se mit à sourire. C'était Logan. Obéissant, il tapa son numéro dans la messagerie et l'envoya aussitôt. Un moment plus tard, le téléphone sur son bureau se mit à sonner.

Milo répondit avec une imitation anglaise horriblement prétentieuse façon Terry-Thomas [4], jusque dans son impossible manière d'adoucir les « a », le zézaiement aristocratique et le reniflement condescendant et occasionnel. Le tout faisait comprendre à son correspondant que son thé et ses pancakes venaient d'être ruinés, merci beaucoup d'avoir interrompu le petit-déjeuner.

— Vous êtes bien chez Sir Milo Cook, maître international et reconnu de l'écrit. Si vous êtes un admirateur, votre appel recevra une réponse en fonction de son ordre d'arrivée, probablement d'ici la semaine prochaine. Oui, *il* est aussi populaire. Si vous êtes éditeur et souhaitez offrir une avance qui bat tous les records pour ses prochains chefs-d'œuvre qui ne sont pas encore écrits et ne le seront sûrement jamais, veuillez l'énoncer clairement et préciser le nombre de zéros que vous souhaitez inscrire sur le chèque.

Milo fut récompensé par un rire ironique à l'autre bout de la ligne.

— Seigneur, tu es vraiment un crétin. C'est drôle, je ne l'avais pas remarqué l'autre jour au déjeuner.

— On était plus proche du dîner que du déjeuner. Tu l'as dit toi-même. Et en plus, c'est toi qui as payé, expliqua Milo avec dédain. Je ne me comporte jamais comme un crétin quand quelqu'un paie.

Il rit de lui-même et abandonna son accent ridicule. Frénétiquement, et avec les premières notes de sincérité dans la voix, il demanda :

— Alors, tu disais que tu avais eu l'appartement ?

— Je l'ai eu. J'ai signé le bail. Et j'ai déjà emménagé.

— Waouh ! C'était rapide.

— Ça dépend de ma motivation et de la force avec laquelle je veux quelque chose. Je peux galoper comme un lapin quand le besoin se manifeste.

Milo resta muet durant un moment, se demandant si l'insistance de Logan à garder le contact avec lui était une manifestation de sa volonté qui le faisait « galoper comme un lapin ». Bon sang, il l'espérait.

Après avoir comblé les blancs de la conversation par tout un tas d'idées intéressantes, nombre d'entre elles étant carrément sexy et bien plus

---

4 *Acteur britannique né en 1911 à Londres et mort en 1990. (Source : Wikipedia)*

créatives que ce qu'il avait rédigé pour son manuscrit le matin même, Milo retrouva finalement ses manières.

— J'adorerais le voir.

— Tu devrais, alors, répliqua Logan, ravi.

— Vraiment ?

— Bien sûr. Pourquoi pas ?

Milo eut l'impression de percevoir un sourire dans sa voix, mais il n'en était pas certain. Quand il jeta un œil à son reflet dans l'écran de l'ordinateur, il ne fut pas surpris d'y voir le sien. Il était là depuis le moment où le téléphone avait sonné.

— Je t'apporterai un cadeau de pendaison de crémaillère.

— Contente-toi de venir, répondit Logan, ce sera suffisant.

Cette fois-ci, le silence dura plus longtemps.

— Très bien, lâcha finalement Milo, parlant doucement dans l'appareil et le tenant tout près de son oreille pour pouvoir entendre Logan respirer à l'autre bout.

Sans pouvoir expliquer pourquoi, il aimait ce son. Il l'aimait beaucoup.

Logan finit par s'éclaircir la gorge comme si la conversation commençait à lui échapper et qu'un changement de sujet était devenu nécessaire.

— Il doit y avoir beaucoup d'écrivains à San Diego. Peut-être pourrais-tu m'aider à entrer en contact avec quelques-uns.

— Certainement. J'aimerais beaucoup ça. Nous sommes une grande famille. Tout le monde connaît tout le monde. De plus, il y a des clubs de lecture auxquels tu aimerais peut-être te joindre, des dédicaces tout autour de la ville presque chaque jour où tu pourrais rencontrer les auteurs et les libraires. Des instants de détente où écrivains et lecteurs se rencontrent et critiquent les avis. Enfin… Non, tu préféreras peut-être éviter ça. Nous n'avons encore pendu aucune effigie de chroniqueur, mais il se pourrait qu'il y ait une première fois. Je détesterais te voir accroché à un palmier, en train de griller sous le soleil californien.

Logan se mit à rire.

— C'est joliment dit, mais oui, ce serait la poisse.

Leur conversation faiblit et, avant que Milo puisse s'en empêcher, il lâcha :

— C'est bon d'entendre ta voix. J'avais espéré que tu appelles.

Milo l'entendit reprendre sa respiration avant de murmurer :

— C'est vrai ?

— Oui. J'ai vraiment apprécié les moments passés ensemble l'autre jour.

— Merci, Milo. Moi aussi. Ce serait génial d'avoir au moins un ami dans la ville.

— Est-ce que tu veux dire que tu ne connais *personne* ici ?

— Pas une âme.

— New York doit te manquer, alors.

— Tu sous-entends que je regrette la neige, la glace et les crottes de nez gelées ? Non. Mais la ville ? Peut-être un petit peu. Je tuerais pour un sandwich à la choucroute de chez Gray's Papaya. Ou une part de pizza de ce petit resto sur la Cinquième Avenue près de Bergdorf. Ou une boisson du Stonewall, où même les tabourets de bar sont chargés d'histoire.

— Ah ! De la mauvaise nourriture et un fanatique du mouvement gay avec des tendances alcooliques. Je savais que j'allais nous trouver quelque chose un commun. Quelles autres passions entretiens-tu ?

Le silence se prolongea sur la ligne, indiquant que Logan était en train de considérer sa réponse avec beaucoup d'attention. Finalement, il lâcha, comme s'il les énumérait sur ses doigts :

— La mauvaise nourriture, les films, les livres. La Sainte Trinité, quoi. Ce sont toutes les choses qui m'intéressent. Et toi, Milo ? Qu'est-ce qui excite ton intérêt ?

Milo avait envie de répondre : « Toi et ta voix sexy et tes longues jambes velues, que j'ai déjà envie de sentir autour de moi », mais il ne le fit pas. Il n'était pas si idiot. En règle générale.

— La mauvaise nourriture, les films, les livres et l'alcool, ça couvre à peu près tout. Bien évidemment, personne ne peut atteindre son potentiel absolu sans l'amour d'un bon animal de compagnie à retrouver chaque soir. Chien, chat, oryctérope, salamandre-alligator, peu importe. L'amour d'un homme n'est pas mal non plus, mais c'est compliqué à trouver.

Logan se mit à rire.

— Ne me cache rien. Dis-moi tout ce que tu aimes.

— C'est ce que je fais. Les longues promenades. J'adore les longues promenades. Autour de la ville, où à l'extérieur, en campagne ; j'adore me balader sur la plage nu-pied juste avant de surfer ; ou dans le désert, quelque part où je peux explorer les dunes tout en esquivant les serpents à sonnette. N'importe quel lieu me convient. J'aime surfer. Et écrire. Non, je déteste écrire. Oublie ça. Et j'aime les siestes l'après-midi. Et Spanky quand il me sourit. C'est à peu près tout.

— Les chiens sourient ?

Milo soupira.

— Mon vieux, tu ne connais *absolument* rien sur les animaux de compagnie, n'est-ce pas ?

— L'un de mes nombreux défauts, avoua Logan avec un sourire de nouveau bien présent dans sa voix. Au passage, j'aime les siestes, moi aussi.

— Eh bien, c'est un bon début.

Et ça l'était, en vérité, offrant à Milo une toute nouvelle série de fantasmes. Câlins du matin, étreintes de l'après-midi, ronfler dans les bras de l'autre sur le canapé pendant que les infos de dix-huit heures défileraient à la télévision sans être regardées, et que les doigts commenceraient à errer sur les peaux douces et hâlées.

Un grognement joueur gronda dans la gorge de Logan, arrachant Milo à ses rêveries joyeuses.

— Peut-être qu'un jour tu pourras m'apprendre à corriger mes défauts. Et me montrer tout ce que je rate dans la vie. Sans limites.

— Désolé, le taquina Milo tout en songeant que, jamais dans sa vie, il n'avait entendu quelque chose de plus sexy que ce grondement joueur à travers le téléphone. Je ne fais *rien* dans les limites. C'est bien trop restrictif.

— T'es vraiment un idiot.

— Eh bien, merci ! roucoula doucement Milo, et ils rirent tous les deux.

Un silence confortable s'installa entre eux. Après quelques secondes, Logan lâcha :

— Je suis probablement en train de t'interrompre pendant que tu écris.

— Ou peut-être que c'est moi qui t'interromps pendant que tu chroniques, répliqua Milo.

Au bout d'un moment, ils lancèrent en même temps :

— Non, ce n'est pas le cas.

Les quelques secondes de plus qui suivirent ces paroles furent encore plus agréables. Milo se surprit à sourire de nouveau. Il se demanda si c'était le cas de Logan.

— J'aimerais te montrer la ville, si tu m'y autorises Logan. Après avoir vu ton nouvel appartement et après que j'ai réarrangé tes meubles – parce que je suis ce genre de mec et parce que, pour une obscure raison, tu m'impressionnes en te montrant trop viril pour être un adepte du feng shui. (J'imagine que tu as sûrement placé ta télé devant le siège des toilettes…) Attends, qu'est-ce que j'étais en train de dire ? Ah oui. Après tout ça, nous pourrions marcher directement jusqu'au pied de la colline puis vers la baie. Manger un morceau au bord de l'eau, peut-être boire quelques verres. Ou les deux. Tu dois vraiment être fatigué après ton emménagement. Une soirée relaxante te fera du bien.

— Je ne vais même pas mentionner ton manque de confiance en ma capacité à installer correctement mes propres meubles.

— C'est préférable.

— J'ai apprécié la mention à ma « virilité », ceci dit.

— À ton service.

— Et ton écriture ?

— Une soirée de repos me fera le plus grand bien, à moi aussi. Aujourd'hui, j'ai pas mal avancé sur mon Projet en Cours en y ajoutant un total de trois mots. C'est la vérité : trois. Et demain, je les supprimerai, très probablement.

Milo écouta attentivement le silence de mort qui régna sur la ligne. Logan était en train d'hésiter. Ou peut-être pensait-il juste à certaines choses. Milo n'en avait aucune idée. Il attendit environ six ou sept secondes – dans sa tête, l'équivalent d'une heure et demie. Il était sur le point de commencer à mordiller sa lèvre inférieure et d'extraire son chapelet du placard de l'entrée quand Logan dit :

— Super !

Milo lâcha un soupir rassuré.

— Super, tu me laisseras réarranger tes meubles ? Ou super, tu me laisseras te montrer la baie ?

— Les deux, répondit Logan.

— Quand aimerais-tu que je passe ? interrogea Milo, plus conscient que jamais de son cœur qui s'était mis à danser un petit cha-cha surexcité sous son pyjama.

— Cet après-midi ? Vers dix-sept heures ? Est-ce que ça t'irait ? questionna Logan.

Il avait l'air de nouveau timide, et Milo songea que c'était la chose la plus adorable qu'il ait jamais entendue.

— Cet après-midi à dix-sept heures, c'est parfait. J'attends ça avec impatience.

Après avoir noté l'adresse de Logan, Milo lui dit poliment au revoir et mit fin à l'appel. Il fixa Spanky qui se tenait près de sa chaise en levant les yeux sur lui comme s'il se demandait ce que tout ce vacarme signifiait.

53

En adorable bâtard qu'il était, Spanky posa son menton sur la jambe de Milo et loucha en plissant sa gueule dans un sourire obséquieux.

Waouh. Tu souris vraiment.

Les grands yeux pleins d'intelligence de Spanky cherchèrent les siens, brillant de dévotion. Étirant son sourire de chien, il dévoila quelques crocs supplémentaires d'une manière tout amicale, attendant probablement une explication ou une caresse. Sa longue queue soyeuse battait d'avant en arrière au même rythme que le cœur de Milo, et sa tête était tellement penchée sur le côté que son oreille était retombée sur son front et restait là.

Milo finit par lâcher un rire stupéfait.

— Bon sang, mon grand ! J'ai un rencard !

— BON SANG ! bafouilla Logan, soudain rempli d'horreur. J'ai un rencard !

Il posa un regard douteux sur son appartement nouvellement arrangé. Milo avait sûrement raison. Il en savait autant sur le feng shui que sur la physique quantique. Et il ignorait tout en physique quantique. En conséquence de quoi, il avait probablement placé tous ses meubles aux mauvais endroits. C'était la Californie, ici, après tout. Les gens s'inquiétaient à propos de ce genre de choses.

Il se tint là, les mains sur les hanches, repérant tout ce qu'il avait déjà fait pour rendre les lieux plus semblables à un foyer. Il tenta d'imaginer à quoi l'appartement ressemblerait s'il plaçait le sofa *ici* et tournait les tables basses de *cette* manière-là. La salle à manger aurait l'air bien plus sympathique s'il tirait la table un peu plus près de la fenêtre et posait une plante verte dessus. Et ses bibliothèques qui débordaient seraient peut-être mieux placées dans la seconde chambre qu'il avait transformée en bureau, plutôt qu'ici, dans le couloir où elles bloquaient le passage.

Mais la pensée de devoir refaire tout le travail encore une fois lui donnait envie de ramper dans son lit et de pleurer jusqu'à ce qu'il s'endorme. À côté de ça, il éprouvait l'impression sournoise que rien ne rendrait Milo plus heureux que de se remonter les manches pour redécorer l'appartement de Logan, avec ou sans sa permission. Comme il avait dit, il était ce genre de mec. Et franchement, Logan s'en fichait. L'appartement aurait sûrement l'air plus beau après la visite de Milo.

Il laissa échapper un lourd soupir et, tout en se détestant pour ça, commença à réarranger les meubles.

Deux heures plus tard, transpirant par tous les pores, il prit une bière dans le réfrigérateur et s'effondra sur le canapé. Ce dernier était toujours en diagonal au milieu du salon, parce qu'après avoir tout déplacé environ six fois, il n'arrivait plus à lui trouver une place où il ne bloquerait ni le passage vers la cuisine ni la porte d'entrée.

Il resta là, tamponnant la sueur sur son visage avec le bas de son tee-shirt et avalant sa bière, les pieds pendant au bout du canapé parce qu'il ne mesurait qu'un mètre quatre-vingt-deux et que Logan était bien plus grand. Ce fut durant cet instant bien triste, alors qu'il avalait les dernières gouttes rafraîchissantes de sa boisson, qu'il réalisa avec horreur qu'il allait sûrement devoir remettre tous les meubles à leur place d'origine.

Seigneur.

À DIX-SEPT heures tapantes, la sonnette de Logan se mit à tinter.

Il repoussa rapidement une paire de chaussettes sales sous son lit – mais d'où ces choses sortaient-elles ? – avant de courir pour répondre. En ouvrant la porte en grand, il trouva Milo sur le seuil comme il l'avait espéré et lui offrit un timide :

— Bonjour, c'est bon de te revoir.

— Ça l'est ? demanda Milo, déstabilisant Logan.

— Heu… oui, répondit-il. Pourquoi ? Est-ce que j'ai l'air de penser le contraire ?

— Désolé, dit-il en riant. Je n'ai pas pu résister.

Il lui tendit la main.

— C'est bon de te revoir également, Logan. Merci de m'avoir invité.

Logan s'empara de sa main et se contenta de la tenir, sans même chercher à la secouer, pendant que Milo inclinait la tête en arrière pour observer la façade du complexe immobilier des années quarante. C'était un triplex, un méli-mélo décousu de briques décalées et de fenêtres en plomb, la plupart peintes en rouge sang, avec une flopée de cheminées tortueuses qui pointaient ici et là sur le toit, ainsi que des escaliers en colimaçon qui partaient dans une douzaine de directions différentes. De l'opinion de Logan, le bâtiment entier – avec ses coupoles, ses flèches et ses clés de voûte à chaque ouverture ainsi que ses drôles de petites balustrades en fer forgé – aurait eu l'air parfaitement à sa place sur Diagon Alley, avec ses sorcières wicca allant et venant à toute heure du jour ou de la nuit. L'immeuble était bordé par des buissons de bougainvilliers non taillés ainsi qu'un bouquet de palmiers dont les frondaisons craquaient dans le vent, loin au-dessus de leurs têtes. L'appartement de Logan était au rez-de-chaussée, loin de la rue. Il était presque masqué par une alcôve ombreuse située sous un jacaranda tentaculaire.

— J'ai toujours apprécié ce vieux bâtiment, dit Milo. Je ne suis jamais entré. C'est chouette que chaque appartement s'ouvre sur l'extérieur. J'aime aussi le fait que les entrées ne soient pas à la vue les unes des autres. J'ai un problème avec les entrées communes. Je les hais avec passion.

— En fait, moi aussi, répondit Logan et vu que la main de Milo était déjà dans la sienne et qu'il ignorait quoi en faire, il le tira gentiment à l'intérieur.

— Entre.

Milo suivit. Pendant que Logan refermait la porte derrière eux, il en profita pour jeter un œil à l'appartement avec un air de stupeur sur le visage.

— Waouh, souffla-t-il. C'est magnifique. Rangements intégrés et bibliothèques, cheminée, ventilateurs et larges poutres au plafond – qu'est-ce que c'est que ça, du teck poli ? – et des sols carrelés. Le loyer doit être astronomique.

— Pas autant que tu le penses, répondit Logan. Il est verrouillé pendant deux ans, alors je n'ai pas à m'inquiéter qu'il grimpe avant un moment.

— Cool.

Milo fixa le canapé en cuir de Logan, puis les bergères à haut dossier et les lourdes tables en bois décoratives. Il regarda autour de lui, tapotant son menton du doigt comme s'il tentait de savoir s'il était satisfait de la disposition des meubles. Il jeta un coup d'œil malicieux au visage inquiet de Logan, et sourit.

— Tu as fait du bon boulot. Tu as mis chaque élément au bon endroit.

Logan lâcha un énorme soupir de soulagement.

— Merci, mon Dieu. Depuis ton appel, j'ai tout réarrangé trois fois et, finalement, j'ai fini par tout remettre comme avant.

Milo rit joyeusement.

— J'ai dû te faire flipper à mort, p'tit gars !

Les oreilles de Logan s'enflammèrent, mais, pour une raison qu'il ignorait, il s'en ficha. Il réalisa soudain que Milo n'était dans son appartement que depuis une minute et qu'il passait déjà un bon moment. En espérant que ce soit le cas du jeune homme également.

— Laisse-moi aller te chercher une bière, dit-il en se précipitant vers la cuisine.

À sa grande joie, Milo le suivit, s'exclamant avec excitation à propos de tout ce qu'il voyait : les peintures sur les murs, le spacieux espace de la salle à manger avec sa seconde cheminée dans un coin, les plafonds arrondis, les stores de bois aux fenêtres. La lumière du soleil couchant baignait la cuisine d'une lumière orange à travers une baie vitrée qui courait du sol au plafond. Elle faisait face à un autre jacaranda situé à l'extérieur, dans la cour intérieure du complexe. Dans la cuisine, il y avait un second ventilateur accroché au plafond au-dessus du coin petit-déjeuner. Un petit cellier semblable à un porche menait de la cuisine à l'arrière.

— Est-ce une porte de service ? demanda Milo avec stupéfaction.

Logan rit.

— Oui. Je ne me souviens pas d'avoir jamais vu un appartement avec une porte de service avant ça. Ça a quelque chose de simple et de cosy, tu ne trouves pas ?

— Si, en vérité.

Milo sourit en prenant des mains la bière qu'il lui offrait.

— Et regarde ça, ajouta Logan.

Il pointa du doigt une petite ouverture oblongue située dans le mur. Il y avait une trappe en métal au-dessus qui était placée près de la porte de service, à environ trente centimètres du sol.

— As-tu déjà vu ça avant ?

Milo la fixa pour tenter de comprendre ce que c'était. Il finit par abandonner.

— Non. Qu'est-ce que c'est ?

Fier comme un paon, Logan s'exclama :

— C'est par là que le livreur de lait déposait ses bouteilles !

Les deux hommes éclatèrent de rire.

— Waouh ! s'étonna Milo. Ce bâtiment est plus vieux que je ne le pensais.

Un silence amical retomba pendant que Milo continuait à jeter des coups d'œil autour de lui, enregistrant chaque détail.

Logan lui indiqua le sofa dans l'autre pièce.

— Assieds-toi. Mets-toi à l'aise.

Milo s'exécuta, tapotant les coussins à côté de lui tout en s'exécutant. Toujours rougissant – heureusement moins qu'avant – Logan accepta l'invitation. Il se laissa tomber près de Milo et étendit ses longues jambes devant lui. Les deux hommes se relaxèrent en sirotant leurs bières directement à la bouteille.

Après un court instant de silence que Logan, étonné, ne trouva nullement dérangeant, il se tourna vers Milo et dit :

— J'apprécie vraiment que tu sois venu jusqu'ici. Je n'ai pas beaucoup cherché à socialiser depuis, enfin… depuis tout ce qui s'est passé avec Jerry. Si mon comportement commence à te sembler bizarre, ne crois pas que ce soit ta faute. Mets ça sur le compte de la vieillesse.

Milo sourit.

— Ne t'inquiète pas. J'ai la mauvaise habitude d'interagir pour deux. Je ne remarquerai même pas ta présence.

Logan éclata de rire.

— Eh bien, je me sens tout à fait spécial ! Et je suis déjà plus à l'aise.

Milo s'esclaffa alors que ses yeux verts se posaient sur Logan.

— Bien, affirma-t-il en le taquinant toujours, un peu plus gentiment cette fois-ci.

Coinçant sa bouteille de bière entre ses jambes, il observa de nouveau la pièce autour de lui.

— C'est vraiment un endroit magnifique. Je ne peux pas imaginer qu'on puisse être malheureux ici.

Logan haussa les épaules, tentant de ne pas paraître trop évasif tout en sachant que ses paroles le seraient probablement.

— On verra.

Il s'éclaircit la gorge et changea maladroitement de sujet.

— Tu es prêt à aller te balader ?

Milo lui adressa un long regard qui indiquait clairement qu'il savait très bien ce qu'il faisait. Pourtant, il vida le restant de sa bière sans rien dire et sauta sur ses pieds. Tendant la main, il prit celle de Logan et l'aida à se relever. Ils se tinrent tout proches, chacun souriant à l'autre, la tête de Milo inclinée en arrière et celle de Logan penchée en avant.

Brusquement embarrassé, Logan éloigna son regard et arracha la bouteille vide des doigts de Milo. Vidant le restant de la sienne, il posa ensuite les deux bouteilles sur la table basse.

— Allons-y, alors, dit-il. Je te laisse ouvrir la marche.

— Salaud, le réprimanda Milo et, rassemblant les bouteilles vides, il les ramena à la cuisine où, après une recherche rapide, il les déposa dans la poubelle prévue à cet effet sous l'évier.

— Hum…, marmonna Logan. Tu m'as déjà cerné.

CE FURENT trente minutes d'une très plaisante balade depuis l'appartement de Logan jusqu'à Seaport Village, un haut lieu de shopping touristique situé aux limites sud-ouest de la ville, à l'extrémité de la terre, douillettement accolé à la baie de San Diego. Avec plus de soixante-dix commerces indépendants, construits dans différents styles d'architectures allant du Victorien au Mexicain en passant par le Tudor, le site offrait une vue panoramique du front de mer. Milo et Logan zigzaguèrent entre les devantures, faisant du lèche-vitrine ici, s'arrêtant pour une glace là-bas, observant le mélange de touristes et de locaux, les uns paraissant aussi heureux d'être chez eux que les autres. Pas très loin de là, ils pouvaient voir le pont du Coronado se courber au-dessus de l'eau, connectant le continent à la ville où Logan et Milo s'étaient d'abord rencontrés.

Ils flânèrent le long du sentier pavé qui longeait le bord de mer et regardèrent passer en grondant un torpilleur de la Navy qui se dirigeait vers le port, agitant dans son sillage des étincelles orange tandis que le soleil couchant peignait l'eau en rouge vif. S'arrêtant pour observer un navire passer majestueusement, le son de ses fantastiques moteurs vibrant à travers l'eau, Milo fut plus conscient que jamais de la présence physique de Logan à ses côtés. De sa taille. De la manière dont ses mains bougeaient lorsqu'il parlait. De la façon nonchalante dont il se déplaçait, dont il s'appuyait de la hanche contre la balustrade en ciment tout en se perdant dans les beautés qui s'étalaient devant lui. Quand il murmura « Waouh » dans un souffle en fixant l'eau, Milo fut ravi.

— Magnifique, n'est-ce pas ? demanda-t-il en se sentant fier de son sentiment de propriétaire, car l'endroit était l'un de ses favoris en ville.

Logan hocha la tête, clairement impressionné par la large baie qui s'étendait devant lui, noyée par la lumière enflammée du crépuscule et les cris des mouettes qui descendaient en piqué au-dessus de leurs têtes, leurs ailes polies par l'or du soleil couchant. Il leva la main comme pour saluer les marins habillés de bleu qui se tenaient avec rigidité loin de la balustrade du torpilleur, comme au défilé, leurs uniformes impeccables claquant dans le vent, tandis que le bateau passait près d'eux. S'ils le virent, ils n'en montrèrent rien.

Milo s'interrogea sur les marins. Étaient-ils aussi attachés à leur métier qu'ils en avaient l'air, ou était-ce juste un boulot pour eux, avec le faste et les circonstances du retour au port après Dieu sait combien de temps en mer ? Un jour ? Deux mois ? Une année ? Étaient-ils aussi fiers de leur navire qu'ils en donnaient l'impression, ou avaient-ils simplement trop hâte de poser les pieds sur la terre ferme, pressés de faire l'amour, ou de prendre une cuite, ou de passer du temps avec les gens qui les avaient – avec un peu de chance – tant regrettés pendant qu'ils étaient déployés ailleurs, naviguant sur les sept mers pour Dieu ou leur patrie ?

Logan éleva doucement la voix pendant que ses cheveux s'agitaient dans tous les sens avec le vent qui soufflait en rafales sur les eaux.

— À New York, la beauté de la baie se perd dans l'activité grouillante, la crasse et le chaos de la ville. Les péniches, les remorqueurs, le gris du ciel, les eaux sales, les déchets qui flottent et les sirènes qui ne cessent de hurler dans le lointain. Ici, l'eau est paisible et bleue, comme ça devrait l'être. Tu peux entendre les sternes. L'air est limpide.

Il se tourna vers Milo et sourit.

— Vous avez une merveilleuse ville. Je n'ai jamais rien vu de comparable.

Milo combattit le besoin de se perdre dans les yeux noisette de Logan.

— Alors tu penses qu'un New Yorkais déraciné pourrait être heureux ici ?

Sans hésitation, Logan hocha la tête.

— Oui. Je pense que je pourrais. Après tout, il n'y a plus rien pour moi à New York. Plus personne. J'ai besoin de changement. Et si quelqu'un a envie de changer, cet endroit est le lieu parfait pour le faire. Maintenant que j'ai vu tout ça, je sais que j'ai fait mon choix avec sagesse. Curieusement, San Diego me fait déjà me sentir chez moi.

— J'en suis heureux, dit Milo.

D'un geste amical, il posa sa main sur l'épaule de Logan puis, silencieusement, ils admirèrent l'eau. Le torpilleur était presque hors de vue à présent. Il avait plongé sous le vaste pont qui connectait le continent à Coronado, se dirigeant vers le mouillage de la Navy, plus loin dans le port. Dans la poussière grise, comme le soleil couchant disparaissait derrière l'horizon, son sillage enflammé passa au blanc. Autour d'eux, la pénombre avait enfin commencé à s'étendre et les lumières de la ville à prendre vie, chassant les ombres.

À n'importe quel autre moment, en compagnie de n'importe qui d'autre, Milo aurait pu regretter de voir ces ombres fuir. Car il aurait apprécié l'anonymat qu'elles offraient. Quoiqu'il combatte régulièrement l'anxiété sociale permanente qui affectait sa vie depuis le lycée, d'une certaine manière, il en souffrait moins avec Logan. En pivotant vers lui dans la lumière jaune et crue des réverbères situés au-dessus de leurs têtes, malgré tout ce que révélait cet éclat sévère, Milo décida qu'il était heureux. Il ne regrettait plus les ombres. Peut-être était-ce la facilité qu'il éprouvait à se trouver en compagnie de Logan. Il y avait quelque chose à propos de lui qui lui donnait instinctivement confiance. Ce n'était pas seulement parce que Logan était beau, grand et sexy en diable. Il montrait aussi une générosité que Milo appréciait. Il était généreux avec son temps, il offrait son attention. Et au-delà de tout ça, il possédait une douceur innée que Milo admirait grandement. Que Logan puisse sincèrement l'aimer en retour était une bonne chose. Il rendait par-dessus tout possible le fait que Milo se détende en sa présence.

Cependant, même s'il se sentait apaisé et qu'il gardait ses névroses à distance, Milo pouvait également se montrer d'une curiosité inflexible. Il laissa l'air frais du soir se calmer autour de lui, et dans la joie des parfums de l'océan venus envahir ses sens, son instinct de possession s'épanouit. Bon sang. C'était exactement le genre de choses qu'il avait redouté.

— J'ai lu quelques-unes de tes critiques, dit-il nonchalamment. Tu as un bon regard sur la fiction. Ce qui fonctionne, ce qui ne fonctionne pas…

Logan lui jeta un regard suspicieux, mais un petit sourire suffisant lui tordit la bouche.

— Où veux-tu en venir, exactement ? Es-tu sur le point de me dire que je ne connais rien à la littérature ? Ce ne serait pas la première fois, tu sais.

Comme il prononçait cette dernière phrase, son sourire s'étira en un large rictus.

— Non !

Milo fit un effort pour avoir l'air réellement consterné.

— Non, tu sembles aimer ce que tu fais, et je me demandais comment tu arrives à garder ton énergie et ton optimisme. Un livre idiot peut me mettre le moral à zéro pendant des jours. J'adore lire, mais uniquement ce que je choisis de lire. Il me semble qu'un chroniqueur doit lire tous les styles, que ce soit son genre ou pas, n'est-ce pas ?

Logan se mit à rire.

— OK, alors. Tu as gagné. Parlons boulot. Il n'y a rien que je préfère davantage.

Comme s'il était incapable de s'engager dans une telle discussion sans se sentir totalement à l'aise, il souleva le bas de son tee-shirt pour le

61

sortir de son short et le laisser retomber. Une fois que ce fut fait, il croisa les bras sur sa poitrine et appuya ses fesses contre la rambarde en bordure du sentier pavé.

— Très bien. Je n'ai plus à garder ça pour moi plus longtemps, alors.

Milo eut l'air dubitatif.

— La dernière chose à faire, c'est que tu gardes quoi que ce soit à l'intérieur de toi. J'ai la sensation qu'il doit y avoir de jolis abdos, là-dessous.

Logan esquissa un geste vague.

— Oh, je t'en prie, répliqua Milo en faisant saillir ses sourcils.

— Très bien, où en étais-je ? Ah oui. Tu te demandais si j'aime réellement mon métier.

Milo cligna des paupières.

— Non, je ne me demandais pas…

Logan le fit taire.

— La réponse est non. Je ne l'aime pas. Je l'adore. Eh oui, j'admets qu'il y a certains genres que je préfère à d'autres, mais c'est sur l'habileté du style d'écriture que je me concentre quand je chronique un livre. C'est là-dessus que je base mon argumentation. Non pas sur ce que j'aime ou ce que je déteste personnellement. Tu dois te montrer juste en tant que critique. Tu ne peux pas laisser tes préférences entrer en ligne de compte.

— J'aimerais que tous les critiques se comportent ainsi.

Pour la première fois depuis que Milo avait frappé à sa porte, Logan fronça les sourcils.

— Oui, dit-il. Moi aussi. Beaucoup de chroniqueurs là dehors sont à peine sympathiques. Être critique donne aux gens une mauvaise notion des choses, comme s'ils pouvaient se montrer vicieux au-delà des limites civilisées. Ce qu'ils n'imagineraient même pas te dire en face, ils le clameront au monde entier sur n'importe quel forum qui leur donne la sensation d'être protégés. Je suppose que nous devons remercier Internet pour ça.

— Pourtant, répliqua Milo, débattant quasiment avec lui-même, si un livre est mauvais, le chroniqueur doit le dire, non ?

— Oui, reconnut Logan. Mais ça ne signifie pas qu'il doive se montrer cruel. Quelqu'un a mis beaucoup d'effort dans l'élaboration de ce manuscrit qu'il va descendre, et ça ne rime à rien de briser le cœur de l'auteur juste parce qu'un chroniqueur n'aime pas la manière dont le livre a été écrit. Il y a aussi le fait que ce n'est pas parce que tu es critique que tu as forcément

62

raison. Il faut laisser une marge de sécurité à son évaluation. Il faut donner à l'écrivain le bénéfice du doute et ne pas l'accabler en tentant de détourner de lui les futurs lecteurs. En fait, il faut rester humain.

Milo bondit.

—Exactement ! Rester humain ! Je suis heureux d'entendre quelqu'un d'autre qu'un écrivain dire ça à propos des chroniqueurs. Nous ne sommes pas tous des petites choses ultra-sensibles même si c'est l'impression que nous donnons parfois. Certains d'entre nous peuvent accepter les plus horribles avis s'ils ne touchent pas nos points faibles, ou si le critique n'est pas seulement en train d'essayer de s'envoyer des fleurs en se montrant vache et intelligent, tel une sorte de Truman Capote avec ses insultes.

Logan s'appuya plus confortablement contre la balustrade, étudiant le visage de Milo.

— J'ai du mal à imaginer que tu aies reçu beaucoup de mauvaises appréciations.

Milo grogna.

— J'ai eu mon lot. On l'a tous. Ça va avec le reste. Je ne t'ai jamais vu en donner, d'ailleurs. Ni jouer les avocats du diable non plus, mais penses-tu que ce soit juste ? Il existe quand même pas mal de mauvais bouquins.

Logan haussa les épaules.

— C'est vrai, mais j'ai une règle. Je ne donne pas de mauvaise appréciation à moins de pouvoir légitimement expliquer ce qui n'a pas fonctionné avec l'écriture. Et même dans ces cas-là, je n'emploierais jamais un ton dur ou humiliant. J'adore les écrivains. Même ceux qui n'ont pas de talent. Les meilleurs auteurs publient parfois des choses qui auraient mérité de rester enfouies sous une pile de publicités de chez Macy plutôt qu'être exposées à la lumière du jour. Et je sais aussi que, si quelqu'un s'assoit et écrit un livre – ce qui n'est pas une petite entreprise…

— Non, tu crois ?

—… je sais que ce livre, peu importe la manière – bonne ou mauvaise – avec laquelle il est présenté, signifiera certainement beaucoup pour lui. Pourquoi essaierais-je de gâcher cela ? Ce serait cruel et pitoyable.

— Peu de chroniqueurs seraient d'accord avec toi.

— Bien sûr que non. C'est pour cette raison que nous ne sommes pas les plus populaires sur la planète.

Toujours souriant, Logan étira son poing énorme et toucha doucement Milo au menton.

— J'ai soif, dit-il. Allons boire un verre, et pendant que nous boirons, tu pourras me parler du livre sur lequel tu travailles.

Milo jeta un œil autour de lui, son regard suivant la courbe du chemin pavé comme s'il essayait de se souvenir de ce qui se trouvait plus loin.

— Là, dit-il. Après le virage. Il y a un restaurant de fruits de mer et un bar perché au-dessus de l'eau. Nous pourrons y boire un verre. Dîner aussi, si tu as faim. C'est moi qui offre.

— Loin de moi l'idée de refuser, sourit Logan. Je te suis.

Tandis qu'ils marchaient vers le bâtiment indiqué par Milo, Logan posa sa main sur son dos en le suivant tranquillement. Sa main était large et chaude et tout en marchant, il caressa doucement son omoplate.

Alors qu'ils atteignaient le restaurant, Milo berçait assez sérieusement l'idée de lui sauter dessus. Non pas qu'il ne se soit jamais senti peu enclin à le faire.

C'ÉTAIENT LES meilleurs fruits de mer que Logan avait jamais mangés. Des noix de Saint-Jacques grillées ainsi qu'une purée de pommes de terre au homard suivie d'un sorbet au citron et de plusieurs délicieuses bières IPA fabriquées à moins de deux kilomètres de là, d'après Milo. Ils avaient tous les deux terminé leur dîner et étaient appuyés contre le dossier de leur siège, comatant presque après tout ce qu'ils avaient consommé.

— Tu as l'air repu, dit Milo en souriant par-dessus la table.

Il était assis le dos au mur vitré qui faisait face à la mer. À l'extérieur, à moins de deux mètres de sa tête, un pélican bien gras se tenait assis au sommet d'une petite éminence, occupé à lisser ses plumes avec son bec en forme de cuillère. Le fait que Milo ait cédé la vue à Logan pour qu'il puisse faire face à la mer ne lui avait pas échappé une seconde.

Logan baissa les yeux sur son assiette vide devant lui. Ça n'aurait pas pu être plus clair s'il l'avait prise et l'avait léchée jusqu'à ce qu'elle soit propre.

— Ça ne me paraît pas juste, dit-il en dégrafant discrètement sa ceinture sous la table. Je t'ai payé un cheeseburger, tu m'as offert des boissons et un festin avec une vue magnifique.

Milo l'observa avec amusement. Il y avait une trace de mousse blanche sur sa lèvre supérieure. Logan songea qu'il pourrait être amusant de l'embrasser pour la faire disparaître. Puis il se demanda d'où cette terrible pensée pouvait bien provenir.

— Peut-être est-ce un investissement, dit Milo avec un petit sourire suffisant.

Logan lui sourit en retour.

— Un investissement sur quoi ?

— Sur toi. J'ai la sensation que je viens de me faire un nouvel ami. Pour te garder dans ma vie, je vais devoir te nourrir correctement et te rendre heureux.

Il y avait un éclat taquin dans les yeux de Milo, et Logan se perdit en eux. Il se demanda s'il n'était pas un peu ivre. Les IPA étaient plutôt fortes. Il décida alors de le taquiner à son tour.

— Es-tu sûr que c'est bien un ami que tu cherches ? Ou souhaites-tu plutôt t'assurer une bonne critique pour la sortie de ton prochain livre ?

— Quoi ? Mais jamais ! s'exclama Milo en se frappant la poitrine comme si elle avait été transpercée jusqu'au cœur par une telle suggestion. J'ai bien trop de respect pour cet art noble de la critique littéraire, pour me livre à de tels actes !

Coudes sur la table, il se pencha davantage et ajouta, pince-sans-rire :

— Mais si tu éprouves le besoin irrationnel de me donner cinq étoiles, ne te retiens surtout pas.

— Oh, fais-moi confiance, ce ne sera pas le cas.

Logan rit et, après quelques secondes, Milo l'imita à son tour. Dans le même temps, le pélican agita ses grandes ailes et s'éleva dans la pénombre comme si lui-même était soudain attiré par l'idée de se payer une bonne critique à l'aide d'un repas et d'une ou deux bières.

Leurs rires s'évanouirent et ils restèrent silencieux, rassasiés, en observant, un peu léthargiques, les autres dîneurs autour d'eux, absorbant l'ambiance du restaurant. Au milieu de ce silence confortable, Logan fit discrètement signe à l'un des serveurs pour qu'il leur apporte deux bières supplémentaires. Après qu'ils furent servis et que les verres vides aient été retirés, Logan fut surpris de voir Milo tendre son bras au-dessus de la table et poser sa main sur la sienne.

Il resta muet, attendant de voir ce qu'il allait dire. Quand il se décida finalement à parler, Logan sut qu'il avait choisi ses mots avec précaution. Il s'exprima si doucement qu'il dut se pencher pour l'entendre.

— Tu es seul depuis plus d'un an, alors, dit Milo, le regard adouci. Ça a dû constituer un véritable effort pour toi.

— Toi aussi tu as perdu ton amant, répondit Logan. Tu sais ce qu'on éprouve.

— Non, répliqua Milo. Mon amant est parti parce que chacun de nous souhaitait sortir de cette relation. Il n'est pas mort. Ça fait toute la différence.

Il fallut du temps à Logan pour décider si oui ou non il avait envie d'évoquer ce sujet. Après tout, il connaissait à peine Milo. Ils venaient juste de se rencontrer. Pourtant, Milo avait un tel regard ouvert et attentif que Logan savait que ce n'était pas pour de mauvaises raisons qu'il avait démarré sur ce sujet. Il n'était plus seulement en train de se montrer curieux. Il était réellement intéressé par lui.

Logan sirota sa bière, puis effaça une trace de mousse sur ses lèvres avec son pouce.

— As-tu vraiment envie de parler de ça ?

Milo haussa les épaules, un peu coupable, mais déterminé.

— J'aimerais savoir comment tu as survécu. Ça n'a pas dû être facile. Je… Je me demandais juste comment tu t'en étais sorti en gardant ta bonté d'âme.

Logan le fixa avec amusement.

— Ma bonté d'âme ? C'est ce que tu as vraiment dit ?

Un sourire paresseux joua sur les lèvres de Milo, mais la manière dont sa tête restait penchée sur le côté en signe d'entêtement indiquait très clairement à Logan qu'il n'allait pas se décourager.

— Oui, tu en as une, tu sais. C'est comme une aura qui brille autour de toi. Je ne suis pas certain d'avoir jamais rencontré quelqu'un dont la bonté d'âme le définisse autant que la tienne le fait.

— Seigneur, se moqua Logan. Peut-être devrais-tu arrêter de boire.

Milo ricana, mais son regard demeura intraitable.

— Si tu ne veux pas en parler, dis-le-moi. Cependant, je pense que tu le devrais. Je pense que tu as besoin d'en parler.

— Pourquoi ? interrogea Logan. Pourquoi penses-tu que je le devrais ?

— Parce que c'est ce que j'éprouverais à ta place, répondit simplement Milo.

Logan fixa l'expression ouverte peinte sur son visage, la ligne pleine de ses lèvres humides de bière, jusqu'aux boucles striées de blond toujours balayées par le vent. Pour la première fois, il nota que ses oreilles étaient percées, même s'il n'arborait aucun bijou. Logan se demanda pourquoi.

Il s'entendit parler avant même de réaliser que les mots s'échappaient réellement de sa bouche.

66

— Les premiers mois ont été terribles, dit-il. Mais les gens peuvent survivre à tout quand ils le doivent.

— Le peuvent-ils vraiment ? demanda gentiment Milo.

— Oui, affirma Logan sans hésitation. Si tu le souhaites vraiment. Après une période, le temps se met à te guérir. Je vais bien maintenant, mais, comme je te l'ai dit, les premiers mois ont été… durs. Je n'avais jamais perdu personne avec qui je m'étais impliqué. Je n'avais jamais perdu d'amant.

— J'aimerais bien voir une photo de lui. Tu dois en avoir une sur toi.

Surpris, Logan cligna des paupières comme s'il se demandait comment Milo pouvait savoir une telle chose. Hébété, il glissa la main dans sa poche arrière et en sortit son portefeuille. Il l'ouvrit pour en extraire un petit cliché, un peu abîmé et corné aux coins. Il le lui tendit.

Logan le regarda tandis qu'il tenait la photo près de la bougie qui brûlait sur la table pour la voir dans la faible lumière du restaurant. C'était la photo préférée de Logan, prise lors de leur premier Noël ensemble. Jerry était assis aux pieds d'un sapin de Noël habillé d'un peignoir blanc, tenant une tasse de café tout en souriant au photographe, les joues encore rouges, car ils venaient de faire l'amour juste avant.

Sur des charbons ardents, Logan attendait au bord de son siège que Milo dise quelque chose. Mais lorsqu'il eut fini, il lui rendit la photo et se réinstalla dans sa chaise avant de prendre une gorgée de bière.

Ce ne fut qu'une fois qu'il se fut essuyé les lèvres avec sa serviette qu'il lâcha :

— Il était très beau.

Ces quatre mots frappèrent si profondément Logan qu'il sentit les larmes lui brûler les yeux.

— Il l'était, affirma-t-il en regardant la photo, la vision brouillée avec cette vieille douleur familière de retour dans sa poitrine. C'est drôle, ajouta-t-il en levant les yeux sur Milo. Personne ne m'a jamais autant aimé que Jerry. Et je ne pense pas qu'on m'aimera encore de cette manière.

Milo secoua doucement la tête.

— Tu ne peux pas le savoir.

— Non, dit Logan, mais je le sens. Parfois, le vrai bonheur n'arrive qu'une fois dans une vie. Je pense que Jerry était fait pour moi. En vérité, j'en suis convaincu.

Pour la seconde fois de la soirée, Milo tendit la main par-dessus la table et posa le bout de ses doigts sur sa main.

— Parfois, on est surpris par ce qu'on croit savoir, assura-t-il d'un ton doux.

Ce qui amena un sourire sur les lèvres de Logan.

— Cette phrase m'agace. Remercions le Ciel que tu écrives mieux que tu ne parles.

Milo éclata de rire, retirant sa main. Il étudia le visage de Logan durant un long moment.

— Tu dois être épuisé, dit-il. Tu veux rentrer ou préfères-tu que j'appelle un taxi ?

— J'aimerais marcher, répondit Logan.

Cinq minutes plus tard, la note payée et l'air du soir ébouriffant leurs cheveux une fois de plus, ils parcoururent le sentier pavé qui longeait la mer, reprenant le chemin inverse vers les rues de la ville.

Le silence qui suivit n'exigeait rien. Il n'abritait aucune gêne ni aucune accusation ; il s'accordait parfaitement avec les étoiles au-dessus de leur tête et la légèreté avec laquelle leurs épaules se frôlaient parfois tandis qu'ils marchaient.

Ils gravirent la colline qui s'éloignait du bas de la ville en direction de Hillcrest où l'appartement de Logan était situé et où Milo avait garé sa voiture. Lorsqu'ils finirent par briser le silence, ils se contentèrent de parler de choses anodines. Les trilles d'un oiseau qu'ils dépassèrent s'élevèrent alors qu'il chantait dans les buissons au bord du trottoir. L'air s'était rafraîchi comme la nuit s'assombrissait. La silhouette délicate de la lune les dominait, large comme un ongle.

Quand le bâtiment de Logan fut en vue, Milo le suivit jusqu'à la porte principale et dit :

— Maintenant que nous sommes amis, j'espère qu'on gardera le contact.

— Oui, assura Logan, bouleversé par la simplicité de ses mots. Moi aussi.

Sur le perron, Milo se tourna vers lui et lui murmura :

— Est-ce que je peux t'embrasser pour te souhaiter bonne nuit ?

Logan acquiesça aussitôt, pas certain de pouvoir se faire confiance pour parler.

Se dressant sur la pointe des pieds, Milo posa ses mains sur les hanches de Logan et effleura sa bouche de ses lèvres. Logan ferma les yeux sous la délicatesse du baiser, ses propres mains bougeant d'elles-mêmes pour l'attirer plus près.

Interrompant doucement leur étreinte, Milo reprit sa position et leva les yeux sur le visage de Logan.

— Merci, murmura-t-il avant de pivoter pour s'éloigner.

Logan se tint sur le seuil de la porte, le regardant partir, sans même chercher à retrouver ses clés au fond de sa poche jusqu'à ce que Milo tourne au coin de la rue et disparaisse.

Ce ne fut qu'à cet instant qu'il murmura :

— Merci à toi.

V

Quel trou merdique.

Le motel s'élevait au bord d'une route noire, au milieu de nulle part. Voilà longtemps, cette dernière avait été une authentique autoroute à deux voies approuvée par l'État et même désignée par un chiffre. Grâce à la nouvelle autoroute à huit voies interÉtats qui avait été construite à plusieurs kilomètres de là, vingt ans auparavant, elle était à présent réduite à rien, juste un sentier de chèvre couvert de nids de poule serpentant à travers la campagne grillée par le froid de l'Etat d'Indiana.

Le Gateway Inn, autrefois étape populaire pour les vacanciers à petits budgets qui se hâtaient entre l'Ohio et l'Illinois, n'avait survécu à la transition qu'en devenant encore plus lamentable. La seule rénovation qui annonçait la transformation du motel passé de semi-respectable à totalement louche venait du mot Gateway qui avait été recouvert d'une épaisse trace de peinture noire. À présent, les lieux étaient simplement connus comme le Blackslash Inn. C'était la gargote préférée des lycéens suite à une longue tradition de séances de première baise ; un endroit idéal pour les histoires extra conjugales perpétrées par leurs parents ; une option éventuelle pour les fermiers gay cherchant un coup d'un soir pour pouvoir se sucer dans un vrai lit au lieu d'un grenier à foin – sans que leurs femmes viennent gâcher le moment – ; ainsi qu'un coin chaleureux ou les toxicos pouvaient se détendre et engloutir les dernières drogues à la mode sans s'écrouler de fatigue ou geler dans leur voiture sur quelque route de campagne.

Le type de la chambre 6 savait beaucoup de choses à propos du Blackskash Inn, ayant recherché activement l'établissement. Mais aucune recherche n'avait pu le préparer à l'aspect sordide de l'endroit. Tout d'abord, il était positivement impossible de trouver un espace qui n'ait pas été roussi par une cigarette dans la petite pièce. Le siège des toilettes, le dessus de la commode, la table de nuit, le faux marbre de la salle de bain entourant un évier rouillé – tout avait été abîmé à un moment ou à un autre par une Lucky Strike oubliée ou un joint qui s'était consumé sur les meubles.

Le tapis était si élimé qu'il était usé jusqu'à la trame à certains endroits. L'unique fenêtre était peinte pour être aveugle. Le radiateur fonctionnait à peine. Un relent d'anciennes vomissures imprégnait encore l'atmosphère. Sur le sol crasseux, derrière la commode, le voyageur repéra un préservatif usagé. Dans le tiroir de la table de nuit, près d'une bible qui était la seule chose dans cette pièce qui paraissait ne pas avoir été touchée depuis le jour où elle était sortie des presses, se trouvait une seringue abandonnée. Le dessus de lit laissait voir des tâches que même un tueur en série – le mieux placé pour ça – aurait trouvées dégoûtantes. Le voyageur, durant la seule nuit passée sur place, avait dormi sur une chaise pour éviter les punaises de lit ainsi que les scarabées – et probablement quelques souches de bactéries dévoreuses de chair issues spécifiquement de ce coin de l'Indiana, qui lui auraient grignoté les os avant que le soleil ne soit levé. Bien qu'en toute honnêteté, ce dernier ne se soit pas montré depuis des jours. Peut-être qu'en hiver, il évitait l'Indiana comme la peste. Si c'était le cas, on ne pouvait guère l'en blâmer.

Oui, il était facile de conclure que ce petit coin d'Indiana était le trou du cul du monde. Et pour le voyageur, rien n'était venu contredire cette impression durant les dernières vingt-quatre heures.

Tout cela rendait encore plus étonnant le fait qu'un chroniqueur littéraire plutôt bien établi réside dans le secteur. Il n'y avait qu'à l'époque d'Internet qu'un bouseux pouvait posséder une compréhension basique de l'anglais et être suffisamment calé pour lire un livre de temps en temps et pouvoir faire graver son nom dans la pierre comme critique littéraire. La ferme délabrée dans laquelle vivait ce pseudo-critique se situait à une trentaine de kilomètres de l'autoroute, tout au bout d'un chemin sale et défoncé qui serpentait à travers une vieille forêt de châtaigniers et de chênes centenaires, ainsi que de petits sassafras filiformes. Le parfum sucré de ces derniers se faisait sentir dans l'air frais, même en plein cœur de l'hiver. Ces bois étaient pour l'heure dépourvus de feuilles et, comme les gens du cru auraient pu le dire en mâchant un brin de paille et en crachant leur chique dans le vent, ils étaient plus froids que les testicules d'un singe en laiton. Le voyageur avait repéré la ferme le jour précédent. Portant déjà un masque de ski en laine pour le périple à venir, l'occupant de la chambre 6 miteuse rassembla ses affaires et se prépara au départ. Un arrêt rapide chez le chroniqueur littéraire pour régler deux ou trois petites choses, puis il retournerait dans le monde réel. Enfin.

71

Le voyageur regarda par l'immonde fenêtre principale du motel. Sa chambre était au rez-de-chaussée, car c'était là qu'étaient situées toutes les autres chambres du Blackslash Inn. Comme une sorte de Bates Motel, pour ceux qui auraient cherché une référence littéraire. En fait, non. Le Bates Motel était le Waldorf en comparaison de ce dépotoir. Il n'y avait pas d'autres voitures sur le parking couvert de gravier. Le temps était apparemment trop froid même pour les rebuts de l'humanité qui auraient voulu sortir et laisser libre cours à leurs fantasmes parmi les puces et les punaises. La neige recommençait à tomber, il serait plus sage de précipiter le spectacle. Si un blizzard se levait, la route sinueuse et défoncée qui menait à la ferme pourrait devenir impraticable. Et ça, ce serait la poisse. Ça ruinerait tout le voyage, en vérité. Durant un moment, penché en avant pour fourrer son sac dans le coffre d'une Taurus de location, le voyageur fut tenté de retourner à l'accueil du motel pour enfoncer son pic à glace dans le cou du propriétaire, juste pour rire. Mais non. C'était une mission. D'importantes choses devaient être faites. L'acte consistant à rectifier les erreurs commises était sérieux, et ne devait pas être minimisé par des digressions récréatives, peu importe à quel point elles étaient agréables. Si on voulait vraiment s'amuser, on pouvait se rendre à Disneyland pour rencontrer Mickey.

Et puis au-delà de ça, le voyageur avait d'autres idées pour le pic à glace dissimulé dans la poche de sa veste.

Après avoir esquivé le vent en baissant la tête, puis rapidement claqué la portière de la voiture, le conducteur, à l'aide de ses doigts rendus déjà insensibles par le froid, tourna la clé de contact. Si on pouvait reconnaître une chose à cette voiture de location qui puait les gaz d'échappement et faisait un bruit métallique plutôt alarmant quand elle atteignait les quatre-vingt-dix kilomètres-heure, c'était qu'elle était parfaitement adaptée au climat de la région. Ce soir, même avec la température plongeant au-dessous de moins quinze degrés, elle démarrait sans problème, exactement comme la première fois où le voyageur avait tourné la clé sur le parking de l'agence Avis à l'aéroport international d'Indianapolis.

Une fois que la chaleur fut revenue, il fourra ses doigts glacés dans des gants en cuir puis ajusta les trous du masque qui avaient été ménagés pour les yeux afin de s'offrir une vue dégagée. Une fois que ce fut fait, le conducteur fit glisser la Taurus en mode Conduite et la voiture commença à s'avancer en craquant sur le gravier du parking. Alors que les pneus retrouvaient le macadam, le voyageur vira pour se diriger vers l'est.

La route était vide. Chantonnant un refrain d'ABBA – il était fan des vieux registres – il pivota d'une main pendant que l'autre plongeait dans un sac de bonbons en forme de grains de maïs. Presque aussitôt, la neige recommença à tomber avec plus de détermination qu'avant. Les flocons étaient larges et duveteux, très beaux tandis qu'ils descendaient de la nuit pour rebondir sur le pare-brise. Quand ils commencèrent à s'accumuler, il activa les essuie-glaces pour les chasser et les renvoyer là d'où ils venaient.

Sous les roues de la Taurus, la route se mit à blanchir, mais la voiture avait été louée avec un lot de pneus neige, il n'avait donc aucune raison de s'inquiéter. L'agence Avis lui avait dit qu'il y avait des chaînes dans le coffre, bien qu'elles ne soient pas encore nécessaires.

Pendant qu'il grignotait ses bonbons, son esprit vagabonda. C'était le point positif lorsqu'on était seul. Personne ne faisait irruption dans votre tête pour interrompre vos pensées.

Ce serait une bonne chose lorsque le printemps remplacerait l'hiver. Ces jobs d'hiver devenaient vraiment inconfortables. Il fallait reconnaître que toutes ces conneries autour de son « hiver du mécontentement [5] » représentaient un effort épuisant. Ce serait bien de sentir de nouveau le soleil, d'entendre le bourdonnement des insectes, de respirer le parfum de l'herbe verte et la brise chaude de l'océan, d'entendre un putain d'oiseau chanter de temps en temps.

Heureusement, le voyageur se dirigerait bientôt vers la côte Ouest. C'était un territoire familier. San Francisco, Los Angeles, San Diego. Toutes ces villes étaient comme son foyer sans qu'aucune le soit réellement. Et pas mal de décisions allaient devoir être prises là-bas. Oh oui. Une multitude d'erreurs attendaient d'être réparées sous le soleil californien. On aurait dit que la cruauté y fleurissait littéralement. Le voyageur se demanda pourquoi. Était-ce l'atmosphère créative qui imprégnait l'état d'esprit californien, convainquant chacun de sa propre supériorité artistique ? Hollywood avait peut-être quelque chose à voir avec ça. L'Usine à Rêves, les Oscars, les innombrables maisons d'édition, l'empire des enregistrements, la compétition sans fin pour être le plus grand, le plus audacieux, le plus talentueux, le plus populaire, le plus beau, le meilleur vendeur.

---

5 *Référence à « l'hiver du mécontentement » entre 1978 et 1979 au Royaume-Unis, durant lequel le pays connu de grandes grèves et un important désordre. (Source : Wikipedia)*

Pour chaque film, chaque chanson, chaque livre, une histoire pouvait être racontée, des mots pouvaient être écrits. Et pour chaque histoire, un critique pouvait se présenter, prêt à l'encenser ou à la réduire en miettes. Le procédé était inévitable. Parmi les critiques, il y en avait toujours pour arracher le cœur de celui qui possédait un réel talent, celui qui abritait l'étincelle créative qui permettait d'enchaîner les mots ensemble. Agissaient-ils ainsi par jalousie ? Parce qu'ils avaient eux-mêmes raté ce qu'ils cherchaient à ridiculiser ? Qu'est-ce qui les motivait ? Était-ce seulement pour humilier ce qu'ils avaient été incapables d'accomplir ?

Plus le voyageur y pensait, plus ses doigts gantés se resserraient sur le volant en métal. Sa chanson mourut dans le silence. À travers le masque de ski, ses yeux percèrent la pénombre trouée par les phares. Sa prise sur le volant se relâcha pour soulager ses bras douloureux. Clignant des yeux en revenant à la réalité, il constata que la neige s'était renforcée, tout comme le vent glacial qui bousculait à présent la voiture. Le chauffage fonctionnait à plein régime, tentant désespérément de chasser le froid. Des groupes de flocons blancs frappaient le pare-brise comme d'innombrables petites bombes suicidaires, s'écrasant à mort sur la vitre, juste avant d'être chassés par les essuie-glaces pour laisser la place aux suivants.

La route n'était plus noire. Sous la lumière vive des phares, elle brillait d'un blanc surprenant. La neige était déjà profonde de cinq centimètres. Pure, sans la moindre trace de roue pour gâcher sa perfection d'albâtre. La voiture de l'inconnu était certainement la première à se déplacer depuis que les dernières bourrasques s'étaient levées.

Le conducteur s'inclina vers le pare-brise, fixant attentivement l'extérieur à la recherche de la limite de la route qui virait sous les arbres, là où sa proie attendait sagement sans avoir la moindre idée de ce qui était sur le point de se produire. Peut-être était-il à son bureau, rédigeant une autre revue dure comme l'acier, se souriant à lui-même pour l'habileté avec laquelle ses mots cruels tombaient sur la page, et se disant combien ses lecteurs le trouveraient intelligent en voyant avec quelle adresse il pouvait se moquer. Combien il pouvait rabaisser les autres de façon implacable. Le voyageur se demanda à quoi l'homme ressemblait. Une épuisante recherche sur Internet lui avait procuré son adresse, mais il n'avait trouvé aucune photo disponible. À peine une longue série d'avis mordants sur son blog personnel ou éparpillés dans les sections d'Amazon où les dommages pouvaient être bien plus dévastateurs pour les ventes des auteurs. Il semblait que BooksOnWheels – le nom qu'il se donnait – avait un talent certain pour la cruauté. Il s'était fait connaître en se montrant narquois et, il fallait l'avouer, plutôt drôle avec son esprit mordant et dévastateur – tant que vous n'étiez pas visé, bien entendu.

Le véritable nom du chroniqueur était Edgar Price, avait appris l'inconnu. C'était un beau nom. Ça rendrait bien sur une pierre tombale. Et à cette pensée, le voyageur se mit à sourire.

Juste après le sommet d'une petite colline, l'embranchement apparut. Passant à toute vitesse dans la lumière des phares, il surprit le conducteur qui dut freiner un peu trop brutalement, faisant déraper la Taurus. Réussissant à tourner le volant à l'opposé pour corriger la dérive, il ravala un soupir de soulagement quand le véhicule s'arrêta brusquement avec ses roues arrière hors de la route. Comme le sol était bien gelé et qu'il n'y avait pas d'autres voitures venant de directions opposées, les pneus agrippèrent le rebord dès que la pédale des gaz fut enfoncée. Ils projetèrent le véhicule en sécurité de l'autre côté de la route, puis le long du sentier couvert d'ornières qui menait sous les arbres. L'homme conduisit lentement et avec prudence, les trous glacés du chemin défoncé étant réellement atroces. La dernière chose dont il avait besoin était de crever le réservoir d'huile ou de briser un essieu. Tout particulièrement au moment où la voiture pénétra la forêt aux arbres dénudés par l'hiver, ce qui pouvait facilement faire redescendre le froid de dix degrés de plus. Quelques-uns des vieux arbres étiraient leurs branches nues par-dessus le sentier comme pour se tenir par la main. Durant les mois les plus chauds, lorsque la végétation s'en mêlait, le spectacle devait être agréable. Bien évidemment, il fallait toujours affronter ces putains d'ornières.

Un peu plus haut, un éclat de lumière jaune détourna l'attention du conducteur. Répondant à la sollicitation de ses freins, la voiture s'arrêta en crissant sur la terre gelée. Les phares moururent et dans les ténèbres subites, d'autres lumières apparurent. C'étaient celles d'une maison située plus loin, le long d'une courbe du chemin. Leur éclat, à travers les arbres, semblait chaud et accueillant, comme dans un hors série du Noël des Walton [6].

Le voyageur, grignotant une ultime poignée de bonbons en forme de grains de maïs, ouvrit doucement la portière conducteur tout en cherchant le

---

6 *Référence à une série américaine se déroulant dans les années 1930. La vie quotidienne d'une famille localisée dans les montagnes de Virginie. (Source : Wikipedia)*

son d'un chien ou, peut-être, le bruit d'une porte-moustiquaire qui se serait ouverte dans le lointain. Mais la nuit était silencieuse grâce à la neige. Les seuls sons audibles étaient les cliquetis de la Taurus qui refroidissait après que le contact avait été coupé.

L'air qui pénétra dans le véhicule quand la porte fut ouverte, fit frissonner le voyageur. Seigneur, même avec le masque de ski et les gants, il faisait froid. Lorsqu'une longue jambe glissa à l'extérieur pour poser son pied sur le sol, la neige passa par-dessus sa chaussure et l'homme s'enfonça jusqu'aux chevilles.

S'éloignant d'un pas de la Taurus, le conducteur remonta le col de sa veste contre le froid. Ayant vérifié la propriété le jour précédent, il avait anticipé toute surprise concernant la disposition des lieux. À ce moment-là, la plus grosse surprise avait été de constater à quel point l'endroit était un trou à rat. *Un critique littéraire vit ici ?* s'était demandé le voyageur. *Impensable !* Pourtant si, un critique littéraire vivait bien ici. Et ceci, bien sûr, expliquait mieux quel misérable fils de pute il était. Après tout, la pauvreté et la jalousie allaient de pair, n'est-ce pas ?

L'homme était probablement un auteur raté, comme tant d'autres. *Eh bien*, avait pensé le grand voyageur, *si c'est de publicité dont il a désespérément besoin, voyons voir ce que je peux faire pour attirer l'œil du public sur lui une dernière fois.*

Comme prévu, la voiture était hors de vue depuis la maison. Il n'y avait pas d'autres bruits, ni lumières, à des kilomètres à la ronde. Il était temps de s'y mettre. Sur le siège arrière, l'homme retira une vieille combinaison volée sur une corde à linge sur la route d'Indianapolis. Il l'enfila avec une paire de bottes en caoutchouc déformées qu'il avait récupérées dans un surplus de l'armée dans la périphérie de Mooresville. C'était l'endroit d'où provenait également le masque de ski. Les vêtements seraient abandonnés plus tard, à des kilomètres de là, dans un lieu encore inconnu, là où ils resteraient dissimulés jusqu'à ce que le printemps ramollisse la neige – s'ils étaient retrouvés un jour.

À présent prêt et plissant les yeux contre le vent, des flocons glacés effleurant ses cils à travers le masque, le voyageur emprunta la voie venteuse. S'enfonçant jusqu'aux chevilles encore et encore, ses pieds bottés faisaient un drôle de bruit à travers la neige, et sa respiration saccadée envoyait des nuages de vapeur à travers ses dents qui claquaient et ses lèvres qui s'étiraient déjà. Malgré le temps, la neige et les stupides bruits que les bottes en caoutchouc produisaient, la démarche du voyageur avait une élasticité très enjouée.

Que le spectacle commence.

LE VOYAGEUR n'entendit aucun chien aboyer à l'intérieur de la maison jusqu'à ce qu'il pose un pied sur la première marche qui menait au porche. Il n'y avait aucune lumière à cet endroit. La seule manière de se déplacer, c'était en utilisant la lueur jaune de quelque illumination intérieure qui filtrait à travers un rideau lâche et transparent. Ce dernier était fait avec ce qui ressemblait à de la dentelle ancienne et jaunie, tâchée et décousue près des bords.

Le temps que le voyageur atteigne la marche du dessus et se déplace d'un pas lourd sur le porche en bois, le chien griffait la porte d'entrée et aboyait comme un fou. Il semblait être un petit emmerdeur, peut-être un shiatsu ou un teckel, alors c'était plutôt encourageant. Difficile d'être mutilé à mort par un teckel. L'éclairage du porche s'alluma au-dessus de sa tête. Un visage apparut derrière la fenêtre masquée par un rideau avant que le voyageur puisse lever une main gantée pour frapper.

Le visage était plus vieux que ce à quoi il s'était attendu. Plus vieux et plus laid. Étonnamment, la figure flétrie se montra derrière le rideau à hauteur de la ceinture. L'homme devait être très petit.

Le voyageur sourit malgré le froid et lui fit un signe amical de la main. Le rideau retomba et il put l'entendre marmonner quelque chose de l'autre côté de la porte. Après quoi, le petit chien qui jappait finit par la fermer. Un moment plus tard, la poignée de la porte cliqueta et le battant s'ouvrit pour révéler un homme handicapé par de l'arthrite ou toute autre horrible forme d'affection dégénérative. Il était assis de travers dans un fauteuil roulant usé, tel un vieux corbeau affamé perché de façon précaire sur un cadavre.

— BooksOnWheels [7], murmura le visiteur presque silencieusement. Bien sûr.

L'homme devait avoir quatre-vingts ans. Il était recroquevillé dans un fauteuil roulant chromé qui avait connu des jours meilleurs. Une couverture à motif tartan tâchée de nourriture était étalée sur ses jambes bosselées et fines comme des baguettes, et un petit Chihuahua était assis sur ses genoux, grognant à l'encontre de l'intrus qui se tenait devant la porte.

---

7 *Livres sur roue.*

Le vieil homme était visiblement surpris de cette visite tardive, mais il rassembla ses esprits assez vite.

— Oui ? Puis-je vous aider ?

Le visiteur lui offrit un sourire rassurant, à peine visible à travers le trou pour la bouche pratiqué dans le masque.

— Ma voiture est tombée en panne. J'ai vu vos lumières à travers les arbres. Je me demandais si je pouvais utiliser votre téléphone.

Le vieil homme se pencha sur le côté et jeta un œil à l'extérieur, vers la neige qui tombait.

— Ça tombe fort, n'est-ce pas ?

Il reporta son regard sur le visiteur et prit un moment pour analyser ce qu'il voyait. Le voyageur eut la sensation que, ce qui précipita les mots qui suivirent, fut plus l'air froid qui soufflait par la porte ouverte que la notion de familiarité provoquée par son apparence.

— Vous feriez mieux de venir à l'intérieur avant de mourir gelé. Oui. Oui, bien sûr que j'ai un téléphone. Entrez.

Il jeta encore un œil dans la nuit.

— Êtes-vous seul ?

— Seul avec moi-même.

Le voyageur sourit en haussant les épaules et, sans attendre une seconde invitation, s'avança sur le seuil. Ignorant le grognement du petit roquet, il contourna le fauteuil roulant pour pénétrer dans la pièce.

Le vieil homme referma la porte et pivota maladroitement pour faire face à son invité.

— Vous devez avoir froid après avoir marché ainsi, dans cette combinaison, sans même une veste d'hiver sur le dos.

Il pointa du doigt la cheminée au gaz qui brûlait dans un coin.

— Réchauffez-vous, dit-il.

— Merci, murmura le visiteur en s'avançant vers le feu.

Une fois les gants retirés et fourrés dans les poches glacées de sa combinaison, il se tint devant l'âtre avec les mains bien écartées toutes proches des flammes. Ce fut paradisiaque. La chaleur lui fit du bien.

— Le masque aussi, proposa le vieil homme. Vous vous sentirez mieux.

— Non, je ne pense pas.

— Très bien, répondit-il, surpris.

Il préféra se taire pour ne pas se montrer impoli.

Le masque toujours en place, le voyageur se retourna et abaissa les yeux sur le vieux gnome et son méchant petit chien. Sous la couverture au motif de tartan, le vieil homme portait une robe de chambre miteuse avec une écharpe en laine coincée autour de son cou pour le préserver du froid. Le visage au-dessus de l'écharpe était cadavérique, et pourtant curieusement sympathique. En le regardant, personne n'aurait suspecté combien de carrières il avait détruit, combien de cœurs créatifs il avait mutilé et humilié au-delà de tout.

Le regard du visiteur erra à travers la pièce. Il y avait un ancien ordinateur Dell sur un bureau dans un coin. Le bureau paraissait bizarrement incomplet sans siège, mais, bien sûr, le vieil homme sur roues n'en avait pas besoin, n'est-ce pas ? Des bibliothèques s'alignaient contre les murs, chaque étagère remplie au point de déborder. D'autres livres étaient empilés ici et là comme des stalagmites s'élevant du sol. Tout ce qui se trouvait dans la pièce était recouvert de poussière et de poils de chien.

— Vous vivez seul ici ? demanda le voyageur.

— Eh bien, j'ai mes amis, dit le vieux schnoque en grattant les oreilles du chihuahua et en pointant l'angle de la pièce.

Le visiteur se retourna pour voir ce qu'il indiquait et vit un chat pelé qui l'observait de sous une chaise. Il avait l'air d'avoir la gale. Un autre chat apparut au sommet d'une vieille armoire appuyée contre un mur, puis encore un autre qui se tenait sur le seuil d'une porte menant à une autre partie de la maison. Ce fut à cet instant seulement que la puanteur d'ammoniac des caisses de chats non nettoyées et l'urine d'animaux devinrent reconnaissables. Sous un vieux sofa s'élevait une petite pile de crottes de chihuahua qui devait être là depuis des mois. Elle était aussi sèche que la poussière.

— Vos amis, répéta le voyageur d'un ton ironique. Je vois.

Et ses yeux froids revinrent se poser sur l'homme dans le fauteuil roulant, qui se tenait là en observant son invité inopiné. Il avait l'air de plus en plus nerveux au fil des minutes.

Embarrassé par l'intensité de son regard, le vieil homme demanda :

— Puis-je vous offrir un café ?

— Non.

— Voulez-vous utiliser les commodités ?

— Bon Dieu, non.

La brusquerie de la réponse embrouilla le vieux schnoque.

— Oh, dit-il. Alors, j'imagine que vous avez besoin du téléphone.

— Non, répéta le voyageur.

Cette fois, sa main plongea dans la poche qui contenait le pic à glace. Sa lame fine lui sembla froide contre ses doigts à présent réchauffés par le feu. Froide et aiguisée. Un frisson lui traversa le corps. Un frisson agréable. Et inattendu. Qui n'avait rien à voir avec les nuits d'hiver, les bourrasques arctiques ou l'air glacé, et tout à voir avec une pure excitation anticipée.

— J'ai lu vos critiques, Monsieur Price. Vous avez un talent certain avec les mots.

Le vieil homme cligna des yeux, surpris.

— Comment savez-vous ce que je fais ? Et comment connaissez-vous mon nom ? Je croyais que votre voiture…

— S'il vous plaît, taisez-vous, répondit le voyageur. Votre voix est vraiment très agaçante.

Le vieil homme se raidit dans son fauteuil.

— Comment ? Qu'avez-vous dit ?

— Ma voiture va très bien. Je me suis juste arrêté pour rectifier quelques erreurs.

— Je ne comprends pas.

En fait, c'était l'inverse, car la première trace de peur apparut sur son visage ridé. Ses yeux chassieux glissèrent vers la table située dans l'angle. Le visiteur suivit son regard jusqu'à un vieux téléphone à cadran noir – tout droit sorti des années quarante – posé sur la table comme une antiquité exhibée au Smithsonian [8].

— N'y pensez même pas, l'informa paresseusement le voyageur avec un sourire.

Tranquillement, comme s'il prenait plaisir à la discussion, le voyageur s'appuya contre une gigantesque console de télévision de style méditerranéen, placée dans un angle de la pièce. Croisant les chevilles, il fixa le salon miteux tout en s'exprimant sur le ton de la conversation.

— Vous êtes un peu le lemming de tête, vous savez.

— Quoi ? Qu'avez-vous dit ?

Mais le visiteur l'ignora.

— Quand vous rédigez une critique mordante, les autres lemmings vous suivent. Et d'autres encore tout du long, chacun d'entre vous plagiant l'autre

---

8 *La Smithsonian Institution est une institution de recherche scientifique, créée sous l'égide de l'administration américaine en 1846. Elle a au fil des années développé ses vocations éditoriales, muséographiques, pédagogiques et éducatives.*

pour donner l'impression que vous en êtes venus aux mêmes conclusions par hasard. Ce qui, d'une manière étrange, ajoute de la vraisemblance à votre mensonge d'origine. Quand le potentiel acheteur termine de lire votre conglomérat de commentaires cruels et de critiques pauvrement formulées, l'infortuné écrivain n'a plus d'espoir de faire une seule vente, de faire évoluer ses chiffres sur Amazon, ni de voir son précieux manuscrit entre les mains de gens qui auraient pu, en fait, beaucoup l'apprécier. Le livre, la nouvelle, l'histoire ont été irrémédiablement entachés. Et vous êtes celui qui a tout commencé.

Le vieil homme ne semblait pas l'entendre. Ses yeux s'étaient posés sur la main de son visiteur – celle qui se trouvait dans la poche de la combinaison –, celle qu'il ne pouvait pas voir.

— Qu'y a-t-il dans votre poche ? demanda Price, sa voix grêle imprégnée d'effroi, tout simulacre de convivialité à présent disparu.

Sa vieille pomme d'Adam se leva et s'abaissa à l'intérieur de son cou ridé tandis qu'il déglutissait avec difficulté. Son regard finit par se fixer sur les yeux froids et sans émotion de son visiteur.

Le sourire du voyageur s'agrandit à travers le trou du masque.

— Très bien, alors. Si vous ne souhaitez pas avoir de discussion raisonnable, nous n'en aurons pas.

Sortant le pic à glace de sa poche, l'invité le tint devant le vieil homme pour qu'il le voie bien.

— C'est ce que vous vouliez voir ?

— Non…, souffla le vieil homme dans un tremblement apeuré. Non.

Le voyageur éleva le pic à glace pour qu'il puisse étudier la simplicité de l'arme, puis tapota la pointe du bout des doigts. Sa voix adopta une note dramatique.

— Vous en êtes sûr ? C'est vraiment magnifique, pourtant.

Les yeux froids se posèrent de nouveau sur l'homme en fauteuil roulant.

— Aiguisé à mort. Vous voulez voir ?

L'homme secoua la tête, la terreur inclinant encore plus sa tête déjà affaissée tandis qu'il semblait se tasser davantage dans son siège.

Sur ses genoux, le chien recommença à grogner. Le vieil homme le souleva et tint le roquet gigotant contre son visage, comme pour y chercher du réconfort. Ses yeux étaient larges comme des soucoupes, arrondis par la peur. Les yeux du chien n'étaient moins écarquillés.

— Je vous en prie, ne me faites pas de mal, plaida-t-il.

81

— Désolé, répliqua le voyageur avec le même sourire mielleux qui s'étira davantage. Il est temps que le lemming de tête effectue son dernier plongeon depuis sa putain de falaise.

Sans prévenir, le visiteur rejoignit le vieil homme en deux enjambées et, se tenant directement devant lui, enfonça le pic à glace à travers sa peau ridée juste sous son menton frémissant. Dans une poussée délicate, l'arme perça la langue et le palais, puis voyagea en avant vers l'intérieur jusqu'au cerveau. Les yeux de Price restèrent ouverts. La lueur d'effroi disparut après un dernier battement de cœur. Son visiteur fut déçu de la voir s'évanouir aussi vite.

Semblables à des serres, les doigts du vieil homme se détendirent autour du chihuahua, mais avant que le chien ne tombe, le visiteur le récupéra et le posa au sol. Comme si rien de fâcheux ne s'était produit, le petit animal trottina avant de disparaître dans les ombres d'une autre pièce. Probablement pour y faire ses besoins.

Se tournant vers le corps sans vie dans le fauteuil roulant – visiblement peu regretté même par son propre chien – le voyageur remit ses gants et agrippa la poignée du pic à glace qui dépassait toujours du menton immobile. Il lui parut aussi solidement attaché à la tête du vieil homme qu'une véritable protubérance osseuse. En dehors d'un filet de sang au coin de sa bouche, sa blessure n'avait quasiment provoqué aucune effusion de sang. Attrapant le pic avec douceur, l'intrus nettoya toutes les empreintes digitales de la poignée, mais laissa l'arme du crime où elle était, songeant qu'elle renforcerait son message.

Jetant un dernier regard autour de lui tout en appréciant le silence paisible, le voyageur chantonna doucement avant de se diriger vers la porte d'entrée. Il la déverrouilla et marcha calmement dehors dans la nuit froide.

Comme un dernier geste de malice, il laissa la porte ouverte pour qu'elle puisse claquer dans le vent glacé.

VI

MILO BAISSA les yeux sur la coupure de journal que Lillian Damons lui avait envoyée. L'article, découpé dans l'*Indianapolis Star*, était daté de trois jours et ses colonnes prenaient presque soixante centimètres de large. Il parlait d'un meurtre récent commis dans une communauté agricole à l'est de Terre Haute, proche de la frontière de l'Illinois. L'article mentionnait, sur un ton plutôt désinvolte, que la victime, un homme âgé confiné dans un fauteuil roulant et vivant seul dans une ferme isolée, était blogger et critique littéraire par loisir.

Ce que l'article ne mentionnait pas, et que Milo réalisa après un minimum de recherches, c'était que la victime, Edgar Price, alias BooksOnWheels.com, était également bien connu d'Amazon et de plusieurs autres sites de vente en ligne pour avoir laissé une longue série d'avis d'une ou deux étoiles sur quasiment toutes ses lectures. Monsieur Price, semblait-il, n'avait jamais trouvé de livres qu'il ne détestait pas. Et ses followers paraissaient justement l'aimer pour ça.

La simple note d'une ligne que Lillian avait incluse avec l'article disait : « Mais que se passe-t-il, bon sang ? »

Clairement, il n'y avait rien de surprenant à ce qu'elle ait conclu qu'il y avait un rapport avec la profession de la victime. Ni avec la manière dont le reste de la communauté littéraire accueillait la nouvelle du meurtre d'un autre chroniqueur. Ça ne lui avait pas échappé que les deux victimes avaient été connues pour leur argumentaire détestable. Ce détail n'était pas perdu pour les auteurs non plus.

Ayant lu les différentes critiques des deux victimes, Milo était d'accord. Apparemment, tous ceux qu'il connaissait également. Les rumeurs commençaient à s'étendre comme une traînée de poudre. Les blogs littéraires s'embrasaient à travers le Net avec des théories, des suppositions et quelques accusations éhontées – blâmant les auteurs, blâmant la police, blâmant le climat politique actuel. Les chroniqueurs écrivaient des articles remplis d'outrage, clamant qu'ils étaient persécutés – plutôt *massacrés*, oui – pour exercer leur droit à la liberté d'expression.

Milo n'avait aucune idée de la manière dont la police enquêtait sur les crimes, mais pour le public, du moins pour les écrivains et les chroniqueurs, les meurtres avaient été immédiatement connectés. Le terme de *tueur en série* avait déjà circulé, et le fait que ce meurtrier semble poursuivre l'un des leurs semblait évident pour beaucoup d'entre eux. Milo n'était pas tout à fait convaincu que ce soit une erreur.

Tandis que l'assassinat de la pauvre Grace avait à peine touché la surface du monde littéraire, le second décès avait créé un tsunami dans le monde des auteurs et des chroniqueurs, ainsi que dans celui des lecteurs. Avec deux chroniqueurs littéralement hors-jeu, la situation devenait délicate – d'après certains, qui se frottaient joyeusement les mains, attendant de voir ce qui allait se produire. Le fait que les victimes soient deux des critiques littéraires les plus craints et les plus détestés dans le business augmentait leur plaisir.

Milo devait reconnaître, cependant, que beaucoup d'autres, chroniqueurs eux-mêmes, ne trouvaient pas cela très drôle. Tandis que beaucoup d'écrivains criaient que la vengeance était douce, la plupart étaient dégoûtés et horrifiés par ce qui s'était passé. Milo Cook était l'un d'entre eux. Connaître Grace Connor avait apporté une certaine réalité aux événements. Il n'aurait peut-être rien éprouvé s'il n'avait connu que son nom inscrit ici et là en lisant ses avis tout en craignant la manière brutale avec laquelle elle traitait les auteurs qu'elle ne trouvait pas dignes d'être encensés. Le fait qu'il ne l'ait pas beaucoup aimé n'était pas à prendre en compte. Il aimait l'épouse de Grace et c'était suffisant pour que la tragédie des événements le touche.

À un niveau plus basique, Milo se sentait honteux de la réaction de certains dans le milieu. Il trouvait ça méprisable qu'on puisse trouver de l'amusement dans la mort d'un être humain, peu importe qui était la victime. C'était tout aussi triste qu'il puisse aussitôt songer à vingt personnes qui n'auraient pas refusé de plaisanter sur les deux victimes.

Lire sur les blogs certains des commentaires les plus vindicatifs concernant les meurtres et la manière dont les victimes méritaient leur sort, ça effrayait Milo sur le futur de l'humanité. Étions-nous devenus si petits et impitoyables pour apprécier de voir souffrir les autres ? En était-on arrivé là ?

La nouvelle victime, Edgar Price, alias BooksOnWheels, était un nom qui lui était familier quoiqu'il n'ait jamais suivi ses avis comme d'autres qui prenaient leur pied à voir les auteurs châtiés en public. Milo pensait qu'un critique avait le droit de dire tout ce qu'il voulait. Pour lui, une fois qu'un livre était mis à disposition du public, il vous échappait, pouvait couler ou survivre par son propre mérite. Dans le même temps, Milo était convaincu qu'un écrivain avait le droit de raconter l'histoire de la manière dont il le souhaitait, sans devoir être traîné sur des charbons ardents pour ses choix éditoriaux.

Même lorsque de véritables faux pas étaient révélés – tels que des détails d'intrigue sans intérêt, une écriture banale, une grammaire imparfaite ou un éditeur incompétent –, Milo ne voyait aucune raison pour un critique de punir l'auteur au point de l'humilier. La seule exception était le plagiat. Aux yeux de Milo, c'était le vice le plus impardonnable pour un écrivain, et on se devait de passer un savon au coupable.

Milo n'avait aucune sympathie pour les plagiaires. Cependant, il ne leur souhaitait pas la mort non plus. Pas tout à fait.

En ce lundi matin, Milo était assis à son bureau, son Projet en Cours défilant sur l'écran de l'ordinateur devant lui. Il avait écrit quelques paragraphes, mais son attention ne cessait de vagabonder. Entre les meurtres et la soirée passée avec Logan Hunter, ses pensées tourbillonnaient confusément dans une sorte de vortex. Vengeance ou karma. Bien ou mal. Et la question la plus urgente qui ne cessait d'envahir son esprit : romance ou amitié ? Que devrait-il choisir ?

Dès que Logan Hunter était concerné, c'était la question à cent mille dollars. Et Milo le savait bien.

Milo secoua la tête et jeta un œil au calendrier sur le mur de son bureau. Après la délicieuse soirée qu'ils avaient passée à Seaport Village pour apprendre à se connaître, Milo avait reçu un appel de Logan lui expliquant qu'il ne serait pas en ville durant plusieurs jours pour son travail, mais il se demandait si Milo accepterait de se revoir à son retour. Ce dernier avait dit oui, hâtivement, avec force. Il n'avait même pas eu besoin d'y réfléchir. Logan avait semblé apprécier sa réponse précipitée. Même sa voix s'était adoucie quand il avait dit :

— J'aime beaucoup passer du temps avec toi, Milo.

— Moi aussi, avait-il rétorqué, légèrement essoufflé.

Et c'était vrai. C'était le cas. Même si la soirée ne s'était terminée que sur un baiser de bonne nuit devant sa porte, ça restait une sacrée nuit quand même.

Logan s'était raclé la gorge comme s'il hésitait à prononcer les paroles suivantes.

85

— Ça fait longtemps que…

Milo avait attendu pour la réponse, mais elle n'était jamais venue. Finalement, il avait demandé :

— Oui ? Ça fait longtemps que… quoi, Logan ?

— Rien, avait-il soupiré.

Puis il avait lâché un petit rire, comme s'il se moquait de lui-même, ce qui avait encore plus désorienté Milo.

— Je te verrai quand je rentrerai.

— C'est parfait, avait dit Milo avant de couper la communication.

À présent, trois jours plus tard, se sentant seul et oublié, Milo fixa la coupure de journal posée sur son bureau. Il ignorait où Logan était parti en voyage d'affaires, mais il espérait qu'il gardait un œil sur les tueurs en série. Non pas qu'il écrive le type d'articles qui menaient – qui avaient *pu* mener – au meurtre de Grace Connor ou à celui du pauvre vieux Edgar Price. Logan traitait les écrivains et leur travail avec respect. En bonus, il n'était pas une femme en surpoids avec un problème de cœur ni un octogénaire en fauteuil roulant. En fait, de toutes les personnes que Milo connaissait dans le milieu, Logan Hunter était probablement le moins susceptible de provoquer la fureur du meurtrier et physiquement le plus apte à se défendre si c'était le cas.

Pour la vingtième fois, le regard de Milo glissa vers le téléphone. Seigneur, il aurait tellement aimé que Logan l'appelle.

À cet instant, à sa grande stupeur, le téléphone se mit à sonner. C'était le fixe, pas son portable. Spanky lâcha un grognement rauque sous le bureau. Le son l'avait réveillé. Les vieux chiens pouvaient se montrer un tout petit peu trop jaloux de leurs siestes.

Surpris à la fois par le chien et par l'appel – Milo n'utilisait quasiment jamais sa ligne fixe –, il enfonça ses orteils nus dans la fourrure de Spanky pour le calmer et attrapa le téléphone.

— Allô ?

Une voix grave et forte résonna sur la ligne avec un accent new-yorkais facilement reconnaissable. *Queens ? Brooklyn ? Le Bronx ?*

— Êtes-vous Milo Cook ?

— C'est moi, répondit-il, plus confus que jamais. Que puis-je faire pour vous ?

— Je suis le Détective Robert Carlisle du département de police de New York. J'aimerais vous prendre quelques minutes de votre temps, si vous n'y voyez pas d'inconvénient. Vous pouvez me parler ?

Milo soupçonna le détective de vouloir savoir s'il était seul et pouvait s'exprimer.

— Oui, monsieur. Je suis disponible.

Il crut entendre des bruits de mastication et le grincement d'une chaise de bureau. Peut-être que le policier était en train de poser ses pieds sur la table en engloutissant un beignet ? La vie pouvait-elle être un tel cliché ?

Suivit un bruit manifeste laissant deviner qu'on sirotait un café, puis un autre grincement et un coup. Apparemment, le détective avait renoncé à sa dose de sucre pour pouvoir s'asseoir correctement et se concentrer sur l'appel.

— J'ai cru comprendre que vous étiez ami avec Grace Connor.

— Oui, répondit Milo, soudain moins confus par l'appel.

C'était en rapport avec Grace. Il aurait dû le savoir.

— Je la connaissais. Nous n'étions pas exactement amis, mais elle était mariée à mon amie, Lillian Damons.

— Oui, c'est la raison pour laquelle je vous contacte. Miss Damons nous a donné votre nom.

— Avez-vous découvert qui l'a tuée ?

— Hum, non. Mais je pense que ce sera rapide si je reste celui qui pose les questions. Est-ce que ça vous convient ?

Milo grogna. Il n'appréciait pas le sarcasme, mais il fallait reconnaître que le type avait raison.

— Désolé, monsieur. Oui. Continuez.

— Quand avez-vous vu Miss Connor pour la dernière fois ?

Milo réfléchit.

— Seigneur, ça doit bien faire un an. J'ai participé à un salon du livre à Kansas City, où Grace et Lillian vivaient. Où elles vivent toujours, d'ailleurs. Enfin, Lillian, se rattrapa Milo de façon maladroite.

Le détective marmonna quelque chose, puis s'éclaircit la gorge avant de lâcher :

— J'ai cru comprendre que Grace Connor n'était pas extrêmement populaire dans son milieu.

Milo soupira.

— Si c'est une question, j'imagine que je dois vous répondre que vous avez raison. Ses articles pouvaient être très durs. Pourtant, elle avait un certain nombre de lecteurs qui la suivaient et pensaient qu'elle disait les choses comme elles devaient être dites.

— Et vous ?

— J'essaie de ne jamais lire les avis. Les miens ou ceux des autres.

Milo savait que ce n'était pas tout à fait vrai. Tous les auteurs lisaient les avis même s'ils ne l'admettaient pas. Parfois, ces choses étaient inévitables.

— Mais vous étiez au courant de sa réputation, le poussa le policier.

À contrecœur, Milo l'admit.

— Oui. J'étais au courant de sa réputation.

— Avez-vous jamais surpris quelqu'un exprimant des menaces contre elle pour ce qu'elle écrivait dans ses articles ?

— Non. Bien sûr que non ! Comme je vous l'ai dit, je suis un ami proche de Lillian. Je n'aurais jamais laissé quelqu'un dire du mal de sa femme devant moi.

— L'auriez-vous reporté si ça avait été le cas ?

Milo considéra la question. Il commençait aussi à se sentir énervé.

— Détective, si vous insinuez que j'aurais dû reporter les menaces exprimées contre Grace après avoir appris qu'elle avait été tuée, je l'aurais fait si ça avait été le cas. Je n'étais peut-être pas très proche d'elle, mais j'aime et je respecte sa compagne.

— Je vois. Une dernière question et nous aurons terminé. Connaissez-vous ou avez-vous entendu parler d'Edgar Price ? Sur son blog, il se faisait appeler BooksOnWheels, une référence au fait d'être coincé dans un fauteuil roulant, j'imagine. Il était critique littéraire et résidait dans l'Indiana.

— Non, monsieur, je ne le connaissais pas. Oui, monsieur, j'ai entendu parler de lui. Comme Grace, parmi mes amis écrivains, il n'était pas le plus populaire des chroniqueurs, si vous voulez vraiment qu'on le nomme ainsi. C'était plus un perturbateur, je pense. Navigant sur Internet, déversant sa diatribe rageuse, se cachant derrière l'anonymat offert par la toile. Et non, avant que vous me le demandiez, je n'ai entendu personne lancer des menaces contre lui, et je ne connais personne qui aurait voulu le voir mort.

Milo hésita avant d'interroger :

— Pensez-vous réellement que les meurtres soient connectés ? Que l'assassin soit un auteur blessé qui agit ainsi parce qu'il n'a pas aimé les avis de ces deux personnes ?

Pour la première fois, le détective Carlisle se mit à rire.

— Vous avez l'air sceptique. Vous ne pensez pas que ce soit possible ?

— Eh bien, ça paraît un peu tiré par les cheveux. Je ne suis pas certain de pouvoir utiliser ça dans une intrigue. Et je ne pense pas que la plupart des auteurs soient sensibles à ce que ça implique.

Le rire du détective mourut aussitôt.

— Je déteste avoir à vous dire ça, Monsieur Cook, mais la vie réelle n'est pas un roman. J'ai vu des mobiles de meurtres bien plus ridicules que ça. Eh oui, pour répondre à votre question, en me baladant parmi l'historique des chroniques des deux victimes, je pense qu'il y a plus de bonnes raisons pour rattacher les meurtres à ces avis. Ni Mademoiselle Connor ni Edgar Price n'étaient vraiment subtils dans leurs remarques. Je parierais qu'ils ont dû blesser pas mal d'ego au fil du temps. Ils ont dû ruiner des carrières d'écrivain.

Le détective fit entendre une toux rauque qui résonna comme si elle provenait de très loin. Milo l'imagina avec une cigarette pendillant au coin des lèvres et une paire de poumons desséchés en train de se flétrir à l'intérieur de sa poitrine.

— À présent, je m'excuse de vous avoir pris autant de temps, et je suis désolé si je vous ai offensé, mais ceci est une enquête pour homicide. Des questions désagréables doivent être posées. Si vous repensez à quelque chose, mon numéro à Manhattan est le 212-555-1952. Vous pouvez m'appeler jour et nuit. Au passage, jeune homme, j'ai beaucoup aimé votre dernier livre.

Milo n'aurait pas pu se sentir plus surpris si le détective lui avait envoyé un baiser à l'autre bout de la ligne.

— Vraiment ? Vous voulez dire que vous l'avez lu ? Eh bien, je... Merci. J'espère que vous trouverez le meurtrier, monsieur.

Le Détective Carlisle laissa échapper un grognement peu charitable qui ne semblait pas très optimiste.

— Ouais. Moi aussi.

Et après ça, il raccrocha.

Milo raccrocha à son tour, songeant que le NYPD devait être vraiment coincé s'il devait appeler les connaissances des victimes assassinées à travers tout le pays.

Pour la première fois, Milo eut peur que le meurtre de Grace – et peut-être même celui d'Edgar Price – ne soit jamais résolu.

Plutôt que de se laisser embourber dans ces idées déprimantes, Milo ramena ses pensées à Logan Hunter. C'était quelque chose de bien plus joyeux autour duquel laisser errer son esprit.

Une heure plus tard, son téléphone sonna de nouveau, et cette fois, l'appel n'avait rien à voir avec les meurtres.

Milo se figea dans son siège au son de la voix familière qui tentait de concurrencer le bruit d'un haut-parleur annonçant les arrivées à la Porte 12A, et même plus loin à l'arrière, le rugissement d'un avion de ligne s'élançant dans le ciel.

— Je suis de retour. Quand puis-je te voir ?

— Quand es-tu rentré ? demanda Milo, trop conscient du saut périlleux que son cœur surpris venait de faire.

Logan répondit en riant :

— Il y a tout juste vingt-sept secondes.

Dans un grognement d'impatience, Milo répliqua :

— Pourquoi as-tu attendu aussi longtemps pour appeler ?

— J'ADORE TA maison, dit Logan.

Il se tenait sur le seuil de la porte, retirant à peine ses doigts de la sonnette de l'entrée puisque Milo avait répondu avant même qu'il ait fini d'appuyer.

Milo le contempla. Sa capacité à former des phrases avec son cerveau pour les balancer via une série de neurones jusqu'à sa bouche, à travers laquelle ils étaient émis tout haut, comme chez n'importe quel être humain normal, paraissait avoir disparu. Tout ce qu'il pouvait faire, c'était de reluquer Logan qui se tenait devant lui, plus beau et plus grand que n'importe quel homme qu'il avait pu croiser dans sa vie. Il pouvait sentir ses joues rougir et un léger tremblement dans ses genoux. Quel âge avait-il ? Quinze ans ?

— Merci, finit-il par marmonner.

Il fit un pas de côté pour le faire entrer. Tandis qu'il passait près de lui, Milo reconnut le parfum propre de brise marine et de savon de Marseille. Il songea qu'il n'avait rien senti de meilleur avant.

Il referma la porte derrière eux et pivota pour se retrouver face à lui. Sans réfléchir, Milo marcha jusqu'à lui. Un frémissement le traversa quand Logan l'étreignit. Il sentit son souffle agiter ses cheveux et cela lui envoya un second frisson à travers le corps. Durant un bref instant, tandis que sa joue était posée contre l'épaule de Logan et que ses mains s'appuyaient sur son large dos pour lui retourner son étreinte, il réalisa qu'il entendait le battement de son cœur sans en être totalement sûr. Ça pouvait être le sien.

Ils s'éloignèrent l'un de l'autre aussi rapidement qu'ils s'étaient rapprochés. Une fois de plus, Milo fut stupéfait de se sentir aussi à l'aise en sa présence. Pas une trace de timidité ne venait assombrir ses pensées ou affaiblir ses perceptions comme c'était arrivé si souvent quand il était en présence de quelqu'un de fabuleusement beau. Ou pire encore, de quelqu'un auquel il commençait à s'intéresser.

Reculant d'un pas, il sourit et Logan lui retourna un énigmatique petit sourire dont il avait le secret.

— Tu m'as manqué, dit Milo avant de pouvoir s'en empêcher.

Logan baissa les yeux sur ses pieds avant de les relever pour les poser sur son visage.

— Merci. Toi aussi.

— Ton voyage s'est bien passé ? Tu as fait de bonnes rencontres ? Tu n'as pas subi la neige de Buffalo Balls, Idaho, ou quelques autres affreux pays du tiers-monde ?

Le sourire de Logan s'élargit.

— Non. Tout s'est très bien passé. Et Buffalo Balls est très joli, en réalité.

— Tu plaisantes ? Je vais devoir m'en souvenir quand je réserverai mes prochaines vacances !

— Il le faudra.

Milo éclata de rire.

— Où étais-tu vraiment ?

— À New York. Un séminaire pour les employés de la société pour laquelle je travaille et dont je t'ai déjà parlé. Une perte de temps absolue. Ça aurait pu se dérouler par téléphone et quelques vidéos sur YouTube. Au moins, ils m'ont payé les billets d'avion, donc je n'ai pas tout perdu.

— Eh bien, je suis ravi que tu sois rentré.

— Moi aussi. Je déteste le froid. Le climat de Californie m'a pourri à vie, je pense. D'un autre côté, j'ai récupéré une paire de sandwichs à la choucroute de chez Gray's Papaya, alors le voyage n'était pas totalement perdu.

— Heureux de l'entendre, ricana Milo. J'espère que, maintenant, tu ne partiras plus jamais.

Surpris par les mots qu'il venait juste de prononcer, Milo referma la bouche avant de dire autre chose de stupide. Ou de vrai.

Logan battit des cils. Ses yeux noisette, piquetés de cannelle, étudièrent attentivement Milo comme s'il voulait mémoriser chaque trait, chaque nuance. Ce ne fut pas la première fois que Milo constata que, lorsque Logan souriait d'une certaine façon, une petite fossette se creusait dans sa joue. Comme si le type n'était pas déjà assez sexy comme ça.

— Tu as raison, murmura Logan. J'espère que non. Je parle de partir, je veux dire.

Milo se secoua.

— Seigneur, où sont mes manières ? Entre. J'ai pensé qu'on pourrait s'asseoir près de la piscine.

— Waouh. Tu as une piscine ?

Milo haussa les épaules.

— Ouais, ça venait avec la maison.

Il prit la main de Logan et lui fit traverser le salon, la salle à manger et la cuisine. Il fit une pause pour attraper deux bières dans le frigo avant de l'entraîner vers une baie vitrée qui s'ouvrait sur un patio, à l'arrière.

Le patio n'était pas très large, mais il était joliment arrangé avec un ou deux palmiers nains, une petite piscine ovale avec une rampe et des marches qui menaient à l'eau à un bout, et quelques chaises longues installées près d'un four en brique utilisé pour les barbecues, et que Milo n'avait jamais allumé. Il n'était pas tellement porté sur la cuisine, que ce soit à l'intérieur ou à l'extérieur. Une clôture en planches de deux mètres cinquante encerclait le patio pour le préserver. Milo y avait accroché des plantes grasses et des orchidées dans des paniers de mousse, émaillées de quelques mangeoires à colibris rouge vif. Il y avait des colibris et des papillons partout.

Logan était émerveillé, vraiment impressionné.

— C'est magnifique.

Il marcha jusqu'au bord de la piscine et s'agenouilla pour tremper ses doigts dans l'eau.

— Elle est chaude, dit-il, et Milo hocha la tête.

Il se releva et son ami lui tendit l'une des bières tout en lui faisant signe de prendre une chaise. Ils s'installèrent, étendant leurs jambes sur les chaises longues et sirotant leurs boissons avec plaisir. Milo retira ses chaussures et Logan fit de même.

— Si tu as faim, nous commanderons une pizza, offrit Milo.

Logan se mit à rire.

— Bien. Parce que je ne sais pas cuisiner.

— Est-ce que tu sais nager ? demanda Milo.

— Oui, mais je n'ai pas apporté mon maillot de bain.

Milo prit une longue gorgée de bière tout en agitant ses sourcils à la Groucho Marx.

— Eh bien, il y a deux solutions à ce problème. Soit, tu peux nager nu. Soit, je peux te prêter un vieux maillot de Bryce. Je crois qu'il en a laissé quelques-uns quand nous nous sommes séparés. Il faisait à peu près ta taille, ça devrait t'aller.

Logan s'esclaffa.

— Peut-être que la deuxième solution serait préférable.

Milo se mit à faire une moue horriblement exagérée et grommela :

— Je me doutais que tu allais dire ça.

Il se leva de sa chaise, lançant avec une vilaine lueur dans le regard :

— Allez. Mets-toi à l'aise.

Durant deux secondes, Logan eut l'air méfiant, puis il décida que « merde ! Après tout, il n'avait rien à perdre ! » En riant, il suivit Milo dans la maison, retirant ses chaussettes en marchant.

La première vision de Logan sans rien d'autre que le maillot de bain de Bryce sur lui fut suffisante pour faire monter de trente points la tension de Milo. Le fait que le maillot était trop large et s'accrochait difficilement à ses hanches étroites, la fit bondir encore plus haut.

Avec ses jambes bronzées aux muscles longs couverts d'une toison sombre, Logan était sublime. Sous ses épaules larges, sa poitrine finement sculptée s'ombrait d'un soupçon de duvet qui errait entre ses tétons cuivrés avant de descendre plus bas, dans une zone plus étroite, jusqu'à son nombril où il s'évasait de nouveau. Alors que la masse emmêlée rejoignait la ceinture du maillot de bain pour disparaître au-dessous, Milo se sentit privé de son cerveau par une soudaine montée d'endorphines qui parut griller ses circuits à gauche comme à droite, comme si quelqu'un les avait mitraillés avec une arme à feu.

Le renflement qui se devinait au niveau de l'entrejambe du maillot de Bryce ne l'aida pas à faire baisser sa tension.

— Waouh, murmura Milo avant de pouvoir s'en empêcher.

LOGAN SE tenait là, acceptant prudemment le regard posé sur lui, appréciant la réaction de Milo même s'il était peu enclin à l'admettre.

Il était tout aussi séduit par l'homme figé devant lui.

Milo Cook, habillé de son propre maillot de bain, possédait le type de corps que Logan Hunter trouvait attirant. Fin, doré, souple. Ses jambes étaient couvertes d'un duvet blond, sa poitrine était parfaitement définie, mais lisse. Sa silhouette s'effilait depuis ses épaules de nageur. Son nombril était délicat. Il arborait une cicatrice d'appendicite qui avait l'air d'être là depuis longtemps. Probablement depuis l'enfance. Cet unique défaut formait comme une marque pâle, soulignant la perfection de tout le reste.

Logan avait envie de s'approcher pour poser le bout de son doigt sur cette bande blanche de chair abîmée. Pour en éprouver la texture. Pour en mesurer la chaleur. Ce désir, ce *besoin* le dérouta par son intensité.

À force de volonté, il parvint à reporter son regard sur le visage de Milo et fut immédiatement perdu dans ses yeux verts. Il s'autorisa à y flotter pendant quelque temps, puis se secoua.

— On y va ?

Milo sourit et acquiesça.

— Bien sûr. Vas-y en premier. Je vais aller nous chercher une autre bière.

Logan dut se presser contre lui étant donné que Milo se tenait sur le seuil. Le premier contact entre son torse dénudé et le bras de Milo quand ils s'effleurèrent lui envoya un pic de désir à travers tout le corps. Pour la première fois depuis longtemps, c'était une faim qui n'avait rien à voir avec l'absence de Jerry, et tout à voir avec l'homme auprès de qui il se trouvait à présent. Avec Milo. Milo Cook.

— Désolé, murmura-t-il avant de retenir son souffle et de se presser contre lui.

S'éloignant du terre-plein près de la piscine, il grogna face à sa propre stupidité. Désolé ? Mais pour quelle raison était-il désolé ? Était-il passé pour un idiot ? Et pire que ça, l'était-il réellement ?

À défaut d'avoir une meilleure idée, Logan ferma les yeux et s'autorisa à se courber en avant, le corps aussi raide qu'une planche. Il tomba à plat dans l'eau avec d'énormes éclaboussures. L'onde, tiédie par le soleil, le submergea agréablement, décelant chaque fente et chaque recoin, enveloppant son long corps comme la caresse douce de draps réchauffés par le sommeil.

Quand il sortit la tête de l'eau et se secoua pour dégager sa vue, il vit Milo qui se tenait tout près, moqueur.

— C'est le pire plongeon que j'ai jamais vu ! se moqua-t-il en plaçant deux bières fraîches sur le bord de la piscine.

Logan grimaça.

— En vérité, c'était plus un évanouissement qu'autre chose.

Il tendit la main par-dessus le rebord pour enrouler ses doigts autour de la cheville de Milo avant de tirer et de l'attirer dans l'eau, où il s'écrasa aussi « gracieusement » que lui.

Ils luttèrent sous la surface, véritable mêlée de bras, de jambes et de bulles, puis jaillirent hors de l'eau, crachotant, riant et inspirant de grandes goulées d'air. Retrouvant ses repères, Logan se tourna dans l'eau et trouva Milo qui l'observait – les remous lui léchaient le menton, ses cheveux striés de blonds recouvraient ses yeux comme un casque, ses dents blanches brillaient. Avant qu'il comprenne ce qui se passait, Milo bondit sur lui et ils s'enfoncèrent de nouveau sous l'eau, enveloppés dans les bras l'un de l'autre.

Cette fois, Logan eut la présence d'esprit de se concentrer sur la sensation de Milo contre lui, le frottement de leurs jambes, le contact tiède de leurs ventres et, durant un bref instant, la caresse des lèvres de Milo sur la peau de son avant-bras lorsqu'ils luttèrent sous l'eau pour dominer l'autre.

Quand il sentit son sexe se raidir dans son maillot de bain, il s'éloigna. Il glissa doucement loin de l'enchevêtrement des membres de Milo et posa ses coudes sur le bord de la piscine avant d'attraper l'une des bières. Il prit une longue gorgée tout en se maintenant à la surface, le dos contre la piscine. Milo nagea à ses côtés et s'empara d'une bière, la renversant en arrière pour en avaler le contenu.

Tandis qu'ils buvaient, leurs coudes s'effleurèrent et ils s'observèrent en riant. Logan ne pouvait s'empêcher de se demander si Milo se doutait de la raison pour laquelle il s'était éloigné aussi vite. À en croire l'éclat sexy de ses incroyables yeux verts, il le suspectait de l'avoir deviné.

Logan se détourna pour jeter un œil par-dessus le bord de la piscine en direction du magnifique terrain quand il tomba soudain sur une longue langue rose qui lui lécha le nez. Surpris, il recula et découvrit un chien assez gros qui se tenait devant lui. Et qui devait être Spanky. Sorti de nulle part, l'animal était assis au bord de la piscine, sa queue s'activant à toute vitesse, un sourire canin sur sa gueule joyeuse. Il se rapprocha et entreprit de lui nettoyer le visage.

Logan bafouilla et rit, tournant la tête pour éviter sa langue envahissante.

Milo gloussa près de lui. Il tendit la main pour agripper le collier de Spanky et le tirer gentiment vers lui. Enveloppant son cou de ses bras mouillés, il laissa le chien le traiter de la même manière avec sa langue amoureuse pour permettre à son invité de profiter d'un break.

— Où était-il ? demanda Logan en riant toujours.

— Il était endormi sous mon bureau. Tu vois tout le gris sur son museau ? Il est vieux. Il dort plus souvent qu'il ne reste éveillé.

— Tu l'as depuis combien de temps ?

— Quelques années. Il était déjà presque vieux quand je l'ai adopté. Il n'y a pas que les chiots qui ont besoin d'un foyer.

— Eh bien, il est très amical, grimaça Logan, occupé à nettoyer la bave du chien sur son visage.

— Il t'aime bien, lui apprit fièrement Milo. Il ne décide pas de lécher tout le monde, tu sais.

Logan lui lança un long regard de côté. Il avait du mal à le croire.

— Ouais, c'est sûr. Il lèche sûrement le facteur, l'exterminateur, les témoins de Jéhovah, les cambrioleurs, les scouts qui trimballent des cookies et le type qui relève les compteurs.

Éclatant de rire, Milo embrassa Spanky entre les yeux.

— C'est vrai, c'est ce qu'il fait.

Après avoir donné au chien une autre caresse et l'avoir serré contre lui, il lui indiqua la chaise longue de l'autre côté de la barrière.

— Va te reposer, mon vieux. Allez.

Spanky le remercia par un dernier coup de langue adorateur, puis trottina vers la barrière avec une hanche légèrement arthritique, secouant l'eau de sa fourrure en chemin. Après un dernier regard en arrière, il se glissa sous la chaise, à l'abri du soleil, baillât un grand coup et s'endormit rapidement, le menton sur les pattes.

Logan l'étudia un moment avant de lâcher :

— Je l'aime bien. Il ne se gêne pas.

— Non, ricana Milo. Ce que tu vois, c'est ce que tu auras.

— C'était sympa de ta part d'adopter un vieux chien.

— Merci.

Logan le regarda ouvrir la bouche pour ajouter quelque chose, mais il prit une longue gorgée de bière à la place.

Il se découvrit intéressé par quelques-uns des aspects de la vie de Milo, et il songea que ce serait le bon moment pour se montrer un peu curieux. Il n'était pas certain de savoir pourquoi il voulait en savoir plus. Il en avait envie, c'est tout.

— Vivais-tu ici quand tu étais encore avec Bryce ? demanda-t-il.

Milo hocha la tête.

— Oui, je l'avais achetée juste avant qu'on se rencontre. Lorsque nous avons emménagé ensemble pour la première fois, c'était dans cette maison. C'était nouveau pour tous les deux, tout comme nous étions encore inconnus l'un pour l'autre.

— Est-ce qu'il te manque ? interrogea Logan.

Milo secoua la tête.

— Non. Bryce était incroyablement sexy, et il pouvait même se montrer gentil, parfois. Mais dans l'ensemble, c'était un con. Il ne pouvait ouvrir sa bouche à propos d'un truc sans mentir. Même si c'était quelque chose d'anodin, il se sentait toujours obligé de mentir. Pour rendre les choses plus intéressantes. Plus grandes. Je n'ai jamais vraiment compris pourquoi il ne pouvait pas être l'écrivain qu'il souhaitait. Dieu sait qu'il en avait l'imagination.

Logan le regarda devenir pensif.

— Pourtant, comme je l'ai dit, il avait de bonnes qualités. D'abord, il était exceptionnel au lit. C'est un sacré atout à avoir.

Logan sourit.

— Indubitablement.

— Malheureusement, il était bon avec beaucoup de monde, pas seulement moi. Quand je l'ai découvert, je l'ai laissé tomber.

— Je suis désolé.

Milo haussa les épaules.

— À présent, question loyauté, j'ai Spanky. À part lécher les invités occasionnels, il ne m'a jamais trompé.

Logan grimaça en envoyant un baiser au chien.

— Quel bon garçon, roucoula-t-il.

Spanky ouvrit un œil puis le referma promptement pendant que Milo riait.

La brise du soir glissa à travers les palmes des arbres, plongea sur la clôture et caressa l'eau, ébouriffant leurs têtes mouillées.

Milo frissonna.

— Bon sang, il commence à faire froid.

Logan ricana.

— Il doit faire dix-huit degrés.

— Ouais. Comme je disais, c'est froid.

Logan leva les yeux au ciel, lui donna un petit coup à l'épaule à l'aide de son poing, puis lui lança un regard oblique en grimaçant d'un air moqueur.

— C'est drôle. Tu ne ressembles pourtant pas à une petite couille molle.

Milo plissa les yeux.

— Oh, vraiment…

Posant avec prudence sa bière sur le ciment, loin de lui, il plongea tête la première sur Logan, l'entraînant sous l'eau pendant que la bière de ce dernier coulait comme une pierre au fond de la piscine. Après qu'ils se furent débattus dans l'eau durant une minute, suffoquant et crachant, Milo se libéra de sa poigne et plongea pour récupérer la bouteille. Heureusement, elle ne s'était pas brisée en se posant au fond.

Alors que Milo était toujours sous l'eau, Logan sortit de la piscine et se précipita vers la cuisine pour sortir deux nouvelles bières du frigo. Il pouvait tout aussi bien se comporter comme s'il était chez lui. Et voyant l'état dans lequel il était, il en profita pour attraper une poignée d'essuie-tout sur le comptoir pour sécher l'eau de la piscine qu'il avait fait goutter sur le sol.

Lorsqu'il revint à l'extérieur, Milo était de nouveau appuyé sur ses coudes sur le rebord et l'observait.

— Ne sois pas timide, surtout, lui dit-il. Fais comme chez toi et prends-toi une bière.

Logan sourit et agita les bouteilles sous ses yeux avant d'en placer une devant lui sur le ciment.

— C'est ce que j'ai fait. Tu m'en veux si je fais le boulet de canon ?

— Non, je…

Logan plongea par-dessus sa tête en se tenant les genoux. Il atterrit dans l'eau dans une terrible gerbe d'éclaboussures qui chassa Milo du bassin. Même Spanky leva la tête pour voir ce qui se passait.

Quand Logan émergea de nouveau, rejetant l'eau de son nez en gloussant comme un gosse, Milo grogna.

— Moi qui pensais que tu étais un adulte.

Pour ne pas être en reste, il sortit de la piscine à son tour, remonta son short et pivota pour se lancer au-dessus de l'eau comme Logan l'avait fait. Il atterrit à plat sur le dos avec un claquement qui parut douloureux. Pourtant, il jaillit de l'eau en crachotant et en riant.

Logan nagea jusqu'à lui et le fit tourner alors qu'il battait des pieds pour se maintenir à la surface. Il fit courir ses mains sur son dos qui était d'un beau rouge brillant à cause de l'impact. Il se surprit à effleurer doucement la peau rougie du bout des doigts tout en murmurant :

— Ça doit faire mal.

Milo se propulsa dans l'autre sens jusqu'à ce qu'il lui fasse face. Ils flottaient si près l'un de l'autre que leurs poitrines se touchaient presque. Les mains de Logan étaient toujours posées contre son dos pour le maintenir en place.

— Désolé, s'excusa Milo, le regard soudain doux et prévenant. Je ne peux pas résister.

Battant toujours des pieds, Milo se rapprocha et posa un baiser sur ses lèvres.

Les yeux de Logan s'ouvrirent tout grands ; puis il les sentit se refermer d'eux-mêmes, bloquant le monde tandis qu'il se laissait entraîner par le baiser.

Quand Milo s'éloigna un peu et posa la main sur sa poitrine, son pouce vint effleurer son téton comme par mégarde. Logan le contempla sans un mot. Les lèvres de Milo étaient humides, à cause de la piscine ou peut-être du baiser. Logan n'arrivait pas à savoir. Il humecta ses propres lèvres pour tester sa saveur. Une flamme sembla s'embraser dans les yeux de Milo tandis qu'il flottait là, toujours dans ses bras, et le fixait en retour. Son souffle chaud au goût de bière effleura son visage.

Avant qu'il puisse s'en empêcher, Logan demanda :

— Tu crois qu'on précipite les choses ?

Milo fronça les sourcils, mais sa main ne quitta pas son torse.

— Ce n'est pas l'impression que j'ai.

Logan leva la main pour caresser la joue de Milo. Ce dernier recula et la regarda.

— Tu ne portais pas un anneau à cette main ?

Logan acquiesça.

— Si. Je… Je n'avais pas envie de le porter ce soir.

Le regard de Milo plongea tout au fond du sien.

— C'était une alliance, n'est-ce pas ? Jerry et toi étiez mariés.

Logan baissa les yeux sur la bande de chair pâle que la bague avait laissée. Ses doigts commençaient à se friper d'être restés aussi longtemps dans l'eau.

— Oui.

Il reporta son regard sur les yeux verts de Milo.

— L'étiez-vous, Bryce et toi ?

Milo sursauta.

— Quoi, *mariés* ? Seigneur, non ! Parfois, je me dis que nous étions tout juste amants.

Ses yeux redevinrent sérieux comme s'il comprenait soudain quelque chose.

— Je suis désolé, Logan. En étant là, avec moi, dis-moi que tu es… tu sais… à l'aise. Que tu n'as pas la sensation de tromper le mémoire de Jerry. Je t'en prie.

La question bouleversa Logan, mais seulement parce qu'il se demandait la même chose.

— Non, je… Peut-être. Je l'ignore.

— Je ne te mets pas la pression. Ne pense pas ça.

Logan hocha la tête, perdu dans ses pensées alors qu'il contemplait encore les yeux de Milo. Il y avait quelque chose qui l'attirait dans leur couleur. De toute sa vie, il n'avait jamais vu d'yeux aussi verts.

— Je ne le pense pas, ajouta-t-il en souriant de nouveau.

Milo éloigna sa main de son torse pour la poser sur le sien. Un sourire taquin ourla ses lèvres.

— Oh, oh ! J'ai du mal à le supporter quand tu me regardes comme ça, avec ces yeux noisette magnifiques. Je crois que je risque de faire de l'arythmie. Je pourrais mourir de ça, tu sais.

— Tu pourrais mourir à cause de plein de choses, répondit doucement Logan en lui caressant la joue, les yeux brillants.

Milo leva la main jusqu'à son visage et l'effleura en retour.

— Passe la nuit ici, murmura-t-il. S'il te plaît.

Logan fut touché par la façon dont Milo s'exprima. Touché et excité. Une fois de plus, il sentit son sexe se raidir, son érection grandir. Il hésita, mais ses yeux ne quittèrent pas son visage.

— Ça fait longtemps que je ne me suis pas retrouvé avec quelqu'un. Pas depuis que Jerry est… parti.

— C'est comme conduire une bicyclette. Ça va revenir.

Logan lui offrit un minuscule sourire.

— C'est ce que j'ai entendu dire.

— Je peux m'occuper de pédaler, si tu veux.

Logan grimaça.

— Non, je crois que je peux pédaler tout seul.

Une goutte d'eau glissa au bout du nez de Milo et Logan posa son pouce dessus, la chassant avant qu'elle ne tombe.

Sous l'eau, l'autre main de Milo lui caressa la taille. Leurs jambes se touchèrent tandis qu'ils nageaient paresseusement pour rester à la surface dans l'eau bleue cristalline. Les doigts de Milo s'attardèrent sur son estomac et plongèrent sous la ceinture du maillot de bain. Quand ils encerclèrent son sexe dur, Logan ferma les yeux et renversa la tête en arrière avec un grognement.

Milo se rapprocha et pressa sa bouche sur sa gorge, le poussant à ruer contre lui, à l'attirer plus près.

— Je n'ai jamais couché avec un critique littéraire avant, haleta Milo, sa langue testant la pomme d'Adam de Logan. Peu importe à quel point je rate ce qui va suivre, je veux au moins quatre étoiles.

— J'essaierai d'être le plus généreux possible avec ma critique.

— Sage décision.

Les lèvres de Logan s'écartèrent tandis qu'il attirait Milo contre lui, le soulevant dans l'eau. Il plongea son visage dans le creux de son cou et posa ses lèvres à cet endroit, goûtant son parfum d'une manière différente, autre qu'avec un baiser. Si on faisait abstraction du chlore, la peau de Milo était un délicieux mélange de sucre et de sel. Logan serra les paupières en savourant son essence, son odeur, sa chaleur. La douceur satinée de sa peau. Sa propre main descendit à l'arrière du maillot de bain de Milo et s'enfonça dans le creux de chair qu'il trouva sous le tissu. Ce fut au tour de Milo de s'arquer contre lui à ce contact. Ses jambes s'élevèrent pour s'enrouler autour de sa taille. Son sexe érigé, piégé dans le maillot de bain, se pressa contre le ventre de Logan.

Au plus profond de lui, Logan éprouva un feu familier. C'était une sensation qui était absente depuis bien trop longtemps de sa vie.

— Mon Dieu, tu es magnifique, chuchota-t-il, ses lèvres posées sur la gorge de Milo, le bout de son doigt effleurant son ouverture tout en le tenant contre lui dans l'eau. Emmène-moi dans ta chambre, Milo. S'il te plaît.

La bouche de Milo trouva la sienne et en chassa les mots.

— Oui, haleta-t-il. Oui.

Ensemble, ils sortirent de la piscine. Les bières oubliées, Milo agrippa une gigantesque serviette de plage drapée sur l'une des chaises longues et l'enroula autour d'eux. Le cœur battant, les doigts dansants, il entraîna silencieusement Logan dans la maison.

Spanky ouvrit les yeux et les regarda s'éloigner, puis lentement, il replongea dans un sommeil sans rêves.

VII

DES HEURES plus tard, dans la maison envahie par la pénombre, Logan ouvrit les yeux. La première chose qu'il expérimenta fut la saveur des délicieux fluides de Milo qui s'attardaient encore sur sa langue. La seconde chose fut le parfum mêlé de leurs deux corps, comme un écho de l'amour qu'ils avaient fait et qui était resté dans l'air, imprégnant toujours la chambre.

À travers les ombres, Logan tourna son regard vers Milo qui était pelotonné contre lui, une main légèrement abandonnée sur son estomac, le visage pressé contre son aisselle là où son souffle chatouillait les poils qui s'y trouvaient. C'était ce chatouillement qui l'avait réveillé. Ça et les ronflements rauques et léonins de Milo.

Prendre soudain conscience que son corps lisse était pressé contre le sien lui envoya une vague de satisfaction si puissante que son cœur faillit cesser de battre. L'une des jambes de Milo était étendue sur la sienne, la toison douce sur sa peau. Contre sa hanche, Logan pouvait sentir son sexe endormi. Épuisé. Occupé à récupérer.

Le bras de Logan était insensible parce qu'il était plié derrière sa tête en lieu et place d'un oreiller qu'il se rappelait avoir balancé au sol un peu plus tôt dans la nuit. Il les gênait pour faire l'amour. Étouffant un grognement, tentant d'ignorer les épines et les aiguilles qui lui traversaient la peau comme le sang se mettait de nouveau à circuler dans ses artères assoiffées, il redressa assez son bras pour envelopper doucement la tête de Milo. Laissant reposer sa main sur la peau douce de son dos, il savoura la texture soyeuse sous ses doigts. D'une certaine manière, c'était excitant, et un petit peu érotique aussi de savoir que Milo n'était pas conscient des gestes de Logan tandis qu'il était allongé à ses côtés, endormi.

Il sourit. Penchant la tête un tout petit peu plus, il pressa légèrement ses lèvres dans ses cheveux ébouriffés. Les parfums qu'il y découvrit envoyèrent une douzaine de souvenirs vociférants à travers son esprit embrumé par le sommeil. Le merveilleux sexe de Milo qui pulsait avec désir, le sperme qui jaillissait entre ses lèvres. La bouche chaude de Milo recevant sa semence à travers ses propres lèvres au même moment. Logan criant de plaisir au moment de leur orgasme simultané. Pas seulement parce que c'était parfait, mais parce que ça faisait très longtemps qu'il n'avait pas partagé une telle expérience avec quelqu'un.

Logan se rappelait la plupart des moments qui avaient suivi. La bouche de Milo qui le goûtait toujours, qui capturait son sexe à l'intérieur de ce piège de chaleur moite, qui tirait les dernières gouttes de liquide comme s'il n'en avait pas assez. Milo poussant un petit ronronnement du fond de la gorge. C'était un son qui signifiait qu'il était satisfait d'avoir Logan près de lui, qu'il était heureux de combler ses désirs et de le laisser combler les siens.

Avec délicatesse, Logan se serra contre lui, savourant encore la sensation de son corps contre le sien, le tenant aussi serré que possible sans le réveiller. Il avait l'air bien trop en paix pour être dérangé. Et bien trop beau.

Allongé près de sa petite silhouette, Logan se sentait maladroit et large. Comme s'il occupait tout l'espace du lit, tout l'air de la pièce. Milo était plus éthéré, sa présence était plus légère. S'ils s'étaient trouvés dans le studio d'un artiste, Milo aurait été un doux morceau de couleurs pâles sur un canevas immaculé, Logan juste une grosse goutte visqueuse de peinture épaisse sur la chaussure de l'artiste. Logan grimaça à l'analogie. Puis sa grimace s'atténua tandis qu'il se rappelait comment, lorsqu'ils s'étaient couchés, le sommet de la tête de Milo s'était trouvé au bon niveau pour se glisser facilement sous son menton. Logan avait aimé ça. Vraiment beaucoup.

Mais ce qu'il avait aimé davantage, c'était la manière dont Milo semblait le captiver même lorsqu'il dormait. Cela touchait un endroit dans son cœur qui n'avait plus été effleuré depuis la disparition de Jerry. Logan appréciait que Milo se serre contre lui de cette manière. Il appréciait qu'il s'accroche à lui tout en ronflant doucement. Il appréciait de savoir qu'il voyait quelque chose en lui qui méritait d'être réclamé, même lorsqu'il était perdu dans un sommeil réparateur. Il avait cette nature généreuse, cette bonté en lui que Logan n'avait senties nulle part ailleurs depuis que Jerry était parti. Il y avait aussi clairement quelque chose en lui qu'il éprouvait le besoin de lui offrir. Et ça, c'était peut-être ce que Logan appréciait le plus.

Et puis, il y avait la manière dont Milo avait pris le contrôle la nuit dernière, la façon dont il avait entraîné Logan dans des plaisirs que ce dernier avait oubliés. Et combien il s'était retrouvé impressionné par cet homme à ses côtés.

Milo l'avait surpris. Il l'avait stupéfait au point d'en perdre la voix. Sans mauvais jeu de mots, songea Logan tandis qu'il était étendu là, dans l'obscurité. Après tout, il avait espéré faire l'amour. L'avait espéré et l'avait souhaité. Mais ce qu'il avait reçu allait bien au-delà de ça. Il y avait eu une douceur dans les gestes de Milo qui lui avait coupé le souffle une douzaine de fois durant leurs rapports sexuels. Et cette douceur continuait à le hanter à cet instant, juste en y repensant. Les caresses oh ! combien délicates et confiantes de Milo. Ses doigts qui le pétrissaient. La tendresse avec laquelle il s'était doucement extasié en explorant son corps, et la façon dont il avait librement et sans honte permis à Logan d'explorer le sien. Offrant tout, ne craignant rien, sans jamais se retenir.

Logan n'avait jamais connu une seule première fois avec quelqu'un qui se déroule dans une confiance totale et de manière aussi parfaite. Même avec Jerry, il y avait eu pas mal d'hésitations au départ. Ils avaient eu besoin d'apprendre ce qui plaisait à l'autre. Ils avaient eu besoin de quelques essais pour les situations amoureuses les plus intimes. Ils avaient ri durant ces expériences, mais ça ne les avait pas empêchés de se montrer maladroits.

Avec Milo, il n'y avait eu aucune maladresse.

Logan referma les yeux, souhaitant que le sommeil l'emporte. Même s'il n'avait pas vraiment envie de dormir. Il était bien, couché là avec la main de Milo sur son ventre, ses doigts fins et chauds enfouis dans ses poils pubiens, effleurant la base de son sexe endormi. Il lutta contre l'excitation qui n'était qu'à un souffle de lui. Il ne voulait pas gâcher ce moment, trop précieux pour être envahi par les besoins de la chair.

Une fois de plus, il pressa ses lèvres dans les mèches éclaircies par le soleil et respira le parfum du jeune homme recroquevillé contre lui. Quand Milo marmonna dans son sommeil et que ses lèvres se pressèrent au creux de son aisselle comme si les poils présents là commençaient lui aussi à le chatouiller, Logan sourit. Bon sang, ce type était tellement adorable.

Et sans prévenir, l'esprit de Logan fut soudain submergé par le visage de Jerry. C'était comme si celui-ci avait surgi au pied du lit et se tenait là, dans l'ombre, en l'observant. En les observant tous les deux.

Logan ouvrit grand les yeux et fixa les souvenirs qui planaient au-dessus de lui dans le noir. Jerry. Mais il n'était pas vraiment là, bien sûr. Ce n'était pas possible. Son corps sans vie était enfermé à l'intérieur de cette horrible boîte en ciment dans le mur du mausolée de Calumet City, à cinq mille kilomètres d'ici. Jerry pouvait-il savoir où Logan se trouvait à cet instant précis ? Savait-il qu'il s'était finalement libéré de sa culpabilité, de sa loyauté et de son amour qui l'avaient autrefois lié à Jerry, et qu'il s'était autorisé, du moins physiquement, à se rapprocher d'un homme pour la première fois depuis son départ ? Et s'il était au courant, était-il d'accord ? Une année était passée. Une année aux yeux de Logan, tout du moins. Dieu seul savait combien de vies une année pouvait représenter pour quelqu'un qui n'était plus là, qui n'était plus sur terre. Pour Jerry, cette période était-elle proche d'un siècle ou d'un instant ? Ou peut-être n'avait-il rien senti du tout ?

La mort était-elle sombre là où le temps ne s'écoulait même plus ? La fin de vie pouvait-elle être vide à ce point ?

Les doigts de Milo s'agitèrent sur son estomac. Un réflexe, peut-être, comme s'il prenait plaisir à son contact, même dans son sommeil. Aussi vite, sa main se figea de nouveau, ses doigts s'immobilisèrent, berçant inconsciemment le sexe de Logan dans leur poing possessif. Il serra les paupières, savourant la façon dont sa main chaude et caressante se serrait autour de lui, appréciant le souffle brûlant de Milo qui se répandait sur ses flancs tandis qu'il persistait à ronfler comme un bœuf. En dépit de tous ses efforts, son sang commença à s'échauffer, il sentit son sexe durcir et s'étirer dans la poigne douce et endormie de son compagnon.

Seigneur, ça faisait si longtemps qu'il ne s'était pas senti ainsi auprès de quelqu'un.

Sans prévenir, une vague de culpabilité le traversa, aussi aiguisée qu'un éclat de verre. Le beau visage de Jerry apparut encore au pied du lit, dans la pénombre. Jerry ne lui souriait pas. Il ne fronçait pas les sourcils non plus. Son magnifique visage, que Logan connaissait par cœur, flottait à peine au-dessus de lui tandis qu'il l'observait sans émotion, sans reproche, immobile. Toutes les accusations se trouvaient dans la tête de Logan, pas dans le regard de Jerry.

Ravalant un sanglot, Logan se libéra de la main de Milo, soutenant sa tête avant qu'elle ne tombe puis la reposant légèrement sur le lit. Comme s'il sentait que Logan ne le touchait plus, sa connexion avec lui fut rompue et Milo, toujours endormi, se roula en position fœtale et se recroquevilla dans les draps froissés.

Logan déplia ses longues jambes et se releva lentement. Nu dans l'obscurité, son sexe toujours dur et pulsant, il fixa Milo dans le lit. Il était silencieux, à présent. Ses ronflements s'étaient arrêtés. Un éclat de lune tombait sur sa hanche pâle, là où son hâle doré s'arrêtait. Logan tendit la main pour la toucher, pour caresser cette bande de peau bleuie par la lumière de la lune. Pour la faire sienne une fois encore, juste comme il l'avait fait la nuit passée. Pour poser ses lèvres dessus et la goûter. Pour déplacer Milo sur le dos, prendre son sexe dur dans sa bouche et le libérer dans un nouvel orgasme explosif. Pour savourer ce qui s'échapperait de lui et le voir faire la même chose en retour.

Se mordant les lèvres, soudain désespéré de partir, Logan se détourna du lit. Tentant d'être discret, car il souhaitait éviter une confrontation et refusait d'avoir à expliquer pourquoi il quittait les lieux, il se déplaça avec prudence à travers les ombres dans la chambre inconnue. Il trouva ses vêtements là où il les avait laissés le jour précédent lorsqu'il s'était habillé pour aller nager. Les rassemblant en boule et les serrant contre sa poitrine, il marcha jusqu'au patio illuminé par les rayons de la lune et le chatoiement vert des lumières de la piscine. Là, il se tint pieds nus sur le béton froid et les enfila. Il trouva ses chaussures près de la chaise où il s'en était débarrassé plus tôt. En pivotant, il remarqua Spanky qui se tenait sur le bord de la piscine et l'observait. Logan s'agenouilla et Spanky trottina jusqu'à lui, la queue battante. Le vieux chien posa son museau grisâtre sur sa jambe pendant que Logan lui tripotait les oreilles et murmurait des paroles apaisantes à son oreille.

Quand Logan se détourna pour partir, le chien le suivit, ses griffes cliquetant derrière lui à travers la cuisine, puis retombant dans le silence quand il traversa le reste du sol moquetté de la maison.

Logan se glissa à l'extérieur et referma doucement la porte de devant, gardant Spanky en sécurité à l'intérieur. Il testa la poignée pour s'assurer que la serrure s'était verrouillée. Lorsqu'elle refusa de tourner, il s'éloigna pour marcher lentement le long de la rue jusqu'à sa voiture. Se réfugiant à l'intérieur et refermant la portière derrière lui, Logan se mit à respirer l'odeur familière de ses propres affaires : des vêtements de gym nauséabonds sur le siège arrière ; un emballage de hamburger avec une sauce secrète jeté en boule sur le plancher de la voiture ; d'anciens mégots de cigarettes pourrissant dans le cendrier et datant de l'époque où il fumait encore. Seigneur, il avait vraiment tout intérêt à nettoyer tout ça les prochains jours.

Les odeurs étaient sans intérêt. Quelque part, elles étaient synonymes de vide et de solitude comparés à celles qu'il venait d'abandonner.

Logan leva son avant-bras et renifla. Merveille des merveilles, c'était là. Le parfum de Milo. Il était encore présent sur sa peau. Il inspira profondément, repensant à la nuit passée. Il laissa retomber son bras puis,

106

avec un soupir, fixa la rue déserte à travers le pare-brise. Au bout d'un moment, il tourna la clé de contact et enclencha une vitesse.

Pourtant, il ne voulait pas retourner à l'appartement. Pas encore. Alors il se mit à conduire, sans penser à sa destination.

Une vieille tristesse ainsi qu'une exaltation tout aussi ancienne le suivirent tandis qu'il explorait les rues abandonnées de cette ville inconnue qu'il appelait à présent un foyer. Il était plus de quatre heures du matin. Il descendit la vitre avant pour que l'air frais puisse se précipiter à l'intérieur. Il n'y avait quasiment aucune circulation. Il fouilla parmi la pile de CD sur le siège passager, puis retira presque aussitôt sa main, en les laissant là où ils étaient. Il n'avait pas envie de partager son esprit avec Adele, Katy ou même Usher. Il ne voulait pas qu'ils dirigent le sens de ses réflexions. Il voulait contrôler ses propres pensées.

Des pensées concernant Milo Cook.

Il sourit en se remémorant la manière dont Milo avait trouvé qu'il faisait froid quand l'air les avait effleurés tandis qu'ils se tenaient dans la piscine. Il ferma les yeux et bloqua même la rue dans laquelle il roulait quand il se rappela le bruit qu'il avait émis quand le sperme avait jailli de son corps. Et la façon dont lui-même avait gémi à cet instant. En s'abandonnant. Partageant tout avec Milo pendant que Milo partageait tout avec lui.

Logan n'était pas certain de pouvoir se rappeler avoir vécu un tel orgasme. Même avec Jerry. Il y avait quelque chose à propos de Milo qui avait libéré ses inhibitions la nuit dernière. Ce n'était pas la bière. Bon sang, il n'en avait bu que trois ou quatre. Non, c'était Milo.

Et soudain, il se sentit furieux après lui-même pour être parti. Son pied se souleva de la pédale d'accélération. Durant une seconde, il songea à faire demi-tour pour retourner là-bas. Il frapperait à la porte, il tambourinerait s'il le fallait, jusqu'à ce que Milo réponde. Il supplierait pour qu'il le laisse entrer, l'entraînerait jusqu'au lit et le prendrait dans ses bras.

Tout aussi vite, Logan sut qu'il ne pourrait pas le faire. Ce serait bien trop… fou. Trop triste, pathétiquement désespéré.

Il remplit le réservoir d'essence et poursuivit sa route. Fatigué de conduire sans but, il tourna dans la rue suivante et se dirigea vers la maison. Avant d'arriver, il découvrit que son cerveau fourmillait encore de pensées de Milo. Milo habillé. Milo dévêtu. Milo riant à une blague. La courbe de ses fesses tandis qu'il plongeait dans la piscine comme un boulet de canon. Milo se cambrant dans l'orgasme. Milo s'inclinant pour caresser son chien.

Milo qui était juste Milo.

Tandis qu'il conduisait, le bruit du vent se précipitant à travers la fenêtre ouverte était la seule musique qu'il avait besoin d'entendre. En fait, il remarqua à peine l'absence de musique, ce qui était étrange. Logan avait *toujours* besoin d'avoir de la musique qui jouait en arrière-plan. Elle lui tenait compagnie. Elle l'aidait à réfléchir. Ou pas. Mais elle le faisait se sentir moins seul.

Pas cette fois, pourtant. Cette fois, ce n'étaient plus les silences de sa vie qui le rendaient solitaire. C'était l'absence de Milo. Soudain, il réalisait que son existence n'était plus vide. Et qu'il ne voulait plus qu'elle le soit.

Bon sang, qu'allait-il bien pouvoir faire à propos de ça ?

MILO SE réveilla le matin suivant, se sentant comme s'il avait passé la nuit avec la tête attachée à l'une de ces machines cliquetantes qu'ils utilisent chez Home Depot pour mélanger la peinture. Il n'avait pas la gueule de bois. Il n'était pas malade. Au contraire, il se sentait complètement euphorique. C'était juste son cerveau qui paraissait embrouillé. Et pourquoi ne le serait-il pas ?

Bon sang, quelle nuit !

Milo repensa à tout ce que Logan et lui avaient fait ensemble. Les jeux dans la piscine, la conversation autour d'une bière tandis qu'ils flottaient dans l'eau, le fabuleux look de Logan, presque nu dans ce maillot de bain tombant qu'il lui avait prêté.

Et les heures qu'ils avaient réellement passées nus, enveloppés dans les bras de l'autre dans le lit. Seigneur.

Milo s'était réveillé affamé. À cause de l'excitation d'être ensemble, ils n'avaient pas pensé à dîner.

Il était à présent assis devant son ordinateur, tentant de se motiver à écrire. Il avait un sac de chips de taille industrielle placé à côté de lui – le petit-déjeuner des champions – et aussi affamé qu'il l'était, il n'y avait pas encore touché. Fixant sur l'écran les mots qu'il tapait seulement quelques minutes auparavant, il réalisa avec une horreur grandissante qu'ils n'avaient aucun sens. Ils auraient pu tout aussi bien être écrits en Swahili. Peut-être n'avaient-ils aucun sens parce que toutes ses petites cellules grises étaient occupées par un problème bien plus important.

Essayer de comprendre pourquoi Logan s'était glissé hors de chez lui au milieu de la nuit. C'était ça, le problème. L'autre souci était de savoir pourquoi Milo, en se réveillant seul dans son lit avec le parfum de Logan sur ses draps, se sentait si froissé qu'il soit parti.

La main de Milo se tendit vers le téléphone, mais la retira rapidement. N'aurait-il pas l'air désespéré s'il l'appelait déjà ? Aurait-il l'air accusateur s'il lui demandait des explications à propos de son départ ? Et s'il le faisait, serait-ce réellement un problème qu'il ait l'air si désespéré et accusateur ? Oui, sûrement. Milo n'avait pas envie de passer pour un crétin malade d'amour qui cède à ce genre de farce après une fellation et un câlin.

Observant toujours le téléphone, il serra les poings et fronça les sourcils. Il n'aimait pas songer à Logan comme à une farce. Seigneur, il avait été plus que ça, non ?

Plus confus que jamais, il jeta un œil sur les mots incompréhensibles, puis pivota pour regarder à travers la fenêtre qui donnait sur la piscine. Bon sang, il avait tellement envie de revoir Logan. De le voir se tenir là. Maintenant. À cette minute précise. Dans le vieux maillot de bain de Bryce, peut-être, son grand corps magnifique brillant à cause de l'eau de la piscine, le duvet sombre de ses jambes fortes et sexy lissé par l'eau qui s'écoulait, le regard rieur, une fossette parfaite creusant sa joue. Ou au lit, sur le dos, ses longs bras musculeux enroulés autour des hanches de Milo, se nourrissant de lui au moment de l'orgasme. Comme Milo s'était nourri de lui.

Milo se souvenait de tout. Tout ce qui s'était passé la veille était ancré dans son cerveau. Se souvenir de la manière dont Logan et lui avaient passé du temps ensemble – parlant, riant, faisant l'amour, se battant dans la piscine, et le reste – lui faisait battre le cœur. Même sa respiration s'accélérait quand il se souvenait de la peau de Logan sous ses mains, de la manière dont il avait répondu à ses caresses, combien son corps avait réagi à son contact.

Comme s'il ressentait ses émotions, Spanky se leva et posa son menton sur sa jambe, levant un regard adorateur sur lui avec ses yeux dorés si expressifs. Milo baissa la tête avec un sourire triste et lui frotta le museau.

— Je suis dans la merde, hein, mon vieux ? demanda doucement Milo tout en connaissant la réponse.

Son regard inquiet glissa vers le téléphone. À cet instant, il entendit un coup frappé à la porte.

Milo et Spanky sursautèrent tous les deux. Le chien aboya comme une banshee et se précipita vers l'entrée en courant avec son maître sur les talons. L'espoir enflait dans le cœur de Milo et peut-être aussi dans celui de Spanky tant il avait l'air excité lui aussi. Ou n'était-ce que le fruit de son imagination ?

Milo se lécha les lèvres et tenta de discipliner ses cheveux emmêlés avec ses doigts. Il baissa tristement les yeux sur son pyjama un peu nul en souhaitant avoir enfilé quelque chose d'un peu plus présentable au cas où Logan se trouverait sur le perron. Et vraiment, qui cela pouvait-il être à part lui ?

Pour éviter de trop s'accorder de temps en se faisant du souci et en s'effrayant pour rien, il ouvrit la porte en grand.

Bryce se tenait là.

VIII

BRYCE LÂCHA un grognement peu charitable.

— Tu ne ressembles à rien.

Milo se contenta de le regarder. Au bout d'un moment, il fut capable de dissimuler sa déception et murmura :

— Bryce. Ça fait longtemps.

Pas *suffisamment* longtemps, bien sûr.

— Je pensais que tu avais déménagé.

— Eh bien, je suis de retour maintenant. En fait, je suis de retour depuis quelque temps.

Bryce sourit largement, révélant ces dents magnifiques qu'il avait toujours tellement aimé montrer quand il voulait obtenir quelque chose.

— C'est bon de te voir, Milo. Tu vas me laisser entrer ?

Milo cligna des paupières, puis recula à contrecœur, tenant le battant ouvert.

— Oh oui, bien sûr. Entre.

Même après tout ce temps, Bryce pénétra à l'intérieur comme s'il n'était jamais parti. Milo le regarda avec consternation tandis que Spanky se dandinait autour de ses pieds, la queue battante, dévoilant son fameux sourire au museau gris, offrant à Bryce un accueil bien plus convaincant que celui de Milo. Le traître.

Bryce tomba à genoux et le serra contre lui avant de lui gratter le dos, ce qui fit trembler d'extase son arrière-train.

— Waouh ! dit-il. Il se souvient de moi.

Milo lutta vaillamment pour ne pas lever les yeux au ciel.

— Sans blague.

Toujours occupé par Spanky, Bryce leva les yeux sur Milo qui se tenait près de la porte.

— J'imagine que je t'interromps en pleine écriture. Je crois me rappeler que tu ressemblais toujours à un cadavre exhumé quand tu étais au milieu de l'un de tes livres.

Milo tenta de ramener un sourire sur ses lèvres et y réussit, même s'il douta qu'il fût très convaincant.

111

— Tu me connais si bien, dit-il d'un ton plat.

Sans jamais quitter son visage des yeux, il tendit la main pour refermer la porte derrière lui avec un léger cliquetis.

Bryce avait l'air d'aller bien, Milo devait l'admettre. Bien sûr, il avait toujours l'air bien. Il était le seul homme que Milo avait jamais connu qui pouvait sauter hors du lit le matin et avoir l'air de n'avoir pas dormi du tout. Les cheveux impeccables, le regard clair, le corps souple. Milo s'éveillait inévitablement en grognant et en se plaignant, avec l'air d'avoir été renversé par un camion-poubelle et traîné sur dix rues à travers la circulation.

Il remarqua que Bryce n'était pas venu les mains vides. Il tenait nonchalamment sous le bras une boîte blanche pour transporter les manuscrits. Observer cette boîte lui fit éprouver un sentiment désagréable tout au fond de lui.

Même si leur rupture n'avait rien eu à voir avec une troisième guerre mondiale, elle n'avait pas été particulièrement cordiale non plus. Entre la jalousie de Bryce pour ses succès littéraires et celle de Milo pour ses incartades – sans parler du fait que, sur la fin, Bryce n'essayait même plus de cacher ses infidélités – Milo avait toujours été stupéfait qu'ils se soient séparés de façon aussi amicale. Bon, peut-être pas si amicale que ça, mais au moins, aucun tir n'était à déplorer et les équipes du SWAT n'étaient pas intervenues.

Il y avait quelque chose à propos de Bryce qui lui rappelait toujours ces fines couches de cuivre poli qui brillent au premier regard, mais qui sont légères et se ternissent facilement par la suite. Même avec le visage arrogant et effronté qu'il présentait à la face du monde, il avait en lui cette facette floue d'indolence mélancolique qui le suivait partout comme un petit nuage sombre. Milo avait toujours été connu pour être l'éternel perdant, ce qui expliquait peut-être qu'il avait été attiré par Bryce dans un premier temps. À la fin, bien sûr, ça n'avait plus du tout suffi à les réunir.

Aujourd'hui, son ex portait un sweat blanc tricoté sur un chino marron. Des chaussures en toile verte embellissaient ses pieds nus. Tandis qu'il se tenait accroupi devant Spanky, Milo aperçut le début d'un duvet sombre sur ses chevilles tannées, ce qui le transporta dans le passé, du temps où Bryce avait l'habitude de se balader nu dans la maison.

Il n'y avait pas de secrets : Bryce était sexy avec ses longues jambes duveteuses, sa poitrine et ses fesses velues, et un sexe capable de rester éveillé durant des jours. Milo n'avait pas menti à Logan en lui disant qu'il était impressionnant au lit. Et pourquoi ne l'aurait-il pas été ? Dieu seul savait combien il avait cumulé d'heures de formation sur le tas en sautant dans le lit des autres. Songeant au temps passé ensemble, plus d'une année de sa vie gâchée par un traître, Milo sentit un peu de son ancien ressentiment revenir. Il n'en était pas fier, mais il ne pouvait nier sa présence.

— T'as pas de café ? demanda Bryce, clairement inconscient de ce que Milo devait penser, ou s'en fichant.

— Non, dit Milo. Je n'en ai pas fait.

C'était un mensonge, bien sûr. Toute la maison embaumait du mélange hawaiien Gold Kona [9] que Milo appréciait tellement et préparait sans fin chaque fois qu'il travaillait. Mais si Bryce remarqua l'odeur, ou le fait que Milo lui mentait, il eut la grâce de ne pas relever.

— Tu ne vois personne ? interrogea Bryce.

Il y eut un léger sourire sur son visage quand il posa la question, sourire que Milo n'apprécia pas. Il n'apprécia pas non plus que ses paroles le fassent penser à Logan. Non pas qu'il y eût quoi que ce soit d'anormal à ça. Mais pour une raison qu'il ignorait, songer à la perfection de Logan pendant que Bryce se tenait là, dans la pièce, ça s'apparentait au fait de manger une glace tout en étant assis sur des toilettes sales à la station de bus, le pantalon au bas des chevilles. En d'autres termes, c'était totalement inacceptable, avec une note sordide de dix sur dix. Peut-être même onze.

— Si, fut tout ce que Milo répondit.

Et après l'avoir admis, il se demanda immédiatement si Logan était du même avis que lui. Si lui aussi considérait qu'il voyait quelqu'un, et que ce quelqu'un était lui. Seigneur, il l'espérait sincèrement.

Avant que Bryce n'ait une chance de le pousser davantage pour obtenir plus d'informations, Milo lui demanda brutalement et peu gracieusement :

— Pourquoi es-tu ici ?

Bryce lui adressa l'une de ses expressions habituelles. Hypocrite, mais séduisante malgré tout. Du moins, c'était le cas avant. Après une dernière caresse sur la tête de Spanky, Bryce déploya son grand corps en se redressant – il était presque aussi grand que Logan. Raidissant les épaules, il chassa une mèche de cheveux noirs de ses yeux et révéla ses dents blanches.

— J'ai reçu des nouvelles, lui apprit-il. Je voulais les partager avec toi parce que je sais que c'est quelque chose que tu as toujours souhaité pour moi.

— Tu veux dire que ta bite est tombée ?

---

9 *Bière*

Bryce éclata de rire. Un rire dont l'humour était absent.

— Très drôle. Tu as toujours été un clown.

— Je suis charmant. Que puis-je ajouter d'autre ?

Il lui fallut toute sa volonté pour ne pas jeter un œil sur la boîte que Bryce portait sous le bras.

— Alors, quelles sont les nouvelles ?

Exactement comme il l'avait suspecté, Bryce tint la boîte à bout de bras. Comme il n'avait pas d'autre choix, Milo la prit et demanda :

— Qu'est-ce que c'est ?

— Mon deuxième livre, répondit fièrement Bryce.

— Ton deuxième livre ? Quel était le premier ?

Milo sut en un instant qu'il avait touché un nerf. Un froncement apparut entre les sourcils de Bryce. Ses yeux s'assombrirent.

— Je pensais que tu le savais.

Milo fixa la boîte entre ses mains, puis il reporta son regard sur le visage de Bryce.

— Savoir quoi ?

— Mon premier livre. Il a été publié l'année dernière.

Et pour la première fois depuis que cette réunion indésirable avait débuté, Milo sentit un sourire réellement honnête s'épanouir sur son visage. Il baissa les yeux sur la boîte et fit glisser le couvercle. À l'intérieur se trouvait un livre broché écrit par un certain Thomas Giles, et dessous, un manuscrit tapé à la machine avec une page de garde rappelant que le texte était le résultat du travail de Thomas Giles.

Milo leva les yeux sur Bryce.

— Je ne comprends pas. Qui est Thomas Giles ?

— Un nom de plume, répondit Bryce avec une mystérieuse lueur dans le regard.

— Mon Dieu, haleta Milo, reposant la boîte et son manuscrit imprimé sur la table basse et levant le livre pour l'ouvrir à la page de garde. Horizon Home Press, dit-il en jetant un œil sur la tranche. Une maison très respectable.

Il tourna les pages avant de refermer le livre pour en étudier la couverture.

— Bryce, c'est magnifique.

Bryce était radieux.

— Merci. Le manuscrit fait partie de la seconde chose que je voulais voir avec toi. Je ne l'ai pas encore soumis.

— Pourquoi pas ? S'ils ont suffisamment aimé le premier pour le publier, ils seront réceptifs au second. Ou peut-être que le premier ne marche pas vraiment bien ? Si c'est le cas, tu dois comprendre que, parfois, ça arrive. Ça ne veut pas dire que le livre est mauvais. Ça signifie juste que…

Les yeux de Bryce se plissèrent.

— Je sais ce que ça signifie, Milo. Tu te souviens ? Et j'ai subi mes propres expériences depuis que nous nous sommes séparés. Alors, je t'en prie, ne me fais pas la leçon. Je voulais juste…

Les paroles de Bryce restèrent en suspens. Pour la première fois depuis longtemps, peut-être même la première fois tout court, il eut l'air incertain, légèrement mal à l'aise.

— Tu voulais quoi ? demanda Milo.

Mais il le savait déjà. Il le savait sans l'ombre d'un doute.

— Je veux que tu relises ce second livre. Et que tu me dises s'il est prêt.

Milo détestait lire les projets des autres auteurs. Ça ne se terminait jamais bien. Si vous le détestiez, l'écrivain était anéanti. Si vous l'aimiez, ce n'était jamais suffisant. Il chercha une porte de sortie.

— Bryce, tu es publié à présent. Tu n'as plus besoin que je valide tes textes. Tu dois avoir confiance en toi. Si tu penses que le bouquin est prêt, alors envoie-le.

Sans qu'on le lui propose, Bryce jeta un œil autour de lui et finit par choisir une bergère dans un coin de la pièce. Il marcha jusque-là et se laissa tomber dedans. Ses yeux ne quittèrent à aucun instant le visage de Milo.

— Tu as raison. Le premier livre ne marche pas très bien.

— Je suis navré, dit Milo, et il fut aussitôt étonné de réaliser que c'était vraiment le cas.

Il savait ce que ça signifiait de mettre son cœur et son âme dans un livre, puis de le regarder s'étioler après avoir été publié – ne pas être acheté, ne pas être cité, et même ne pas être critiqué, et finir dans une caisse à livres d'un dollar quelque part, si les choses allaient aussi loin.

Il baissa de nouveau les yeux sur le livre puis revint sur Bryce. Pour retarder davantage sa réponse, il répliqua :

— Pourquoi un nom de plume ? J'aurais pensé que…

— Je sais ce que tu aurais pensé. Bien sûr, j'aurais préféré publier sous mon propre nom, mais l'un des éditeurs à qui j'ai envoyé mon livre m'a dit que j'étais en train de me faire une réputation parmi certains de ses collègues. J'ai peut-être envoyé une ou deux réponses assez furieuses suite à des lettres de rejet. Apparemment, avec les éditeurs, les paroles voyagent.

Milo fronça les sourcils. Donc, comme toujours, la grande bouche de Bryce et son ego encore plus grand lui avaient créé des problèmes.

— Cet éditeur avait raison, Bryce. Tu ne peux pas faire ça. Ce milieu possède une grande mémoire et un tout petit détonateur.

Bryce serra les mâchoires.

— Je l'ai appris. Bref, maintenant je veux que tu m'aides avec cette nouvelle histoire. Je t'en prie, Milo. J'accorde beaucoup de valeur à ton opinion. Je respecte ce que tu penses.

Il lui fallut toute sa volonté pour ne pas rire. Il aurait pu céder ses prochains versements pour avoir le plaisir de dire : « *Si tu respectais autant ce que je pensais, tu ne m'aurais jamais trompé avec chaque bite désinhibée qui a croisé ta route.* » Mais il ne le fit pas. Parce qu'en toute honnêteté, Milo savait, et il l'avait su immédiatement après qu'ils avaient eu rompu, que perdre Bryce était la meilleure chose qui pouvait lui arriver.

Mais Bryce n'en avait pas terminé avec les faveurs.

— Si tu l'aimes et s'il est publié, j'aimerais également que tu écrives un texte de présentation, une recommandation pour la couverture. Tu es beaucoup suivi, Milo. Ton aide pour ce livre pourrait tout changer au niveau des ventes. Horizon Home est probablement déjà en train de regretter d'avoir placé sa confiance dans mon premier livre. Tu pourrais m'aider à surmonter cet obstacle grâce au second.

Milo observa de nouveau la couverture.

— Comment étaient les avis ?

Le regard de Bryce s'assombrit.

— Quelques-uns étaient plutôt bons.

Milo lui offrit un sourire qui venait du cœur.

— Alors tu n'as pas besoin de moi. Le bouche-à-oreille te portera. D'habitude, je ne mets jamais mon nom sur le travail des autres, Bryce. Je pense que tu le sais déjà.

— J'aurais cru que pour moi tu aurais fait une exception.

Milo poussa un soupir en fixant la boîte du manuscrit posée sur la table. Il savait que sa décision avait été prise au moment où il avait ouvert la porte et vu la boîte coincée sous le bras de Bryce.

— Je suis désolé, dit-il. Je ne peux pas faire ça.

Bryce se renfrogna. Sa bouche habituellement sexy devint une ligne amère sur son visage.

— Pourquoi pas ? Ce n'est pas comme si j'étais un étranger. Nous avons un passé en commun. Nous sommes amis.

Milo eut le cœur brisé en prononçant les mots qui suivirent, mais il le fit quand même :

— Nous ne sommes pas amis, Bryce. Nous sommes d'ex-amants. Et tout ce qui nous a rendus ex-amants ne me permet pas de me sentir beaucoup concerné par toi. Tu dois suivre le chemin que les autres auteurs suivent tous. Produis le meilleur manuscrit que tu puisses produire et trouve absolument des bêta lecteurs, si tu penses que ça peut t'aider. C'est juste que tu ne peux pas espérer que j'en devienne un. Tu es déjà un cran au-dessus du pauvre type dans le coin qui n'a jamais été publié. Tu as un pied dedans grâce à ton premier livre. Utilise ce que tu possèdes, ce que tu as appris pour le second. Je m'excuse, mais ma décision est définitive. Et franchement, Bryce, le conseil que je viens de te donner est probablement plus important que n'importe quelle aide technique que je pourrais t'apporter sur ton histoire. Bon sang, je sais à peine comment écrire mes propres bouquins, sans parler d'avoir le talent de dire à quiconque comment il doit procéder. Écrire un livre, c'est comme la masturbation : c'est une chose qu'on pratique mieux quand on est seul.

Bryce chassa un grain de poussière de son pantalon. Sa main tremblait et ses yeux étaient plus froids que Milo se rappelait les avoir jamais vu, même après quelques-unes de leurs pires disputes qui s'éternisaient et brisaient tout.

— Alors, c'est ça, dit-il. C'est ta réponse.

Milo hocha la tête.

— J'en ai bien peur.

Un vilain sourire joua à la commissure de ses lèvres tandis qu'il le toisait de haut en bas.

— Ça te dirait de baiser en souvenir du bon vieux temps ? Je pourrais te retirer ce pyjama en un rien de temps.

Milo lui adressa une grimace froide et secoua la tête en signe d'incrédulité.

— Tu ne changeras jamais.

— Ce n'est pas une réponse.

— Tu veux une réponse, Bryce ? Eh bien, en voilà une : je préférerais mille fois baiser un rhinocéros.

Bryce rejeta la tête en arrière et éclata de rire. Cependant, Milo sentit qu'il y avait plus de colère qu'autre chose dissimulée derrière. Bryce n'avait jamais apprécié d'être repoussé pour quoi que ce soit. Surtout pas pour le sexe.

117

Tandis que Milo l'observait, il se releva, traversa nonchalamment la pièce et lui arracha le livre des mains. Il le fourra dans la boîte au-dessus du manuscrit non publié et ferma le couvercle. Plaçant la boîte sous son bras, comme c'était le cas lorsqu'il était arrivé, il retira un chapeau imaginaire et l'agita en direction de Milo avant de se diriger vers la porte.

— Bonne chance avec tes livres, lança Milo en le pensant réellement.

Mais peut-être que Bryce ne l'entendit pas de cette oreille.

— Va te faire foutre, Milo, répliqua-t-il.

Baissant les yeux sur Spanky, il ajouta :

— Toi aussi, le bâtard.

Lorsque Milo s'avança vers la porte, Bryce leva la main.

— Ne t'embête pas. Je trouverai la sortie tout seul.

Après un juron marmonné que Milo ne put saisir, Bryce sortit, sans toutefois claquer trop fortement la porte derrière lui.

Milo la fixa durant cinq secondes, reconnaissant de se retrouver de nouveau seul. Se tournant vers Spanky, il lui demanda négligemment :

— Prêt pour le petit-déjeuner, espèce de petit vilain petit traître ?

Comme le cabot et lui retournaient vers leur tanière et son sac de chips industriel, il réalisa que ses pensées se tournaient de nouveau vers Logan et la nuit qu'ils avaient partagée ensemble.

Puis il songea au visiteur qui venait de partir.

— « *Ça te dirait de baiser ?* » murmura-t-il pour lui-même en riant. A-t-il réellement dit ça : « *Ça te dirait de baiser ?* »

Quel connard !

LOGAN NE vit pas la voiture garée au bord du trottoir ni le bel homme qui fronçait les sourcils, assis à l'intérieur. Il était si concentré sur ce qu'il s'apprêtait à faire qu'il le dépassa sans tourner la tête.

Il s'était garé au coin de la rue parce qu'il avait eu besoin de quelques minutes pour calmer ses nerfs. Maintenant que c'était fait, il marchait en direction de la maison sur des jambes flageolantes, tirant nerveusement sur la cigarette qu'il tenait à la main. Elle avait un goût horrible. Une saveur d'échec et de promesses brisées qu'il s'était faites à lui-même, sachant qu'il avait travaillé si dur pour arrêter des années auparavant sur l'insistance de Jerry et n'en avait stoïquement allumé aucune depuis ce jour. Du moins, jusqu'à ce qu'il s'arrête au magasin de spiritueux sur le chemin de chez Milo et en achète un paquet.

Un millier de choses lui traversaient la tête. Certaines d'entre elles n'étaient pas agréables, comme se sentir furieux après s'être remis à fumer. D'autres tourbillonnaient à l'intérieur de sa caboche, terriblement effrayantes. Comme les raisons pour lesquelles il remontait à présent l'allée de Milo, guère plus de huit heures après être sorti de son lit pour s'enfuir au milieu de la nuit.

Il secoua la tête, tentant de calmer ses pensées et faire baisser sa pression artérielle, sans mentionner l'étrange palpitation dans sa poitrine qui ne semblait pas vouloir disparaître, peu importe à quel point il essayait de l'ignorer.

Tout ce magma d'émotions, de doute et d'inquiétudes qui tournait en boucle dans sa tête était dû à Milo, bien sûr. Logan savait qu'il ne s'était pas senti ainsi depuis qu'il avait rencontré Jerry, tant d'années auparavant. Il n'était pas tombé instantanément amoureux de Jerry, et il n'était pas tombé amoureux de Milo non plus la nuit dernière. Mais il était accro. Ça, il en était convaincu. Accro, fasciné, perdu dans le désir. Tout comme Jerry l'avait piégé quatre ans auparavant, Milo l'avait rendu accro la nuit dernière.

Le fait est qu'il voulait le revoir. Il voulait le voir beaucoup. Et la seule manière qu'il connaissait pour ça était de se rendre chez lui et de le lui dire. C'est pour cette raison qu'il était là.

Il lui vint à l'esprit que c'était peut-être un poil trop romantique. Pour quelle raison plongerait-il de nouveau dans cette situation ? Deux fois ? Bien sûr, ce qui se produisait aujourd'hui était la faute de Jerry, quelque part. S'il n'était pas mort, Logan ne serait pas là, sur le trottoir, à suer et à *fumer*. Mais en vérité, il ne pouvait pas vraiment reprocher sa mort à Jerry, n'est-ce pas ? Après tout, c'était un accident.

Logan s'arrêta brutalement. Quel était son problème ? Ça n'avait aucun sens et il le savait. Il écrasa sa cigarette sous sa chaussure et en alluma aussitôt une autre, même si la première lui donnait déjà envie de vomir.

Au milieu d'un nuage de substances cancérigènes satisfaisant et rassurant qui flottait une fois de plus autour de sa tête, il prit une grande inspiration qui faillit l'étouffer. Se préparant à l'action, comme les anciens avaient l'habitude de dire, il grimpa les marches du porche aussi vite que possible pour ne pas se donner le temps de réfléchir.

Sa cigarette qui empestait coincée au coin de ses lèvres et l'aveuglant presque avec la fumée, il frappa à la porte de Milo. Elle s'ouvrit aussitôt et ce dernier eut l'air si furieux et impatient quand il apparut que Logan faillit trébucher en arrière. Pourtant, voir Milo pour la première fois depuis qu'il l'avait tenu dans ses bras la nuit d'avant lui envoya un électrochoc si puissant qu'il en fut presque douloureux.

Logan le regarda pendant que Milo le contemplait et comprenait qu'il n'était pas celui qu'il avait redouté de voir apparaître à sa porte. Il dut admettre que Milo eût l'air considérablement rassuré quand il le réalisa. Il en fut lui-même soulagé.

— C'est toi ! s'écria Milo tandis qu'un sourire accueillant naissait sur son visage.

Logan se tint là. Il tenta de hocher la tête, mais le geste fit monter la fumée de sa cigarette à ses yeux. Il se contenta de lui retourner son sourire en biais et essaya de ne pas avoir l'air d'un idiot.

— J'ignorais que tu fumais, dit Milo.

Logan retira la cigarette de sa lèvre inférieure et la jeta dans l'herbe.

— Pas jusqu'à la nuit dernière, répondit-il.

Milo plissa les yeux d'un air hostile et moqueur.

— Vraiment ? Et je suis supposé prendre ça comme un compliment ? Ou cela signifie-t-il que tu t'es réveillé au milieu de la nuit en pensant que tu avais envie de t'amuser ? Tiens ! Pourquoi ne pas me glisser hors de la maison comme un crétin de cambrioleur pour courir dehors et aller m'acheter un paquet de cigarettes parce que c'est ce que les vrais mecs font après un orgasme. D'un autre côté, peut-être que tu te sens piégé parce que tu m'as laissé me faufiler dans ta vie, alors tu t'es sauvé de la maison parce que tu ignores comment t'échapper autrement.

Milo tapa du pied.

— Alors, quelle est la réponse ?

Logan sourit même s'il n'était pas totalement certain que Milo plaisantait.

— La seconde. Tu t'es faufilé dans ma vie. Mais je n'ai pas le sentiment d'être piégé.

— Tu ne te sens pas piégé ?

Le sourire de Logan s'élargit.

— J'en suis loin.

— Dans ce cas-là, je suis presque tenté de t'embrasser, dit Milo en lui retournant son sourire, tout en s'avançant sous le porche.

— Quand seras-tu suffisamment sûr de toi pour savoir si oui ou non tu vas vraiment le faire ?

— Maintenant, je pense.

Et franchissant ce dernier pas, il plongea entre les bras de Logan. Se soulevant sur la pointe des pieds, il pressa ses lèvres contre sa bouche.

Logan le souleva un peu plus haut tout en l'étreignant.

— Humm, gémit-il en savourant le baiser. Et tes voisins ?

Sans cesser de l'embrasser, Milo marmonna :

— Qu'ils aillent se faire foutre.

Puis il recula.

— Beurk. Pouah. Tu as le goût de cendrier. Et pas juste un vieux cendrier froid. Un vrai cendrier puant et dégoûtant.

— Ça suffit avec les effets spéciaux et les adjectifs !

Logan lui serrait toujours les bras, sans vouloir le libérer. Il fut heureux de voir que Milo n'avait pas l'air de s'en soucier, même s'il sentait mauvais.

— As-tu réellement recommencé à fumer à cause de moi ? demanda Milo, les yeux écarquillés, la tête rejetée en arrière, car, au cours des huit dernières heures, Logan n'avait pas rétréci et faisait toujours une tête de plus que lui.

Embarrassé, celui-ci haussa les épaules.

— Ouais.

— Pourquoi ?

— J'étais nerveux parce que je voulais te demander qu'on se revoie.

— C'est ce que tu es venu me dire ?

— Ouais.

— Tu veux me revoir ?

— Ouais.

— Pourquoi es-tu parti la nuit dernière ?

— Culpabilité.

— Culpabilité à cause de Jerry ?

Logan cligna des paupières, manifestement touché que Milo le devine aussi facilement.

— Oui.

— Et maintenant, tu ne te sens plus coupable ?

— Eh bien… J'essaie.

— Pour ton information, Logan, j'ai vraiment apprécié la nuit dernière.

— Moi aussi.

— Tu as un corps magnifique.

— Toi aussi.

— Ton esprit n'est pas mal non plus. Un peu dispersé, parfois. Un peu farfelu.

— Tu recommences avec les adjectifs.

— Si tu entres, je te ramène directement au lit.

Le cœur de Logan se mit à battre plus fort. Vraiment plus fort.

— Tu me le promets ?

Milo sourit. Ils se tenaient toujours sur son porche, en pleine lumière, dans les bras l'un de l'autre. Comme ça n'était pas suffisant pour Milo, il commença à retirer la chemise de Logan de son pantalon.

— Oui, je te le promets. Je t'attirerai dans mon lit dès que j'aurai jeté tes cigarettes dans les toilettes et que tu auras passé un moment en tête à tête avec ma brosse à dents et un litre de bain de bouche pour te débarrasser de cette affreuse odeur de tabac.

— Emprunter les brosses à dents des autres n'est pas très hygiénique. Qu'est-ce que je ferai si tu as un problème de gencives ?

— Après la nuit dernière, si j'ai un problème de gencives, tu l'as aussi.

— Ah oui. Pour ton information, Milo, je ne suis pas amoureux de toi ni rien du tout.

— Bien sûr que non. On vient juste de se rencontrer.

— J'ai juste envie qu'on s'amuse encore un peu. Je veux dire, tu sais… Sur une base régulière.

— Une base régulière me paraît juste.

— C'est vrai ?

— Oui, c'est vrai.

Ils se tournèrent tous les deux vers la route alors que le bruit d'une voiture faisant crisser ses pneus les faisait sursauter. Le véhicule accéléra devant la cour de Milo, le moteur hurlant tandis qu'il tournait au coin de la rue avant de disparaître.

— Qui était-ce ? demanda Logan.

Milo secoua la tête et soupira.

— Juste mon ex. On dirait qu'il est jaloux. N'est-ce pas amusant ?

— Tu insinues qu'il est jaloux de moi ?

— Ça se pourrait. Ou peut-être qu'il se comporte juste comme un crétin, comme d'habitude. Qui sait ? Et qui s'en soucie ? Viens, retournons à nos affaires.

Logan ne savait pas trop ce qu'il éprouvait par rapport au fait que l'ex de Milo soit jaloux de lui, ou ce qu'il faisait dans cette rue et devant sa maison, sachant qu'ils avaient rompu des années auparavant. Mais il n'allait pas gâcher son temps à s'inquiéter pour ça. Il sentit son cœur accélérer quand Milo tendit la main pour caresser ses lobes d'oreille. La douceur du geste le poussa à fermer complètement les yeux.

— Viens à l'intérieur, murmura Milo. Ma brosse à dents t'attend.

Logan ne put qu'acquiescer. Avec cette note sexy et douce dans la voix, et cette flamme coquine qui brûlait dans son regard, il l'aurait suivi n'importe où.

IX

Au cours des semaines qui suivirent, qui s'envolèrent littéralement et furent merveilleuses pour Milo, Logan et lui développèrent une routine. Cette routine était assez simple. Ils passaient un maximum de temps en compagnie l'un de l'autre. Ils parlaient. Ils faisaient l'amour. Ils se promenaient dans la ville avec Spanky dans leur sillage. Ils dînaient à l'extérieur. Ils allaient voir des films au cinéma et se baladaient dans les librairies. Et ils faisaient encore plus l'amour.

Ils en vinrent ainsi à bien se connaître.

Le sommet de leur nouvelle routine, en dehors du sexe et de la nourriture – parce que rien ne pouvait surpasser ça – c'était de rester au lit les dimanches matin – chez Milo ou à l'appartement de Logan – en buvant des mimosas et en se faisant la lecture tout haut. Parfois, ils lisaient les avancements de Milo dans son Projet en Cours – qui progressait finalement assez bien – et parfois, ils lisaient les dernières revues de Logan et les derniers ajouts sur son blog. À d'autres occasions, ils se contentaient de lire ce qui leur tombait sous la main. Quoique ce ne soit pas un genre dans lequel Milo écrive, ni un genre sur lequel Logan argumentait habituellement, la romance gay devint rapidement leur genre préféré. Avec les plus torrides, ils ne parvenaient pas toujours à aller jusqu'au bout.

Comme aujourd'hui.

Un voile de sueur les recouvrait tous les deux. Le livre que Logan était en train de lire était posé, oublié, sur le sol près du lit, à l'endroit exact où il était tombé lorsque Milo avait décidé qu'ils avaient assez lu comme ça pour la matinée. À l'aide d'un baiser ou deux placés aux bons endroits, il embobina Logan pour qu'il se livre à un nouveau loisir matinal. À présent, épuisé et sexuellement comblé, Milo était allongé dans sa position favorite aux côtés de Logan, ses lèvres pressées contre son flanc, sa jambe droite recouvrant la jambe gauche de Logan, le piégeant sur place, sa main sagement posée sur le chaume de sa joue. Pendant que son pouce explorait sa lèvre inférieure, toujours humide des baisers reçus et des autres efforts physiques, Milo marmonna dans la peau parfumée.

— J'adore ton odeur.

Logan se tortilla sur le côté et l'attira dans ses bras. Il pressa ses lèvres sur les cheveux de Milo. Peut-être se figurait-il que c'était une réponse suffisante. Et pour Milo, ça l'était. Heureux, il passa la minute suivante à se délecter de la sensation des bras puissants de Logan autour de lui.

— Logan ? murmura-t-il dans sa poitrine duveteuse, une autre des parties de son corps qu'il préférait.

— Hum ?

— Est-ce que tu te sens toujours coupable d'être avec moi ?

Logan passa un doigt sous le menton de Milo et lui releva le visage pour mieux l'étudier. Quand leur regard se connecta, il sourit.

— Non. Je ne me suis plus senti comme ça depuis longtemps.

En retour, Milo lui offrit un sourire paresseux. Il pouvait encore se souvenir de la sensation de son sexe enfoncé profondément en lui. Il ne pensait pas avoir jamais été aussi sexuellement satisfait de sa vie.

— Bien, dit-il doucement, se détournant de son regard pour poser sa bouche dans la chaleur de sa gorge.

Il adorait la sensation broussailleuse de sa barbe au matin, avant qu'il ne se rase. Il pensait que c'était l'un des sentiments les plus érotiques qu'il avait jamais expérimenté. Tout particulièrement après le sexe, quand toutes ses terminaisons nerveuses bourdonnaient encore.

— Est-ce que tu veux que je lise encore ? demanda Logan d'une voix lente et aussi satisfaite que Milo.

— Seulement si tu en as envie.

— Peut-être que je pourrais me contenter de te tenir contre moi.

— Chouette, grommela Milo.

Une fois de plus, il enfonça son visage dans la toison qui recouvrait son torse. Là, il pouvait entendre le bruit sourd de son cœur. C'était un bruit dont il devenait dangereusement friand.

Nonchalamment, Milo demanda :

— Qui sers-tu contre toi quand je ne suis pas dans le coin ?

— Personne. Je n'aime pas trop étreindre plus d'une personne à la fois.

— Est-ce que je suis cette personne pour le moment ?

— Tu es cette personne.

— Tu pourrais te trouver un chien pour varier un peu les câlins. Il n'y a rien de fourbe dans le fait qu'une personne câline son chien si elle respecte cette fameuse règle de n'étreindre qu'une seule personne à la fois.

— J'y réfléchirai.

— Fais-le. Les propriétaires de chiens sont les plus dignes de confiance. J'aime beaucoup les propriétaires de chiens.

— C'est vrai ?

— Ouais.

— J'ai lu le livre de Bryce, lâcha Logan.

Il souriait à présent. Milo pouvait l'entendre dans sa voix. Il se demanda s'il était en train d'essayer de changer de sujet puisqu'il ne possédait pas de chien et n'avait pas prévu d'en avoir un d'après ce qu'il savait.

Milo leva la tête et se souleva sur un coude pour pouvoir le fixer dans les yeux. C'était drôle, mais ses yeux avaient toujours une couleur plus douce, plus chaude après le sexe.

— Vraiment ? Qu'est-ce qui t'a décidé à lire le livre de Bryce ?

Logan passa une minute à récupérer un cil au coin des yeux de Milo. Quand ce fut fait, il dit :

— J'imagine que j'étais curieux.

— Et comment était-ce ? interrogea Milo sans réellement s'en soucier. Il se sentait trop bien pour s'inquiéter de quoi que ce soit d'autre.

LOGAN HÉSITA avant de répondre. Il laissa ses yeux errer vers la fenêtre et le ciel couvert au-dehors. San Diego recevait ses premières pluies depuis son arrivée en ville environ deux mois auparavant. Il trouvait étrange que tout le monde considère une simple averse comme un événement majeur, une menace quand, chez lui, ça n'aurait été rien de plus qu'un inconvénient. Les Californiens étaient de vrais enfants, facilement impressionnés, émerveillés en toute innocence. Pourtant, c'était bien de voir de nouveau la pluie. Logan ne s'était pas rendu compte combien elle lui avait manqué jusqu'à ce que, soudainement, elle vienne du Pacifique et commence à rincer la ville pour la nettoyer et purifier l'air. Lorsqu'une douce clameur gronda au-dessus de sa tête, il faillit sourire. C'était comme entendre la voix longtemps oubliée d'un vieil ami grincheux.

Son regard se posa sur le visage de Milo.

— Son livre n'est pas mauvais.

— Mais ?

— Mais il a ses défauts.

— C'est un premier roman, répliqua Milo surpris de prendre le parti de Bryce. Tu dois être indulgent envers lui, tu ne crois pas ?

126

Logan haussa les épaules.

— Je suppose. Cependant, les défauts sont plutôt sérieux. J'ai bien failli ne pas le finir.

— Ouille. Pauvre Bryce. Vas-tu poster ton avis ?

— Je ne sais pas encore.

Durant un moment, Logan se perdit dans les yeux verts de Milo. Ils étaient si beaux qu'il oublia presque ce dont ils étaient en train de parler.

— Eh bien ? le pressa Milo. Si tu te décides à écrire une critique, de combien d'étoiles parlons-nous ?

— Je ne sais pas. Si je comprends bien, tu ne l'as pas lu.

Milo mordilla son téton.

— Non.

Il leva les yeux avec une expression coupable.

— Mais je suis allé sur Google. Et je suis allé voir les différents avis.

Logan grimaça.

— La jalousie professionnelle est un ennemi bien laid.

— Va te faire foutre.

— C'est ce que je viens de faire.

Milo s'étira et l'embrassa sur le menton.

— Et c'était spectaculaire.

Logan eut du mal à le croire, mais il se mit réellement à rougir.

— Merci.

Milo l'observa durant une minute, visiblement charmé en voyant la rougeur de cet homme qui avait, seulement vingt minutes auparavant, son sexe enfoncé entre ses fesses impatientes qui le martelait comme un marteau-piqueur. Et cette pensée fit encore plus rougir Logan. Elle l'excita aussi, d'une certaine manière.

— Et les avis ? demanda-t-il en l'attirant à lui et en savourant sa chaleur. Comment étaient-ils ?

Milo ronronna entre ses bras. Lorsqu'il répondit, il s'exprima avec les lèvres pressées contre son torse, ce qui augmenta son excitation.

— Ils n'étaient pas géniaux.

Certains commentaires jaillirent dans son esprit.

— « Une première sortie sans intérêt. » « Dommage que le livre ne soit pas aussi bon que le résumé. » « Un début prometteur, mais peu satisfaisant par la suite. »

Milo leva les yeux, fronçant soudain les sourcils.

— Et maintenant, tu vas te joindre à la chorale, toi aussi. Pauvre Bryce, répéta-t-il.

— Si tu ne veux pas que je donne mon avis, je ne le ferai pas.

— Non, l'interrompit Milo en brisant le contact et en reposant son front sur la poitrine de Logan. Fais ce que tu veux. C'est bon. Je sais que, peu importe ce que tu diras, ce sera juste. Bryce doit apprendre à recevoir des coups, comme nous autres. L'écriture n'est pas toujours facile. C'est dur pour l'ego, parfois. Mais on doit tous apprendre à faire avec.

Allongé là, Logan réfléchit à ce que Milo venait de dire. Pendant qu'il y songeait, il faisait des cercles sur la peau veloutée de son dos. Changeant de place pour être plus à l'aise dans le lit, il grogna avec satisfaction et l'attira fermement dans ses bras. Bientôt, le livre de Bryce fut oublié.

— J'apprécie le temps qu'on passe ensemble, avoua-t-il.

Les cheveux de Milo lui chatouillaient les lèvres. Ce dernier acquiesça et se recroquevilla contre lui. Lorsqu'il parla, ses paroles furent prononcées sur un ton si doux que Logan put à peine les entendre.

— Moi aussi.

— Je ne veux pas que ça s'arrête.

— Moi non plus.

Ils reculèrent au même moment. Milo leva les yeux sur le visage de Logan à l'instant où Logan baissait les siens sur lui. Même à ses propres oreilles, sa voix lui parut brisée, faible, abîmée d'une certaine manière, lorsqu'il lâcha :

— Nous ne sommes plus seulement amis, Milo. Je pense que ça va au-delà de ça. Pour moi, en tout cas.

Milo hocha la tête.

— Je sais. Pour moi aussi.

Une fois encore, Logan le serra contre lui. Ils restèrent ainsi en silence, écoutant le bruit du vent et de la pluie battre contre les carreaux près du lit, appréciant le son rare de la tempête qui roulait dans le ciel. Ils s'agrippèrent l'un à l'autre, perdus dans leurs pensées. Le souffle chaud de Milo réveilla les terminaisons nerveuses de son épiderme tandis qu'il continuait à lui caresser le dos avec douceur.

Très vite, Milo s'endormit. Avec un sourire extraordinaire, perdu dans ses songes, Logan plaça sa tête sous son menton. Enfonçant ses doigts dans ses cheveux, il le tint contre lui pendant qu'il dormait. En sécurité. Protégé. Désiré.

En un claquement de doigts, tout avait changé. Logan le savait.

Et il était convaincu que Milo le savait aussi.

AVEC LE temps, Logan s'était mis à passer plus de temps dans la maison de Milo que dans son propre appartement. Il était souvent étonné par la manière dont sa vie avait changé depuis qu'il avait emménagé en Californie. C'était comme si le destin l'avait attiré à travers tout le pays sans tergiverser ni hésiter une seule minute, pour le jeter immédiatement aux pieds de Milo Cook, avant de se retirer en laissant leur alchimie finir le job.

Et bon sang, ça l'avait fait.

En jetant un œil dans son appartement, il réalisa qu'il ne s'y sentait toujours pas chez lui. Il était plus à l'aise chez Milo et Spanky. Ici, il n'était qu'un étranger. Ses affaires lui paraissaient bizarres, comme si elles appartenaient à quelqu'un d'autre.

Lorsque son téléphone sonna, il décrocha en espérant que c'était Milo parce qu'honnêtement, c'était vers lui que ses pensées l'entraînaient toujours.

À sa grande surprise, c'était Kathy, la sœur de Jerry.

— Logan, dit-elle, essoufflée. J'ai essayé de te joindre ces deux dernières semaines. Ces deux critiques littéraires qui ont été assassinés… J'étais tellement inquiète.

Logan fut submergé par la culpabilité. Il avait écouté ses messages. Il savait qu'elle avait appelé. Mais à aucun moment, il n'avait été dans le bon état d'esprit pour dealer avec son passé, avec les souvenirs qu'elle ramènerait. La culpabilité revint parce que Kathy avait toujours été son amie et une fervente alliée de leur mariage, à Jerry et lui. Il savait combien il était injuste de la chasser soudainement de sa vie.

— Je suis navré, Kath, bafouilla-t-il maladroitement. J'ai voulu te rappeler. Ces meurtres se sont produits bien loin d'ici et n'ont rien à voir avec moi.

— Tu en es sûr ?

— Oui. J'en suis sûr.

Elle n'avait pas l'air en colère, juste légèrement perturbée.

— Très bien. Je me montrerai magnanime. Je te pardonne de ne pas m'avoir appelée. Es-tu définitivement installé ? Est-ce que tu te sens chez toi ? Tu nous manques à tous, ici. Maman et papa te passent le bonjour.

Les parents de Jerry, sans avoir jamais été des alliés, lui avaient toujours manifesté une courtoisie plutôt confuse, comme s'ils étaient incapables de digérer le fait que leur fils avait épousé un homme. Cependant, ils avaient fait de leur mieux pour l'accepter dans leur famille. Logan en était convaincu, il pouvait remercier l'amour qu'ils portaient à Jerry plus que le reste. Mais ça n'était pas leur faute, et Logan leur avait toujours été reconnaissant d'essayer.

— Dis-leur qu'ils me manquent à moi aussi, dit Logan.

Ce fut à ce moment que ça se produisit. Sans prévenir, les mots sortirent de nulle part.

— J'ai rencontré quelqu'un, Kath.

Ses révélations furent accueillies par un silence absolu. Finalement, un faible rire résonna dans le combiné.

— Eh bien, il était temps, dit Kathy. Ça fait plus d'une année que Jerry est parti. Tu es resté seul suffisamment longtemps.

Logan comprit alors comment ce qu'il venait de dire avait pu être perçu. Il revint immédiatement en arrière.

— Tu ne m'as pas compris. Nous ne sommes pas vraiment ensemble, ni rien. C'est juste que…

— Que quoi ?

Il avait l'air ridicule, à présent, et il le savait.

— C'est juste que… heu… je l'aime bien.

De nouveau, Kathy se mit à rire.

— Je me souviens quand tu as commencé à fréquenter mon frère. Jerry m'a dit que te faire avouer que tu l'aimais était comme t'arracher une dent. Tu as presque failli le perdre à cause de ça.

— Je sais.

— Je t'en prie, Logan, ne fais pas la même erreur, cette fois. Je n'ai pas l'impression que tu « l'aimes bien ». J'ai plus la sensation que tu es désespérément amoureux de lui. Et si c'est le cas, alors tu devrais lui dire. Le pauvre ne lit sûrement pas dans les pensées et ne possède aucune boule de cristal. Tu dois lui dire ce que tu ressens. Mets un peu ton âme à nu. Sinon, comment est-il supposé savoir ?

— Qui es-tu ? Chère Abby [10] ?

---

10 *Dear Abby est une rubrique américaine dédiée aux conseils, fondée en 1956 par Pauline Phillips sous le nom de plume « Abigail Van Buren ». (Source : Wikipedia)*

Kathy poussa un soupir. Logan se dit que c'était pour le show, mais il n'en était pas certain.

— Non, trou du cul. Et je ne suis pas cette Chère Abby. Mais je suis la seule personne que tu possèdes encore dans ta vie qui te dira la vérité sans craindre d'abîmer ton légendaire ego hypersensible.

Ce fut au tour de Logan de s'esclaffer.

— Je ne suis pas quelqu'un d'aussi incertain !

Puis, soudain hésitant, il interrogea :

— C'est le cas ?

Kathy souffla en riant cette fois.

— OK, très bien. Tu n'as pas aussi incertain. Bon, quel est le nom de ce type ? Que fait-il pour vivre ? Combien d'argent gagne-t-il ? Comment est-il au lit ? Est-il actif ou passif ? D'ailleurs, en ce qui concerne ce sujet, es-tu actif ou passif ? Et pendant qu'on parle de ça, qu'est-ce que c'est qu'un actif et un passif ? Je n'ai jamais été très sûre...

Kathy ne s'arrêta de parler que lorsque Logan prit le téléphone et le frappa plusieurs fois contre le mur pour la faire taire. S'esclaffant, il lâcha :

— Je vais répondre aux deux premières questions et ce sera tout ! Son nom est Milo Cook et il est écrivain. Voilà !

Kathy se montra très impressionnée.

— Bon sang, je crois que j'ai déjà entendu parler de lui.

— Dixit la femme qui ne lit que des livres de cuisine et les BD de *Far Side* [11].

— Oh, chut ! Bon, dis-moi la vérité, Logan. Es-tu amoureux de lui ?

— Je... Je crois.

— Mais tu ne lui as rien dit.

— Non. Pas encore. Je continue à espérer qu'il va le découvrir tout seul.

— Oui, eh bien, c'est légèrement stupide. Tu dois lui en parler !

Logan hocha la tête comme si elle était dans la pièce. Lorsqu'il s'en rendit compte, il s'arrêta aussitôt. Bon sang, il devenait idiot de minute en minute.

— Oui. Je sais, mais...

— Mais quoi ?

---

11 *The Far Side est une série de dessins d'humour absurdes de l'Américain Gary Larson diffusée dans la presse américaine de 1980 à 1995 par Chronicle Feature puis Universal Press Syndicate. (Source : Wikipedia)*

Logan avala sa salive. Jusque-là, il ne s'était pas vraiment confronté à ce qui l'effrayait à propos du fait de dire à Milo ce qu'il éprouvait pour lui. D'une certaine manière, Kathy l'obligeait à y faire face. Et lorsqu'il s'exprima tout haut, il sut que ses paroles étaient vraies.

— J'ai peur de le faire fuir.

— Bébé, roucoula-t-elle, laisse-moi te poser une question. Quand tu fais l'amour, est-ce qu'il s'accroche à toi, après ? Est-ce que vous vous câlinez et parlez de choses stupides pendant des heures ? Et quand il t'embrasse sans crier gare, est-ce que tu fermes aussitôt les yeux pour te perdre dans son parfum ?

Logan grogna d'exaspération.

— Mais de quoi parles-tu, bon Dieu ? C'est le truc le plus stup…

— Réponds-moi. Le fais-tu ?

Étrangement, Logan avait la sensation d'avoir une paire de chaussettes coincée dans la gorge. Il était assis à son bureau, sur sa chaise, mais il ne savait plus très bien quand ou comment il était arrivé ici. Ni à quel moment il avait ouvert le tiroir du bureau pour en sortir sa vieille alliance et la glisser à son doigt. L'anneau dont le jumeau était toujours au doigt froid de Jerry, à cinq mille kilomètres de là.

Il fixait la bague à présent. Comme toujours, il apprécia la brillance de l'argent sans défaut dans la lumière. La symétrie parfaite et le poids familier autour de son doigt. À sa main. La manière dont elle faisait surgir les souvenirs. Des souvenirs joyeux. Des souvenirs de Jerry et lui.

Kathy attendait toujours. Il pouvait sentir sa frustration à travers le combiné, comme la chaleur qui s'échappe du ventre d'un poêle. Il pouvait l'entendre respirer doucement, un souffle léger et impatient, comme à son habitude. Il pensa qu'il pouvait même imaginer la voir sourire, comme si elle savait déjà ce qu'il allait dire. Et elle avait raison. C'était probablement le cas.

Logan lâcha un soupir exaspéré sachant qu'il ne pourrait nier aucune de ces choses, même s'il le voulait. Bon sang, Kathy était une épingle dans son pied.

— Oui, admit-il. À toutes ces questions, la réponse est oui.

— Et quand je t'ai appelé, tu espérais que c'était lui, n'est-ce pas ?

— Oui.

— Alors, dis-lui, Logan. Dis-lui la prochaine fois que tu le verras. Que ce soit la première chose qui s'échappe de ta bouche. Tu peux faire ça ?

— Je… Je crois.

— Je suis heureuse pour toi, tu sais. J'étais heureuse pour Jerry et toi lorsque vous étiez ensemble, et je serai heureuse pour vous deux cette fois encore. Parce que je t'aime.

— Je sais, dit Logan, la voix prise, le regard embué. Je t'aime aussi, Kath. J'imagine qu'il y avait une raison pour laquelle Jerry pensait que tu étais la femme la plus intelligente sur la planète.

Elle gloussa. Finalement. Diminuant la tension.

— Je suis heureuse qu'il ait reconnu mes nombreux talents.

Le silence s'installa entre eux durant une minute. Il dura jusqu'à ce que Logan demande, dans un souffle haletant :

— Tu crois que Jerry aurait compris ?

Il l'entendit reprendre sa respiration. Immédiatement suivi par :

— Oui, bébé. Je pense qu'il aurait compris. Je *sais* qu'il aurait compris. Il voulait que tu sois heureux quand il était là, et maintenant qu'il ne l'est plus, c'est toujours ce qu'il souhaite. J'en suis convaincue.

— Tu en es certaine, n'est-ce pas ?

— Certaine.

Un autre silence, celui-ci moins torturé que le précédent retomba entre eux. Logan prit une inspiration tremblante.

— Merci, Kath. Je le crois aussi.

Un sourire dans la voix, elle répondit :

— Bien. Et de rien. Je suis heureuse pour toi, Logan. Tu es quelqu'un de bien. Tu mérites d'être aimé.

— Milo est quelqu'un de bien lui aussi.

— J'en suis certaine.

— Je serai une loque sanglotante s'il me dit non.

— Il ne dira pas non.

— Je l'aime plus que tout. Jusqu'à la mort.

— Non, répliqua Kathy. Pas jusqu'à la mort. Pas cette fois. Contente-toi de l'aimer *maintenant*. De l'aimer aujourd'hui et demain. Durant chaque minute qui passera pour vous deux.

Logan sourit.

— Tu es un vrai poète.

— Tais-toi.

Et doucement, très délicatement, elle émit le son d'un baiser et coupa la communication.

Cinq minutes plus tard, mort de peur, Logan sortait pour se rendre à sa voiture.

133

Il la conduisit à travers les rues de la ville, regardant à peine où il allait, l'esprit bouleversé. Quand il repéra l'embranchement pour rejoindre la rue de Milo, il ne tourna pas. Il ne ralentit même pas. Il réalisa soudain qu'il avait une autre destination en tête, qu'il avait eue tout du long. Il n'avait pas été assez malin pour le comprendre. Quand il fut prêt à admettre ce que c'était, son visage inquiet redevint souriant pour la première fois depuis l'appel de Kathy.

— Commençons par le commencement, murmura-t-il dans le véhicule vide à l'attention des personnes désintéressées qui évoluaient de chaque côté, absorbées par leurs propres petites préoccupations ridicules.

Avec un sourire suffisamment grand pour plisser ses yeux au point qu'il put tout juste voir où il allait, il marmonna dans sa barbe :

— Revenir en arrière. Je dois revenir en arrière.

Faisant ronronner le moteur, il dépassa la rue de Milo et se dirigea vers l'autoroute.

X

COMME ON était à la fin de l'hiver, le mercure du thermomètre oscillait entre vingt-trois et vingt-six degrés Celsius. Les natifs d'El Centro appelaient ça un coup de froid. Durant les mois d'été, la température dépassait perpétuellement les trente-sept degrés. Elle atteignait parfois quarante-cinq degrés et ce, chaque jour qui passait. Mais les gens du cru trouvaient ça normal.

Triste, sec, décoloré et recuit sur chaque pouce de terrain – merci aux trois cent cinquante jours de soleil brûlant par an – El Centro, en Californie, se situait à douze mètres sous le niveau de la mer, à la frontière nord du désert de Sonora, comme un morceau de bacon grésillant dans une poêle. Localisée juste au-dessus de la frontière mexicaine, près de Mexicali, la ville était le foyer d'hiver des Blue Angels, l'élite de la flotte aérienne de la US Navy.

Cependant, étant donné que ça concernait les festivités à venir, le plus important de tout, c'était qu'El Centro était surtout le foyer d'Evelyn Tomes, plus connue sous le nom de BookBlogger.com.

Il ne lui fallut que trente minutes de recherches, en naviguant tranquillement sur Internet tel un cambrioleur, pour apprendre que BookBlogger vivait dans un mobile home isolé situé sur un affreux terrain en friche désertique à l'extérieur des limites de El Centro. Là, une ancienne caravane Fleetwood était posée sur des blocs de ciment effrité, rôtissant et pourrissant parmi les dunes et les buissons d'armoise.

L'endroit tout entier brillait par son absence de soins. Des coulures de rouille dégoulinaient sur les murs ondulés qui, chaque jour de l'année, étaient trop brûlants pour être touchés à main nue. Sur le devant, un patio abrité par un treillage posé de travers, et déformé par le soleil offrait la seule ombre possible. Sous ce toit tressé, dans l'air étouffant, se dressaient au-dessus de leurs pots plusieurs rosiers desséchés qui n'avaient plus fleuri depuis des années. Coincé parmi les rosiers se trouvait un cactus florissant, l'unique touche de vert sur place. Le cactus n'avait pas reçu d'eau depuis des mois, mais ça ne semblait pas l'ennuyer une seconde. Après tout, avec ou sans attention, les cactus étaient les seules choses qui pouvaient prospérer sous cet horrible climat brûlant. Enfin… Les cactus, les serpents à sonnette et la sueur.

Avec l'apparence qui était la sienne, on pouvait parier sans se tromper que le foyer des Tomes ne serait jamais en tête de la section *Styles de célébrités* de l'*Architectural Digest*. D'abord parce que les lieux n'étaient qu'un foutu dépotoir, et ensuite parce qu'Evelyn Tomes n'était pas une célébrité.

Le fait qu'elle soit connue au-delà de son taudis situé en plein désert était déjà surprenant en soi. Le fait qu'elle soit connue dans le monde plutôt sophistiqué des auteurs, des chroniqueurs et de ceux qui chérissaient l'écriture était encore plus étonnant. Cependant, être connu ne signifie pas toujours être aimé. En fait, dans les cercles littéraires, Evelyn Tomes, peu importe à quel point son nom pouvait être pertinent pour sa profession, était internationalement reconnue comme étant une salope mauvaise et irascible. Tout particulièrement quand on avait lu quelques-unes de ses plus vicieuses appréciations qui se succédaient sur son blog comme des chiens rageux, agressant et grognant sur des auteurs qui ne se doutaient de rien et dans lesquels ils pouvaient planter leurs crocs malveillants.

Le voyageur se tint dans l'ombre, invisible, à moins de quarante mètres de la caravane crasseuse d'Evelyn. Au-dessus de sa tête, l'immense ciel piqueté d'étoiles s'étalait glorieusement et sans fin d'un bout à l'autre de l'horizon. À cet instant, issu des ombres, le son d'un rire se fit entendre, et ce rire ressemblait à celui des feuilles cassantes qui chutaient et dansaient le long des rues vides, poussées par un vent aride. Il n'y avait aucun humour dans ce son. Il ressemblait plus à un râle d'agonie qu'à un rire. Sec et sans vie, et pourtant étrangement haut-perché. Un présage des événements à venir, peut-être. À cette pensée, le rire se renforça.

Les raisons de ce rire étaient nombreuses. D'abord, le voyageur avait anticipé cette nuit pendant très longtemps. Ensuite, il était amusant qu'Evelyn vive dans un endroit si miteux quand la maison qu'elle montrait sur son blog était un manoir Tudor se dressant majestueusement parmi une rangée d'imposants pins ponderosa. Avec ses fenêtres plombées et ses murs couverts de lierre, le manoir du blog dominait royalement une pelouse soignée et parfaite. La pelouse descendait en pente douce jusqu'à un lac. Elle était piquetée de topiaires impeccablement modelées dans des formes fantaisistes inspirées des créatures de la forêt. La vérité était bien moins fantaisiste. En fait, la seule créature des forêts qui pourrait éventuellement

136

visiter ce trou à rat serait un coyote pelé grignoté par la gale, se traînant hors du désert à la recherche d'un endroit où déposer ses excréments.

En dernier lieu, le voyageur rit du fait que, sur les photos de son site de chroniques, Evelyn se présentait comme une belle jeune femme, encline à porter des caftans et des saris drapés autour de son corps souple et séduisant. Elle arborait aussi une peau caramel, des yeux en amande et une crinière de chatoyants cheveux sombres qui retombait de façon ravissante en grandes vagues par-dessus ses épaules. Découvrir la caravane merdique et le terrain poussiéreux sur lequel elle était placée amenait à envisager avec suspicion l'apparence de la femme qui, comme sa résidence, risquait de l'entraîner vers d'autres promesses brisées. Non pas que notre joyeux intrus en ait quelque chose à faire. Il serait plaisant de tuer cette garce, peu importe son apparence.

Coincé entre une rangée de buissons et une autre d'herbes sauvages, le voyageur observa la caravane. Une voiture de location était garée sur la pente et assez loin de l'autoroute, cachée dans un bosquet de chollas d'ours en peluche – un nom adorable pour un arbre du coin possédant des épines si mortelles qu'elles arrachaient joyeusement la chair de vos os si vous étiez suffisamment stupide pour vous entortiller dedans. Un coucher de soleil magnifique avait provoqué une expérience visuelle merveilleuse tandis que l'horizon tournait au rose, au rouge puis au bordeaux avant que la pénombre ne remporte finalement la victoire, effaçant complètement les couleurs du ciel. À un moment donné, le *schkking* d'un serpent à sonnette s'éleva dans les fourrés, tout près, mais le voyageur demeura immobile jusqu'à ce que la bestiole finisse par ramper au loin. Deux compagnons prédateurs le saluèrent respectueusement au passage, soulevant leur chapeau avant de s'éloigner pour causer leurs propres ravages.

Depuis son lieu d'observation, le voyageur pouvait voir un vieux wagon qui stationnait là, couvert de poussière, garé aux côtés de la caravane d'Evelyn. Quand les ténèbres s'approfondirent, des lumières s'allumèrent à l'intérieur de la caravane, éclairant ses fenêtres crasseuses. Une ombre se déplaça dans ce qui devait être probablement la cuisine d'après ce qu'on voyait à travers les affreux rideaux de calicot décorés de tournesols et décomposés par le soleil. Evelyn préparait peut-être le dîner, ou s'affairait près de l'évier. L'ombre était immense et bougeait avec la démarche oscillante d'un lion de mer.

La mystérieuse silhouette cachée dans les buissons ricana sombrement. Et les choses furent décidées. BookBlogger avait aussi menti sur sa photo de profil.

Dans l'air du désert, recouvrant les relents de sauge et de poussière, flottait l'odeur lourde du lard en train de frire, et derrière, le parfum graisseux bien reconnaissable des tortillas croustillantes.

Il n'y avait aucun signe de chien ni de personne d'autre en dehors de l'occupante solitaire de la caravane. Pas de sonnerie de téléphone. Pas de rires enregistrés provenant d'un show TV exposant une camaraderie forcée dans le soir tranquille. Même l'autoroute était suffisamment éloignée pour que le son des voitures fonçant à travers le désert nocturne se fasse difficilement entendre.

Evelyn et son visiteur étaient seuls, séparés seulement par une mince paroi en aluminium rouillé et un rideau de calicot dépenaillé.

Cette fois, le voyageur portait un bleu de travail bon marché sur des vêtements de rue et une nouvelle paire de gants en latex. Jaunes canari. Du type que les ménagères enfilaient pour nettoyer l'évier de leur cuisine. Des poches de sa salopette, le voyageur retira une paire de chaussons médicaux en papier avant de les faire passer sur ses chaussures poussiéreuses. Une bande de nylon taupe, découpée dans un collant et tirée fermement sur son visage, formait un masque pour couvrir ses cheveux et transformer ce que le voyageur considérait comme des traits harmonieux en un masque d'horreur fondu.

En dernier lieu, la silhouette embusquée dans le maquis exhuma un sac en plastique de sa poche arrière. C'était, en vérité, le sac d'où provenait le bleu de travail, et il se froissa joliment dans le noir. Un bruit très net. Très innocent. Très mortel.

C'était drôle les choses que vous pouviez transformer en arme mortelle si vous preniez la peine d'y réfléchir.

Le visage bien caché, comme toujours, et ses outils en place, ne restait que l'équivalent de têtes d'épingle d'éclat lunaire sur sa tête et un carré de lumière sale provenant des fenêtres dégoûtantes de la cuisine de BookBlogger pour se repérer. Sortant des buissons sur ses longues jambes et traversant rapidement le terrain sec, la silhouette sombre se baissa sous le patio lacé qui protégeait la porte de devant de la caravane.

Les marches coincées sous la base du véhicule consistaient en de gros blocs de ciment, empilés n'importe comment les uns sur les autres.

Décimentés et branlants, ils émettaient un bruit craquant et grinçant sous les pieds.

Sans se soucier du bruit, le visiteur toqua joyeusement à la porte principale à l'aide d'une main gainée de jaune canari. Quelques instants plus tard, toute la structure parut chanceler tandis qu'une ombre gigantesque se rapprochait.

— J'arrive ! s'écria une voix mélodieuse et douce.

La voix possédait un accent australien, ce qui était surprenant, mais fut rapidement oublié. Le voyageur se fichait que BookBlogger s'exprime comme la Reine d'Angleterre, chante comme Julie Andrews et scat du jazz comme Ella Fitzgerald. C'étaient les mots qu'elle avait écrits sur son blog qui l'avaient condamnée, pas la manière dont elle prononçait ces mêmes mots dans la vraie vie.

Evelyn Tomes ouvrit le battant grinçant et jeta un œil à l'extérieur. Plissant les yeux dans les ténèbres, elle donna une chiquenaude à un interrupteur et une ampoule nue de cent watts qui pendait sur le côté de la porte illumina son visiteur autant qu'elle l'éclaira, elle. Comme le voyageur s'y était attendu, Evelyn ne ressemblait absolument pas à la photo de son blog. Elle était énorme. Ses cheveux graisseux pendaient autour de son pâle visage circulaire paré de trop de maquillage mal appliqué. Pas le moindre centimètre carré de peau caramel ni un seul œil en amande n'étaient en vue. Une main replète avec des bagues bon marché à chaque doigt s'éleva pour agripper la rangée de perles qui pendait sur sa poitrine massive. Ne portant visiblement aucun soutien-gorge, elle oscillait, libre, comme de grands poids retombants sous le corsage fleuri et tapageur d'une robe hawaïenne. Le regard d'Evelyn parcourut son visiteur avec étonnement. Elle nota la salopette, les gants en latex, les chaussons de papier bleu. Lorsque ses yeux surpris se posèrent sur le visage cauchemardesque gainé de nylon, ils s'écarquillèrent de peur.

— Non ! s'exclama-t-elle.

Alors même qu'elle exprimait cette réponse qui n'avait pas de sens, ses yeux se remplirent soudainement d'une affreuse compréhension. Une terreur effroyable naquit dans ses pupilles. Sa bouche se détendit et son regard vola sur le côté. Sans avertissement, elle tendit une main tremblante pour refermer la porte dans la figure de l'inconnu.

Mais l'inconnu fut plus rapide.

D'un coup de pied, il rabattit le battant de métal fragile qui frappa la femme au visage avec un craquement très satisfaisant. Elle beugla de douleur et trébucha en arrière, des ruisselets de sang coulant déjà sur sa bouche, éclaboussant son corps de gouttes écarlates. Battant des bras, elle tenta de regagner son équilibre, sans succès. Agrippant son visage blessé tandis qu'une nouvelle vague de terreur se lisait en elle, elle s'écrasa contre le mur opposé et se recroquevilla là, tentant de se tasser le plus loin possible de son agresseur.

Ce qui n'était pas suffisant.

Le voyageur traversa la pièce en deux longues enjambées. Alors qu'Evelyn levait les bras pour le repousser, il la gifla d'un revers de la main. Projetée sur le côté par la force du coup, elle se cogna la tête contre le coin d'une table, envoyant une lampe se briser au sol et s'ouvrant le front qui émit un nouveau flot de sang sur son visage.

Cette dernière blessure lui fit lâcher un lamentable cri plaintif.

Alors que son agresseur s'approchait de nouveau, la main levée pour la frapper une nouvelle fois, elle pleura de terreur.

— Je vous en prie, ne me violez pas !

En entendant ces mots, le visiteur se figea. Même à travers le bas cauchemardesque qui déformait ses traits, une expression de dégoût émerveillé apparut. Le voyageur fixa la femme avant d'éclater de rire. Et pendant que son rire débordait, sa main gantée se baissa vers Evelyn Tomes qui gisait allongée sur le sol comme une baleine échouée. Doucement – avec beaucoup de respect, sembla-t-il –, il tira sur le bas de sa robe hawaïenne pour couvrir ses lourdes jambes pâles qui avaient été exposées lors de sa chute.

— Faites-moi confiance, dit-il, toujours secoué d'un rire haut-perché, votre vertu est en sécurité avec moi.

Le regard d'Evelyn se déplaçait dans toute la pièce, à présent. Le grand inconnu pouvait la voir tenter de décider ce qu'elle devait faire. Quelle arme utiliser. Comment s'enfuir. Mais tout n'était que fantasme. En réalité, il n'y avait rien qu'elle puisse faire du tout. Peu importe ses intentions et son but, elle était déjà morte.

Quelque part, le fait qu'elle le sache satisfit grandement son assaillant.

Une fois qu'il se fut repris, quoiqu'un petit sourire menaçait de revenir à tout moment à travers le masque de nylon, l'attaquant observa le visage sanglant de ses yeux froids et sans pitié.

— Savez-vous pourquoi je suis ici ? demanda-t-il.

Du dos de sa main, Evelyn Tomes chassa un filet de sang de sa bouche pendant qu'un éclat de révolte luisait dans son regard.

— Oui. Vous êtes celui dont j'ai entendu parler. Ça doit être vous. C'est… parce que vous n'aimez pas mes critiques.

La longue silhouette croisa les bras sur son torse étroit et fixa la femme à ses pieds, stupéfait par l'euphémisme employé. Il s'exprima joyeusement tandis que son rire menaçait de revenir.

— Oh, ma chère, vous n'avez aucune idée comme je déteste vos critiques.

L'assaillant se pencha, parlant plus haut à chaque phrase, ses yeux lançant des éclairs de fureur, l'écume se formant à la commissure de ses lèvres, sa bouche qui grognait humectant le collant qui la recouvrait. La salive vola.

— Je vous vois partout sur le web. Sur Gladreads, Amazon et une douzaine d'autres sites d'avis, rabaissant les livres partout. Vous moquant des auteurs. Les traitants comme des imbéciles. Parfois, vous rabaissez et humiliez des gens à raison de cinq à six livres par jour.

Se penchant plus près, sa voix se brisa sur un cri furieux.

— Mais qu'êtes-vous donc ? Une putain de lectrice de compétition ?

Les grosses mains d'Evelyn couvertes de toutes leurs bagues s'agrippèrent aux perles qui entouraient son cou. Alors qu'elle luttait pour repousser un sanglot, ses yeux redevinrent méchants.

— Vous ne pouvez pas faire ça. Vous ne pouvez pas entrer chez moi et…

Son visiteur secoua la tête d'un air stupéfait et sortit le sac de courses en boule de l'une de ses poches arrière. Souriant à présent, la colère de nouveau sous contrôle, le voyageur secoua le sac – prenant bien soin de lisser chaque pli, aplatissant chaque déformation du plastique – et le crocheta à l'un de ses poignets pour y avoir un meilleur accès.

— Je vois que vous n'avez pas encore bien saisi la situation. J'ai bien peur que les jours où vous ruiniez la vie des gens sont sur le point de s'achever assez précipitamment et dans la douleur.

La belle assurance d'Evelyn s'évanouit aussitôt.

— Non, je vous en prie…

Ignorant ses supplications, ignorant la crainte sur ses traits, l'attaquant s'avança et chevaucha son corps boursouflé. Il repoussa doucement les mains de son visage et les posa avec tendresse sur le sol à ses côtés. Elle leva les yeux sur lui avec un regard teinté d'espoir. *Mon Dieu*, se dit-il, *elle pense que c'est un acte de gentillesse, qu'elle est sur le point d'être aidée.* Prompt à lui prouver le contraire, l'attaquant planta ses pieds chaussés des

141

chaussons bleus sur chacune de ses mains et commença à les enfoncer dans le sol en linoléum bon marché.

Les cris qui fusèrent furent stridents. Et juste comme ils atteignaient leur point culminant, le voyageur fit glisser le sac de courses sur la tête hurlante de la femme et l'attacha avec un nœud de grand-mère sous son menton. Le nœud était si serré qu'il disparut dans les plis de graisse.

Heureusement, au vu de sa voix très ennuyeuse, les cris d'Evelyn furent immédiatement étouffés par le nœud à sa gorge et le sac en plastique enroulé autour de sa figure. Son gigantesque corps convulsa d'avant en arrière, toujours coincé entre les jambes de l'inconnu. De minuscules os dans ses doigts se cassèrent et éclatèrent alors qu'ils se brisaient comme des allumettes sous chaque coup porté par les pieds de l'intrus. Elle balança sa tête d'un côté et de l'autre, convulsant sous la douleur de ses doigts brisés et celle de ses nombreuses bagues qui déchiraient ses mains piétinées. Le sac en plastique craqua, enflant et s'affaissant avec chaque respiration torturée qui s'échappait d'elle. Les beuglements de peur et de douleur devinrent plus bruyants. Alors que l'air se raréfiait à l'intérieur du sac, ses talons nus se mirent à battre le sol dans une joyeuse danse des claquettes. Le staccato des coups résonna à travers toute la caravane.

Dans la cuisine, une brume de fumée bleue se mit à s'élever. Apparemment, cette bonne dame avait oublié une tortilla sur le feu. Elle aurait dû faire attention. Les feux de cuisine étaient ceux qui causaient le plus d'accidents domestiques fatals. Bien sûr, comme on ne peut pas mourir deux fois, elle n'aurait pas à s'en inquiéter.

Le gonflement puis l'affaissement du sac en plastique autour du visage d'Evelyn commencèrent à ralentir. Le manque d'oxygène se mettait enfin à faire son job. Le roulement de tambour de ses talons frappant le sol diminua. Avec un haut-le-cœur, son corps convulsa une dernière fois tandis que le sac se remplissait d'une grande quantité de vomi. Après ça, les sons qui parvinrent de l'intérieur furent véritablement atroces.

L'intrus masqué recula, levant les pieds de ses mains sanglantes et ruinées et la fixa avec fascination. Evelyn Tomes, alias BookBlogger.com, se souleva, trembla et gargouilla tandis que lentement, très lentement, elle se noya dans sa propre bile, ses pauvres doigts abîmés recroquevillés à ses côtés.

Fixant son corps qui finit par s'effondrer en silence, le visiteur sourit et retira d'abord le collant en forme de masque, puis les gants en latex. Ses pieds donnèrent de petits coups qui ne provoquèrent aucune réponse. La poitrine massive, toujours éclaboussée de gouttes de sang, ne se soulevait plus. L'odeur du vomi commençait seulement à filtrer à travers le sac et à affecter l'air.

Avec un reniflement de dégoût, l'intrus se détourna et marcha jusqu'à l'extérieur, dans la nuit. La silhouette était à moins de six mètres de la caravane quand la poêle trop chaude dans la cuisine d'Evelyn prit feu avec un *whoosh*. Quelques secondes plus tard, le rideau de calicot miteux qui pendait à la fenêtre s'enflamma.

Le voyageur resta là à admirer avec un intérêt manifeste les flammes qui s'étendaient. La vieille caravane Fleetwood et chacune de ses fenêtres était à présent engloutie par un feu purifiant et doré, et ne ressemblait à rien de moins qu'à une énorme lanterne d'Halloween.

Ce fut réellement festif.

XI

— SALUT, LOGAN.

Milo lui fit un grand sourire puis baissa immédiatement les yeux sur les marches du porche.

— Hé ! Mais qui avons-nous là ?

Logan suivit son regard jusqu'au minuscule chiot qui les observait depuis le bas des marches. Le petit animal était brun et gris, il avait un milliard d'épis qui donnaient l'impression que sa fourrure avait explosé de l'intérieur. Parmi le chaos de poils, deux petits yeux noirs et brillants perçaient, enregistrant tout ce qui se trouvait autour de lui. Le chiot était attaché à une laisse toute neuve clipsée à un collier tout aussi neuf, et il possédait un canard en peluche qui faisait deux fois sa taille, coincé entre ses petites dents aiguisées, comme s'il refusait de faire confiance à quiconque pour le porter. La laisse était fermement tenue par Logan.

— Voici Emerson, s'exclama-t-il fièrement. Comme dans Ralph Waldo.

— Son nom est plus gros que lui.

— Il grandira avec.

— Tu crois qu'il va grandir *autour* du canard ?

— Peut-être.

Milo eut l'air sceptique.

— Si tu le dis. Hum. Je pensais que tu n'aimais pas les chiens.

— Je n'ai jamais dit que je n'aimais pas les chiens. J'ai dit que je n'en avais pas. C'est différent.

À cet instant, Milo se mit à quatre pattes et le chiot laissa tomber son canard en peluche suffisamment longtemps pour se dresser sur ses pattes arrière et explorer son visage, sa minuscule queue battant l'air à toute allure alors que sa langue allait encore plus vite.

— Il est si petit, crachota Milo entre deux douches canines.

Logan sourit.

— C'est un Yorkshire.

— Je sais. Société Humaine [12] ?

— Ouais.

— Ils te l'ont prêté ? Tu l'as pris à l'essai ?

— Non. Il est à moi ou…

— Ou quoi ?

— Ou à nous.

Milo releva la tête et ils se fixèrent longuement.

— Qu'est-ce que tu veux dire par « à nous » ? demanda-t-il. Tu veux dire comme deux humains avec un chien « à eux » ? Comme une propriété commune qui serait « à nous » ? Comme « Ici, mon chien ! », et il irait au pied de celui de nous deux qui aurait l'air le plus en mal d'affection parce qu'il nous aimerait autant l'un que l'autre ? Ce type de « à nous » ?

Logan observa la rue de chaque côté, puis revint sur Milo.

— Redresse-toi. Pouvons-nous rentrer, s'il te plaît ? Je suis sur le point de me mettre à genoux.

En vérité, il était sur le point de s'évanouir, mais il ne l'aurait jamais reconnu.

Le regard de Milo s'écarquilla tandis qu'il grognait en se remettant sur ses pieds.

— C'est vrai ?

Logan déglutit. Il soupçonnait ses yeux d'être sur le point de sortir de leurs orbites.

— Oui, c'est vrai.

Milo eut l'air inquiet.

— OK. Alors, viens à l'intérieur.

Il tendit la main et l'agrippa pour l'entraîner doucement et l'éloigner du regard indiscret des voisins qui auraient pu les observer. Emerson reprit possession de son canard et les suivit, ses minuscules griffes frappant joyeusement le sol du vestibule, regardant partout comme si tout cela était une grande aventure pour lui. Après ses premiers mois de vie passés au sein de la Société Humaine, Logan supposait que ça devait être le cas.

Milo referma la porte derrière eux et se tourna vers lui avec impatience, tenant toujours sa main, le regard plongé dans ses yeux exorbités.

— Pourquoi as-tu l'air si nerveux ? Et pourquoi étais-tu sur le point de t'agenouiller ? Pour jouer avec ton nouveau chien ?

---

12 *Humane Society = Organisation contre la violence faite aux hommes et aux animaux.*

Logan fronça les sourcils. Ça ne se passait pas comme prévu.

— Non.

— Tout ça ne veut rien dire, dit Milo. Tu aurais pu te mettre à genoux et jouer avec lui sous le porche comme je viens de le faire, aussi facilement que tu aurais pu t'agenouiller et jouer avec lui ici. Après tout, l'endroit où tu te mets à genoux pour jouer avec ton chien n'a pas d'importance tant que…

Logan leva les yeux au ciel et tira sur son col.

— Pourrais-tu te taire une minute ?

Milo referma la bouche comme un clapet.

Logan respira profondément, le souffle tremblant, puis se laissa tomber sur un genou tout en tenant la main de Milo.

Ce dernier eut l'air momentanément horrifié.

— Tu le fais vraiment. Tu es en train de t'agenouiller.

— Je t'ai dit de te taire.

— OK.

Logan leva les yeux sur son visage pendant qu'un filet de sueur glacée descendait le long de son dos. Un autre filet coula de son œil gauche. Celui-ci était tiède. Il se dit que ce n'était qu'une question de temps avant que l'œil droit ne se mette lui aussi à déborder.

— Je veux que tu me fasses confiance, dit-il en déglutissant avec difficulté. Je le veux plus que tout.

Surpris, Milo cligna des paupières.

— Qu'est-ce qui te fait croire que je ne te fais pas déjà confiance ?

— Tu as dit que tu ne pourrais faire confiance qu'à quelqu'un qui posséderait un animal.

— J'ai dit ça ?

— Oui.

— Eh bien, ce n'est pas exactement ce que je…

— Chut.

Un léger sourire releva la commissure des lèvres de Milo lorsqu'il les referma en le contemplant avec ses incroyables yeux verts. Ils donnèrent envie à Logan de s'évanouir un peu plus quand ils plongeaient dans les siens de cette manière. Surtout à des moments comme celui-ci. Non pas qu'il ait eu beaucoup de moments comme celui-ci. Merci, mon Dieu. Il ne pensait pas que son cœur aurait pu le supporter.

— Pourquoi est-ce si important pour moi de te faire confiance ? demanda Milo.

Logan baissa les yeux puis, les releva presque immédiatement.

146

— Je veux que tu me fasses confiance parce que je suis propriétaire d'un animal.

Il sut qu'il le perdait quand Milo commença à afficher un air confus.

— OOOK, dit-il d'une voix traînante.

Il avait le regard d'un homme qui se débattait mentalement, tentant clairement de comprendre ce qui était en train de se produire, mais sans y arriver.

— Je ne veux pas qu'Emerson n'appartienne qu'à moi. Je veux qu'il soit à nous.

— À nous ?

— Oui. Comme tu l'as dit. Comme une propriété commune.

Milo avait l'air moins confus, cette fois. En fait, il paraissait s'éclairer de minute en minute.

— Tu veux dire, comme si nous étions ensemble ?

— Bingo ! s'exclama si fort Logan qu'il bondit comme s'il avait été piqué par une épingle. C'est exactement ça ! Comme si nous étions ensemble !

— Mais ne le sommes-nous pas déjà ?

— Pas officiellement, répliqua Logan.

Au final, Milo finit par tout comprendre.

— C'est de ça qu'il s'agit depuis le début ? Tu me demandes de rendre notre relation officielle ?

Logan faillit tomber en arrière de soulagement.

— Oui !

— Pourquoi ne l'as-tu pas dit dès le début ? Et je ne comprends toujours pas pourquoi tu as ressenti le besoin de prendre un chien.

— Je t'en supplie, Milo. Ferme-la.

Milo plissa les yeux, mais tira scrupuleusement une fermeture éclair sur sa bouche, effectuant le geste de la verrouiller avec une clé invisible qu'il fit semblant de lancer avec irritation par-dessus son épaule. Comme ce n'était pas suffisant, il termina avec le salut des Boys Scouts à trois doigts qu'il acheva en traçant une croix sur lui comme le bon petit catholique qu'il n'était absolument pas.

— Je la ferme maintenant, Chef ! Oui, Chef !

Contemplant toujours les yeux de Milo depuis sa position au sol, Logan tira sur sa main et la tint contre ses lèvres.

— Je suis dingue de toi, Milo.

— Je sais. Je suis dingue de toi aussi.

147

— Je sais, répondit Logan en savourant le chatouillement des poils de sa main contre son nez.

La voix de Milo parut brisée. Différente de sa voix habituelle.

— C'est vrai ? Tu le sais ?

— Oui. Du moins, je l'espérais. Et maintenant, j'éprouve le besoin de te dire comment moi je me sens.

— Pourquoi ? Comment tu te sens ?

— J'ai la sensation d'être tombé amoureux de toi.

La main de Milo se raidit contre ses lèvres.

— De moi ?

— Non. De Spanky. Mais oui, de toi !

Pendant que les lèvres de Logan jouaient sur sa paume, Milo déplia son pouce et le fit glisser sur sa joue.

— Ça doit être dans l'air, alors, parce que je ressens la même chose.

Logan cligna des yeux.

— C'est vrai ?

Milo hocha la tête.

— Humm. Depuis un petit moment.

— Tu veux dire, comme si tu étais amoureux ?

— C'est exactement ce que je veux dire.

— De moi ?

— Non. De Vanna White. Bien sûr, de toi !

Le regard de Milo s'éloigna de Logan pour étudier le petit chien.

— Tu sais, tu n'avais pas vraiment à prendre un chien pour que je te fasse suffisamment confiance et que je finisse par t'avouer que je t'aime aussi.

— Tu viens juste de dire que tu m'aimes ?

— Ouais, je crois. Non, cette phrase n'était pas très bonne. Je suis écrivain. On pourrait croire que j'aurais trouvé mieux.

Ils se sourirent. L'instant était étrangement innocent.

Toujours à genoux, Logan déposa un autre baiser sur la main de Milo.

— Tu m'appartiens, maintenant ? murmura-t-il.

— C'est le cas depuis le jour où nous avons mangé ces hamburgers à Coronado.

— Mais on venait juste de se rencontrer.

Milo haussa les épaules.

— Je sais. Ma séance de dédicaces était une catastrophe, et puis tu es arrivé avec ton short de tennis en réclamant un autographe. Tu m'as acheté deux livres. J'imagine que c'est ce qui a fait pencher la balance.

— Seigneur. Que se serait-il passé si j'en avais acheté trois ?

Le sourire de Milo trembla.

— Je n'ai pas envie d'y penser.

Le visage de Milo se mit à danser sous les yeux de Logan alors que son regard se remplissait de larmes. Une autre descendit le long de sa joue. Il ne chercha pas à l'essuyer parce qu'il était certain qu'il y en aurait d'autres très vite.

— Alors, nous sommes amoureux ?

Milo hocha la tête. Timidement, il demanda :

— Est-ce que tu m'aimes vraiment Logan ?

Logan acquiesça à son tour. Sa lèvre eut un soubresaut. Il ignorait si ça voulait dire qu'il était sur le point de rire ou de sangloter comme un bébé.

— Milo Cook, je t'aime plus que tout.

Milo posa sa main chaude sur le visage de Logan. Il baissa les yeux, le regard adouci.

— Tu crois que Jerry aurait compris ?

— Oui, affirma Logan sans une seconde d'hésitation. Je pense qu'il aurait compris.

L'attirant plus près, Logan enroula ses bras autour des jambes de Milo et pressa son visage contre son ventre. Toujours agenouillé devant lui, il le serra fort, s'agrippant à lui.

— Je t'aime aussi, chuchota Milo, ses doigts jouant avec ses cheveux.

Logan inspira son merveilleux parfum, absorba sa chaleur familière. Les jambes de Milo tremblèrent entre ses bras.

— Je voulais t'entendre dire ça depuis très longtemps.

Levant les yeux, Logan libéra ses jambes et s'assit sur ses talons pour effacer les traces de larmes sur son visage. Il sourit faiblement, mais sans honte. Il mesurait un mètre quatre-vingt-dix-huit et pleurnichait comme un môme. Et alors ? Milo ne semblait pas s'en préoccuper, donc lui non plus.

Il reprit possession de la main de Milo et la pressa une fois de plus contre ses lèvres.

— Il n'y a pas que nous, tu sais. Nous devrions présenter Emerson au reste de sa nouvelle famille d'adoption.

Milo redressa les épaules et essuya ses yeux qui débordaient eux aussi. Il se secoua un peu comme s'il était temps pour lui de se ressaisir.

— Tu as raison, approuva-t-il.

Pivotant et dirigeant ses cris vers la piscine, il s'exclama :

— Spanky ! Ramène tes fesses ici ! Mon amoureux et moi voulons te présenter ton nouveau petit frère !

ILS CÉLÉBRÈRENT ça avec une ou deux bières et une séance complètement nus dans la piscine. Traversant l'eau, Logan enroula ses bras autour de Milo, leurs corps nus pressés l'un contre l'autre dans l'eau réchauffée par le soleil, tandis qu'ils observaient les deux chiens faire connaissance de l'autre côté de la barrière. Emerson, semblait-il, se chargeait du plus gros du travail.

Spanky avait l'air confus et vaguement consterné, comme s'il ne pouvait pas tout à fait croire qu'un cochon d'Inde – ou peu importe ce qu'était réellement la petite chose ébouriffée – était en train de mâchouiller sa queue.

De son côté, Emerson sautillait, mordillait, taquinait et finalement, il escalada la large pente du dos de Spanky comme s'il s'agissait d'une colline. Une fois qu'il eut atteint le sommet, l'endroit situé derrière l'énorme tête de Spanky qui était dix fois plus grosse que la sienne, Emerson s'affala dans la fourrure du grand chien, s'y installa confortablement et s'endormit bruyamment. En réponse, Spanky lança un regard sinistre en direction de Milo comme pour lui demander ce qu'il avait fait au Ciel pour mériter ça.

Logan et Milo éclatèrent de rire et se tournèrent l'un vers l'autre.

— Ça va bien se passer pour eux, maintenant, affirma Milo.

— Tu crois ?

Milo hocha la tête.

— Ouais. Et je pense que pour nous aussi, ça va aller.

Logan lui sourit et lui pinça le menton.

— Moi aussi, chuchota-t-il tandis que l'eau léchait ses lèvres et qu'il se rapprochait pour obtenir un baiser.

Leurs érections se frottèrent l'une contre l'autre sous l'eau. Logan songea qu'il n'avait jamais vécu de moment plus heureux de sa vie. Il était sur le point de s'enfoncer sous les ondulations chatoyantes pour tenter d'utiliser le sexe de Milo comme tuba, lorsque les paroles de ce dernier piquèrent son attention.

— Emménage avec moi, Logan.

Logan recula juste assez pour pouvoir étudier ses traits.

— Qu'as-tu dit ?

— J'ai dit, emménage avec moi. Si nous nous aimons, nous devrions vivre ensemble. On dormira toujours dans le lit de l'autre, de toute façon alors, autant vivre ensemble.

La main de Milo glissa sous l'eau et ses doigts encerclèrent le sexe de Logan, le poussant à fermer les paupières en émettant un grognement sexy. Milo se rapprocha et posa sa bouche sur sa gorge.

— Si tu es mon amant, je te veux auprès de moi. Ici, dans cette maison. S'il te plaît. Allons chercher tes affaires pour que tu puisses t'installer avec moi. Aujourd'hui. Maintenant. À cette minute précise.

Logan était tellement perdu dans les sensations provoquées par les doigts de Milo et par ses lèvres, sans parler de ses paroles, qu'il pouvait presque ignorer la douleur de ce qu'il s'apprêtait à dire. Presque. Il l'attira dans ses bras et posa son menton sur son épaule. Glissant ses mains sur son dos pour savourer la texture de sa peau, il soupira et effleura son oreille de ses lèvres.

Et mourut un petit peu en prononçant ces mots :

— Je ne peux pas faire ça. Je ne peux pas abandonner mon appartement. J'ai un bail.

Milo se blottit contre lui.

— Nous trouverons quelqu'un pour le sous-louer.

Logan se figea, considérant les possibilités.

— Tu penses que nous pourrions ?

— Bien sûr. Pourquoi pas ? C'est un super appartement.

— Mais… tu possèdes une chambre pour moi, ici ?

— On te fera de la place.

— Et Emerson ?

— Emerson pèse environ deux cents grammes. De quelle place a -t-il besoin ?

— J'ai des meubles.

— Ce qui ne rentrera pas ici, nous le stockerons ailleurs. Ou nous placerons mes propres meubles dans un garde-meuble et nous conserverons les tiens. Je m'en fiche.

Logan l'embrassa sur la joue tout en le tenant serré. Milo avait libéré son sexe et lui frottait à présent le dos, juste comme son amant caressait le sien. Leurs sexes n'étaient plus érigés. D'autres pensées avaient momentanément repoussé le désir, mais Logan savait qu'il n'était pas parti très loin.

— Tu vas détester ma musique, prétendit-il. Et je la mets très fort.

— J'achèterai des bouchons d'oreille. Si ça ne marche pas, je détruirai tous tes CD.

— Je me lève au milieu de la nuit et je fais des raids jusqu'au frigo. Au matin, il y a des miettes et des cuillères sales un peu partout.

— Je fais pareil.

— Je suis un porc. Je suis venu en Californie pour ne pas avoir à nettoyer ma salle de bain à New York.

— C'est bon. Il y a des jours où j'apprécie vraiment de nettoyer la maison.

— Vraiment ?

— Putain, non ! Je fais la conversation, c'est tout.

— Je n'ai jamais promené un chien ni ramassé la moindre crotte de ma vie.

— Tu vas t'y faire.

Logan contempla Milo qui se torturait le cerveau pour trouver autre chose sur laquelle se plaindre. Comme rien ne surgissait de son esprit, il dit :

— J'imagine que je pourrai te payer un loyer.

— La maison est déjà payée. Ferme-la.

— Eh bien, je t'aiderai avec les dépenses.

— Un peu que tu le feras. Je suis trop jeune pour être un papa gâteau.

Logan s'esclaffa.

Ils flottèrent silencieusement dans l'eau, toujours agrippés l'un à l'autre alors que le soleil frappait leur tête. La sensation de leurs corps nus pressés l'un contre l'autre recommença une nouvelle fois à faire gonfler leur sexe.

Logan se sentait si délicieusement bien, bercé par les bras de Milo, comme s'il appartenait réellement à cet endroit, qu'il commença à sentir ses yeux s'embrumer de nouveau. Cette histoire de larmes était en train de l'embarrasser sérieusement.

— Je n'aurais jamais deviné que j'étais si sensible, marmonna-t-il en tenant Milo serré contre lui.

— L'amour nous change tous, murmura Milo en retour.

Son étreinte se resserra, ses doigts remontèrent pour lui caresser l'arrière du cou.

Logan laissa les mains de Milo et la sensation merveilleuse de son corps lisse blotti contre lui transformer les quelques secondes qui suivirent en un souvenir qu'il chérirait toute sa vie.

152

— C'est la bonne chose à faire, n'est-ce pas ? finit-il par demander. Le fait qu'on emménage ensemble ?

Milo hocha la tête, le visage blotti sous le menton de Logan.

— C'est la seule chose à faire. Nous nous aimons. Nous devons être ensemble. Je t'en prie, dis-moi que tu vas le faire. Je veux que tu vives ici. Avec moi. Chaque jour.

— Et chaque nuit ?

— Bon sang, oui ! Les nuits aussi !

Logan écarta les doigts de sa grande main à l'arrière de sa tête et le tint doucement contre lui en le berçant, tandis qu'ils flottaient paresseusement dans l'eau. Quand il ferma les paupières, une autre larme coula sur sa joue. Comme s'il avait deviné qu'elle était là, Milo releva la tête et l'embrassa.

Cette fois, ses larmes n'embarrassèrent pas Logan. Il sourit, plaçant ses mains de chaque côté de son visage, ses pouces posés légèrement sur ses tempes, leurs sexes vibrant comme des fous sous l'eau, leurs jambes pédalant lentement pour les garder à la surface.

— Oui, dit Logan. OK. Je vais le faire. Je vais emménager avec toi.

À cet instant, une minuscule boule de poils vola au-dessus de l'eau, ses quatre petites pattes battant l'air. Elle atterrit avec un plouf juste à côté d'eux. Emerson coula comme une pierre, puis tout aussi vite, remonta à la surface, crachotant et jappant de joie. Il pédala vers eux avec ses pattes de devant et couvrit chacun des deux hommes de coups de langue comme s'il ne les avait pas vus depuis une semaine.

En riant, Logan le sauva des vagues et le plaça sur son épaule où il s'assit, secoua l'eau de sa fourrure et observa les alentours, tel un touriste.

Toujours serrés l'un contre l'autre, Logan et Milo – et Emerson – pivotèrent pour étudier Spanky sous sa chaise longue, de l'autre côté de la barrière. Spanky les observa à son tour avec indifférence puis bailla, se tourna sur le côté et replongea dans le sommeil.

— Mon amoureux, murmura Milo en l'embrassant sur le menton.

— Ton amoureux et son chien, marmonna Logan en retour tandis qu'Emerson les relavait à coups de langue joyeux.

De l'autre côté de la barrière, Spanky se mit à ronfler.

EN SEULEMENT une semaine, Logan trouva un jeune couple de militaires à qui sous-louer l'appartement. Dix minutes après que les nouveaux locataires cosignèrent le bail, Logan engagea des déménageurs. Comme

Milo l'avait suggéré, il mit la plupart de ses affaires dans un garde-meuble, ne conservant que son bureau, sa télé pour la chambre et ses étagères de livres ainsi que tous les livres dont il ne pouvait pas se séparer, ce qui signifiait à peu près tous.

La première soirée, une fois que tout fut arrangé, Logan s'assit devant la cheminée avec Milo à ses côtés dans le nouveau salon qu'ils partageaient. Ils sirotaient des martinis parce que Milo voulait célébrer l'événement, et parce qu'il trouvait ces boissons plus esthétiques et les verres à pied plus festifs. De plus, il adorait les olives. Ils discutèrent doucement pour ne pas déranger Emerson qui était replié telle une petite boule de peluche entre les jambes de Logan, et semblait endormi. Spanky était étalé sur le canapé où les humains auraient dû se trouver, mais le vieux chien avait tellement grogné et grondé lorsqu'ils avaient cherché à le faire bouger, qu'ils l'avaient laissé là et s'étaient installés sur le sol près du feu. Ce qui était bien plus romantique de toute façon.

La maison de South Park était déjà comme un foyer pour Logan. Son bureau était placé en face de celui de Milo, dans leur tanière. Toutes ses bibliothèques avaient été garnies par une vaste collection de livres, puis éparpillées partout dans la maison. Son écran plat avait été monté sur le mur en face du lit dans la chambre principale, là où ils pouvaient regarder les derniers shows télévisés quand ils n'avaient rien d'autre à faire dans le lit, ce qui n'arrivait jamais.

À cet instant, la tête de Milo était posée sur son épaule tandis qu'ils sirotaient leurs boissons et fixaient le feu avec satisfaction. Ils avaient fait l'amour pas moins de trente minutes avant, juste là, devant l'âtre, avec les chiens qui les regardaient.

Logan songea qu'il ne s'était jamais senti si satisfait de sa vie. Mais sa joie fut de courte durée quand Milo prononça ses premières paroles depuis dix minutes.

— Il y a eu un autre meurtre, annonça-t-il, le menton enfoncé dans l'épaule de Logan tandis qu'il levait la tête pour observer sa réaction à cette nouvelle. J'en ai entendu parler à la radio quand je prenais ma douche.

Le cœur de Logan sombra, comme si une lassitude soudaine le submergeait et lui retirait toute énergie.

— Bon sang. Qui était-ce cette fois ?

— Une femme nommée Evelyn Tomes. Elle vivait à El Centro et chroniquait les livres sous le nom de BookBlogger. Ils l'ont retrouvée brûlée dans une caravane quelque part dans le désert. La cause de sa mort est la suffocation. Un sac en plastique avait été attaché autour de sa tête. Elle a visiblement été torturée avant. Tous ses doigts ont été brisés. Les meurtres deviennent de plus en plus vicieux.

— Ils se rapprochent aussi, murmura Logan. El Centro n'est qu'à cent-soixante kilomètres d'ici.

— Je sais.

Ils restèrent silencieux. Chacun prit une gorgée de son verre et écouta le bois craquer et éclater devant eux. Il faisait vraiment trop chaud pour faire du feu, mais c'était si romantique qu'ils refusaient de le laisser mourir. Logan se pencha et déposa un baiser sur le bout du nez de Milo juste parce qu'il en avait envie.

— Tu avais entendu parler d'elle, avant ? demanda-t-il doucement.

Milo secoua la tête. Il mâchait une olive qu'il venait de piquer dans son verre et qu'il avait propulsée dans sa bouche. Il se rapprocha de lui.

— Non. Mais j'ai recherché des infos après avoir entendu les nouvelles. Elle n'était pas vraiment une critique littéraire. Elle était comme les autres victimes. Plus une agitatrice qu'autre chose. Les vrais critiques ne bousillent pas cinq livres par jour dans le but de leur coller une étoile.

— C'est ce qu'elle faisait ?

— Ouais. Sur Gladreads, elle avait plus de deux mille livres sur sa liste de bouquins chroniqués, et sur ces deux mille ouvrages, une grande partie n'avait guère plus de deux étoiles. Tous ces livres ont été listés à cet endroit durant les six derniers mois. Ses commentaires étaient caustiques et humiliants. Elle paraissait vraiment s'amuser à s'attaquer aux auteurs. J'ai une théorie sur ce genre de personnes.

— Quelle est ta théorie ?

— Je pense qu'ils sont si malheureux dans leur vie qu'ils s'en prennent à tous ceux qu'ils perçoivent comme profitant plus qu'eux d'un tout petit peu de bonheur ou de succès dans leur existence. Je pense aussi que ces trolls sont parfois des auteurs ratés. Jaloux, malveillants et terriblement insignifiants. Ils se déchaînent sur quiconque accomplit ce qu'eux-mêmes n'ont jamais pu faire.

Logan hocha la tête et ce faisant, il apprécia le contact des cheveux roux de Milo qui glissèrent doucement sur sa joue.

— C'est aussi ce que j'ai toujours pensé. Mais ça ne résout rien pour l'auteur qui a été mis en pièce.

— Non, répondit Milo. C'est vrai. Ça ne l'aide pas non plus à récupérer les ventes qu'il a perdues à cause de lecteurs qui esquivent ses livres en pensant que les mauvais avis et les notes épouvantables doivent être justifiés, même si elles ne le sont pas.

— Alors, il y a eu trois morts, murmura Logan en fixant les flammes.

— Trois que nous connaissons.

— Tu penses qu'il pourrait y en avoir plus ?

— J'espère que non.

— Moi non plus.

Milo posa son verre vide sur le côté. Il s'étendit sur le sol, la tête appuyée sur la jambe de Logan, puis leva les yeux sur lui.

— Je t'aime tellement. Ne descends pas les livres quand tu les chroniqueras. Ça n'est pas propice à une longue vie, et une longue vie est exactement ce que je veux avec toi. Promets-le-moi.

Logan grimaça.

— Aucune note à une étoile. Je te le promets.

Il caressa la joue de Milo du bout des doigts, appréciant le sourire qui se formait à son contact.

Et appréciant l'homme d'autant plus.

MILO SE blottit plus près.

— J'espère que tu es heureux, murmura-t-il en tentant de ne pas déranger Emerson qui ronflait doucement sur le sol entre eux, la lumière orange du feu dansant sur ses poils.

— Je suis plus heureux que je ne l'ai jamais été de toute ma vie, ronronna Logan en plantant un baiser dans ses cheveux.

Milo soupira, rassuré par ses mots, par la gentillesse amoureuse dans sa voix.

— Bien.

Il pencha la tête pour observer le feu pendant un moment, avant de se tourner pour étudier son visage.

— Viens avec moi demain. Le club de lecture du quartier se réunit de nouveau. Si tu es avec moi et que nous leur offrons un spectacle en nous montrant amoureux comme jamais, peut-être ne me cuisineront-ils pas à propos des meurtres comme ils l'ont fait la dernière fois.

— Est-ce qu'ils savent que tu es gay ?

— Est-ce que je me fiche qu'ils apprennent que je suis gay ?

— Apparemment oui, répliqua Logan en riant doucement.

— Alors, tu viendras ?

— Je viendrai.

Une lueur sournoise brilla dans les yeux de Milo.

— Tu vas être soigné. Mon ex est aussi sur la liste des invités.

— Tu veux parler du légendaire Bryce ? Le même Bryce qui a usé ses pneus en accélérant devant chez toi lorsqu'il a aperçu un autre galant sur le perron de son ex-amant ?

— Lui-même. Ils m'ont envoyé le programme des événements de la soirée. Nourriture, moi, Bryce – quoiqu'il soit listé sous son nom de plume, Thomas Giles – et un ou deux autres auteurs locaux. Dis-moi, as-tu jamais chroniqué l'un des livres de Bryce ?

— Non, je me suis récusé. Conflit d'intérêts.

— Quelle sorte de conflit d'intérêts ?

Logan sourit.

— Toi.

— Oh.

— De toute façon, il n'a pas dû recevoir beaucoup de mauvais avis s'il est invité pour soigner son relationnel et profiter de la nourriture gratuite au club d'écriture local.

— J'imagine que non.

— J'ai vu une photo de lui sur ta page Facebook, dit Logan. C'est un sacré mec.

Milo haussa les épaules.

— C'est aussi un sacré con. Tu es sûr de vouloir y aller ?

Logan s'agita près de lui comme un gosse impatient.

— Tant que je suis avec toi, je suis content. Et la nourriture gratuite m'attire fortement. Ça signifie que nous n'aurons pas à cuisiner – comme si nous le faisions, d'habitude. Je vais avoir du mal à patienter jusque-là.

— Ce sera marrant.

Milo sourit en roulant sur le côté et releva le bas du tee-shirt de Logan pour planter un baiser sur son nombril.

— Hum… Oh…, haleta ce dernier. Quelqu'un est en train de se montrer joueur.

— Au lit, chuchota Milo en se relevant pour effleurer ses lèvres des siennes. S'il te plaît. Je veux que tes vêtements disparaissent. Maintenant.

— Autoritaire, se moqua Logan, mais il ne parut pas si consterné que ça quand la main de Milo prit légèrement ses testicules en coupe pour la plus prometteuse des caresses. On vient juste de faire l'amour il y a moins d'une heure, tu sais.

Milo battit des cils d'un air innocent.

— Et alors ?

Logan renifla.

— Alors rien. Je fais juste la conversation.

Un moment plus tard, Emerson était sur le canapé, recroquevillé entre les pattes avant de Spanky, là où Logan l'avait déposé. Le feu était protégé derrière un pare-feu et finirait par s'éteindre de lui-même.

Bras dessus, bras dessous, des vêtements abandonnés sur leur chemin, Milo entraîna Logan jusqu'au lit.

Une fois de plus, l'écran plat de la télévision récemment fixé sur le mur de la chambre fut complètement ignoré tandis que les deux hommes se perdaient dans d'autres activités. Aucune de ces activités n'intégrait d'échelle de Nielsen [13] pour les recommander, mais ça ne les empêchait pas d'être les plus sympathiques qui soient.

PLUS TARD, l'antique pendule d'école du bureau sonna trois heures du matin. Logan glissa du matelas et sortit de la pièce sur la pointe des pieds, laissant Milo ronfler dans le lit. Il referma doucement la porte derrière lui. Se tenant nu dans le couloir, il entendit un bruit de griffes approcher. C'était Emerson, effrayé à mort d'avoir peut-être loupé quelque chose. Logan se pencha, le récupéra dans ses bras et le souleva pour le coincer en sécurité sous son menton. Ensemble, ils se rendirent dans le bureau et Logan referma également la porte derrière eux.

Il s'installa derrière le bureau, Emerson sur les genoux, et alluma son ordinateur.

Comme il ne pouvait pas dormir, et comme les meurtres pesaient lourdement sur son esprit, il se connecta au site de chroniques de Grace Connor, ou du moins essaya. Le site web était fermé. Après quelques minutes à naviguer, il trouva celui de BooksOnWheels. Il était toujours ouvert et fonctionnait, quoiqu'aucun nouvel article n'avait été posté depuis la mort d'Edgar Price. Tout comme aucune annonce de son décès n'avait été déposée sur le site par un ami ou même un meurtrier réjoui.

---

13 *Système développé par Nielsen Media Research pour déterminer l'audience, la grandeur ainsi que la composition des programmes de télévision. L'échelle de Nielsen est utilisée dans quarante pays. (Source : Wikipedia)*

Logan fit défiler la longue liste de Price composée de plus de trois mille avis de livres et notations et trouva exactement ce qu'il espérait. Presque chaque livre sous le microscope de BooksOnWheels était évalué avec une ou deux étoiles, rarement trois. Il n'y avait aucune note donnée au-delà.

Une vérification rapide des noms des auteurs produisit une longue liste d'écrivains que Logan lui-même avait chroniqués. La majorité de leur travail était de bons exemples du métier, quoique le bon vieux Edgar Price ne l'avait certainement pas entendu de cette oreille ou s'était montré trop réticent à le reconnaître.

Les notes de Price étaient déjà suffisamment mauvaises. Mais ses critiques étaient bien pires : acerbes, cruelles, moqueuses et sans remord. Il y avait une suffisance dans ses propos qui laissait penser qu'il était le seul dont l'opinion importait, qu'il n'admettait aucune opposition, et qu'il détenait le mot de la fin sur toutes les choses en rapport avec la littérature. Quand Logan eut fini de parcourir les résultats et plus encore les critiques de Price, il était prêt à tuer lui-même l'homme. Surtout quand il trouva les quatre livres de Milo ciblés par BookOnWheels. Son dernier livre avait été si violemment attaqué que Logan souffla d'exaspération et quitta immédiatement le site en bafouillant des jurons.

Il tenta ensuite Evelyn Tomes, alias BookBlogger. Son site web n'avait pas de nouvel article non plus depuis ce qu'il imaginait être le jour de sa mort, seulement une semaine auparavant. Il n'y avait pas non plus d'annonce de son décès. Logan se dit que le site allait continuer à vivoter ainsi, jusqu'à ce que le domaine soit révoqué, car non payé. Ça semblait être une manière assez moribonde de terminer sa carrière. Bien sûr, être étouffée avec un sac de course n'était pas non plus une façon très classique de partir.

Étudier la liste des livres chroniqués par BookBlogger, c'était comme relire les notes du site de BooksOnWheels. Les notes à une et deux étoiles abondaient. Trois étaient rares. Quatre et cinq étaient inexistantes. Evelyn Tomes, cependant, avait fait mieux qu'Edgar Price. Elle avait inclus des chroniques à une étoile sur quelques-uns des plus grands classiques de la littérature, tels que *Ne tuez pas l'oiseau moqueur* ou *Le seigneur des anneaux* de Tolkien. Entraînée sans crainte par sa propre idée du pouvoir, avec l'insouciance d'une garce ignorant la possibilité de la damnation éternelle, elle avait même inclus une chronique d'une étoile pour la version de la Bible Sainte de Saint-Jean, prétextant qu'elle était « ... *pédante, galvaudée, écrite par-dessus la jambe sur un ton ennuyeux, et engendrait un précieux trésor de métaphores sans intérêt... »*

Logan resta assis là, à fixer l'écran de l'ordinateur, tentant d'étouffer son rire pour ne pas réveiller le chiot qui dormait sur ses genoux ni l'amant dans sa chambre, ou le vieux chien sur le sofa dans le salon.

Par tous les dieux, Evelyn Tomes avait mené le statut de garce au plus haut niveau possible. Pas étonnant qu'aujourd'hui, elle ne soit plus que du charbon de bois en briquettes.

Surfant sur le site Gladreads, que chaque auteur connaissait pour être l'équivalent d'une visite non armée dans le quartier le plus meurtrier de la planète, Logan tenta d'établir une feuille de calcul mentale pour les auteurs les plus affectés par les trois bloggers qui avaient été tués. Beaucoup des mêmes noms revinrent dans les critiques des trois victimes, incluant Milo Cook. Logan abandonna immédiatement la possibilité de partager le même toit qu'un tueur en effectuant une simple triangulation des noms des auteurs ciblés avec le plus de férocité. Bon sang, les trois critiques avaient ciblé tout le monde ! En conséquence de quoi, chaque écrivain au monde avait un motif pour les vouloir morts.

Pour la première fois depuis que les meurtres avaient commencé, Logan se sentit triste en songeant aux policiers chargés de ces trois affaires. Il devait être difficile quand vous cherchiez un suspect avec un motif, de se retrouver avec une liste de milliers de personnes répondant à ce profil. Par-dessus tout, les meurtres avaient pris place à des milliers de kilomètres les un des autres. New York, l'Indiana et le désert du sud de la Californie. N'importe qui, lisant les procédures de police, savait que la vaste logistique d'une investigation comme celle-ci était au mieux rébarbative.

Adressant aux autorités un gloussement de sympathie, il éteignit l'ordinateur et resta simplement assis dans le noir pendant un moment, l'esprit vide.

Au grincement de la porte, il se tourna et vit Milo qui se tenait nu et observait la pièce.

Sa voix était éraillée par le sommeil.

— Je me suis réveillé et tu n'étais pas là, dit-il. Quelque chose ne va pas ?

Milo était si beau au milieu des ombres, effleuré par l'éclat de la lune, que Logan sentit un sourire se glisser sur son visage.

— Non, bébé. Tout va bien.

Son amant s'introduisit silencieusement dans la pièce et fit pivoter la chaise de Logan pour pouvoir s'agenouiller devant lui. À genoux, il enroula ses bras chauds autour de sa taille et posa sa tête près d'Emerson. Le chiot se réveilla et lui donna un coup de langue paresseux pendant que Logan les caressait tous les deux. Un moment plus tard, le chiot ronflait doucement.

— Tu me manquais, murmura Milo, ses lèvres sur la cuisse de Logan. Je n'aime plus me réveiller seul. Reviens te coucher.

— OK, céda Logan en souriant.

Abandonnant Emerson endormi sur la chaise, ils glissèrent dans la pénombre de la maison et retournèrent au lit où ils se rapprochèrent instinctivement.

— Je n'en aurai jamais assez de toi, chuchota Logan dans les ténèbres.

— Moi non plus, répliqua Milo, étrangement formel.

Sans un mot de plus, Milo se retourna dans le lit. Logan sourit, habitué à voir son amant répondre à ce grand besoin situé plus bas qui dirigeait tous les hommes gay. Un moment plus tard, rongés par le désir, ils firent de nouveau l'amour.

Cette fois, leur faim respective les entraîna jusqu'à l'aube. Tandis que les rayons d'une nouvelle aube éclairaient la pièce, ils lâchèrent un cri commun quand leurs corps se tortillèrent et que leurs semences s'épanchèrent.

Peu après, tremblant de fatigue, ils s'agrippèrent l'un à l'autre. Finalement, Logan s'endormit dans les bras de Milo, plus amoureux que jamais. Milo éprouvait-il la même chose ? Logan songea que c'était peut-être le cas.

Et c'était bien le plus stupéfiant.

XII

LOGAN ET Milo rôdaient dans Juniper Street, cherchant la maison de leur hôtesse de la soirée pour le grand spectacle du club de lecture de South Park. Milo n'avait pas vraiment envie de voir Bryce, ou n'importe qui d'autre d'ailleurs, comme il l'avait expliqué à Logan un peu plus tôt. Il espérait surtout que la sauce au fromage serait aussi bonne que la dernière fois. En dépit de ça, il attendait quand même cette soirée avec impatience. Ce qui l'excitait le plus, avait-il avoué avec une lueur espiègle dans le regard, était de montrer Logan aux autres.

Ce dernier avait ri avec lui, mais la vérité, c'était qu'il se fichait de tout sauf d'être avec Milo, même s'il commençait à s'inquiéter un peu. Surtout après la nuit dernière. Il suspectait que s'il continuait à tomber de plus en plus amoureux, il risquait de finir avec des ailes de Cupidon dans le dos en lâchant des petits cœurs rouges dans l'air chaque fois qu'il ouvrirait la bouche. Il mesurait un mètre quatre-vingt-dix-huit, après tout. Les types d'un mètre quatre-vingt-dix-huit devaient se comporter comme des gars virils. Un peu réservés. C'était déconcertant de les voir agir comme des crétins romantiques.

Roulant aux côtés de Milo, Logan secoua la tête et se moqua de lui-même dans le noir. Quand la main de Milo franchit la console pour prendre la sienne, son rire mourut. Il se tourna pour étudier son profil dans les lumières du tableau de bord. Son cœur gonfla en le regardant. Hum… Et voilà, il était sur le point de recommencer à se comporter comme un crétin.

— Est-ce que Bryce sait que tu as un nouvel amant ? demanda-t-il.

Milo chatouilla sa paume.

— Il sait que je vois quelqu'un.

— Bien. Et qui sont les auteurs qui seront présents ?

— Adrian Strange, qui écrit de la science-fiction. Lois Knight un auteur de romance gay. Bryce, bien sûr, qui s'essaie aux thrillers et excelle à me mettre en colère. Et moi-même. Tu sais déjà ce que je fais.

Logan gloussa pour signifier son accord.

— Intimement. C'est une équipe hétéroclite, alors.

Milo lui serra les doigts jusqu'à ce que l'un d'eux se mette à craquer.

— Merci beaucoup.

Logan rit, retira sa main et fit jouer ses doigts pour y faire revenir la circulation. Dès qu'ils recommencèrent à le picoter, il les glissa de nouveau dans la paume de Milo.

Après une pause, ce dernier lâcha :

— Avec tous ces chroniqueurs qui ont été tués, je me suis dit qu'on devrait peut-être s'acheter une arme.

Logan grimaça.

— Comment sais-tu que je n'en possède pas déjà une ?

— C'est le cas ?

— Non.

— Bien. Si je pensais que tu étais armé, je ne t'aurais jamais mordu aux testicules la nuit dernière.

— J'ai plutôt aimé ça.

— Ouais… Eh bien, je ne pouvais pas le savoir, n'est-ce pas ? J'aurais pu me faire tirer dessus.

Les deux hommes sourirent largement, assis là en se tenant la main, fixant le pare-brise, contemplant la ville qui défilait.

— Tu as vraiment aimé ça ? insista Milo en souriant toujours.

— Oui, j'ai vraiment aimé ça.

— Alors peut-être que ce soir, je recommencerai. Mais seulement si tu es sage.

— Je peux me montrer sage même quand je ne le suis pas.

— Quand tu ne l'es pas, c'est encore meilleur que lorsque tu l'es.

— Attends, je suis perdu…

Logan éclata de rire pendant que Milo pointait du doigt une maison située devant eux. L'habitation était tout éclairée, chaque lampe y brûlait. Plusieurs personnes se tenaient sur le trottoir, occupées à fumer et à parler de tout et de rien, et d'autres pouvaient être aperçues à l'intérieur, à travers les fenêtres à crénelures. Tandis qu'il passait lentement près d'eux, Logan réalisa que chaque place de parking était prise dans le quartier.

Milo grogna.

— Je n'ai jamais vu autant de personnes à l'une de ces réunions. Mon Dieu, la maison est remplie. Je me demande si les crimes ont ramené tous ces gens. Ça va être un cauchemar.

— Pourvu qu'on ne soit pas en manque de nourriture, murmura Logan d'un air faussement alarmé.

Milo pivota vers lui avec une expression ironique.

— C'est tout toi d'ignorer le superflu pour te concentrer sur l'horreur de la situation.

— Merci, répondit Logan en souriant avec timidité. Je fais de mon mieux.

DÈS QU'ILS pénétrèrent dans la maison, Milo se dit que leur hôtesse avait l'air légèrement lessivé, le regard vitreux à cause du nombre d'invités qui s'étaient montrés sur le pas de sa porte. En la voyant jeter de fréquents coups d'œil attristés vers les plateaux de nourriture, Logan et lui se dépêchèrent de remplir leurs assiettes tant qu'ils le pouvaient. Lorsque la réunion démarra officiellement, ils avaient grignoté tout ce qui était comestible, et Milo tentait subrepticement de ne pas lâcher de renvoi tout en continuant de manger.

Il saisit de nombreux regards intrigués de la part de Bryce, qui semblait excessivement intéressé par la personne insipide à ses côtés. En conséquence de quoi, Milo revendiqua Logan de façon encore plus enthousiaste que ce qu'il aurait fait habituellement. Il lui chuchota des mots à l'oreille, lui tapota le bras pour le flatter en oubliant de temps en temps sa main sur sa cuisse, juste pour mettre Bryce en colère. Bon sang, lui aussi pouvait être un vrai con.

De son côté, Bryce, visiblement en représailles, se fit un devoir de devenir ami avec Adrian Strange, l'auteur de science-fiction. Strange était fier comme un paon qu'un jeune homme aussi séduisant que Bryce s'intéresse à lui. Les deux hommes étaient presque aussi grands que Logan. Comme Adrian Strange n'était pas l'homme le plus attirant de la planète, Milo n'aurait jamais cru qu'il puisse être le type de Bryce. Mais l'amour rend aveugle, à ce qu'on dit, et Milo finit par en arriver à la conclusion que, même s'il n'aimait plus Bryce – ce qui était un euphémisme – il était tout de même heureux que ce dernier crée des liens avec quelqu'un. Il en vint aussi à penser qu'il était heureux que cette personne soit Adrian Strange, car il ne l'aimait pas non plus. À ses yeux, ils étaient bien assortis.

Logan se pencha et murmura :

— Tu es en train de préparer quel genre de pagaille ? Arrête de mater ton ex et son nouveau petit ami et prend un rouleau aux œufs. Ils sont délicieux.

Milo grogna en retour et se saisit du rouleau dans l'assiette de Logan.

— Hé ! s'écria Logan. Je ne t'ai pas dit de prendre le mien !

164

Il devait y avoir cinquante ou soixante personnes dans l'assistance lorsque le club de lecture de South Park fut enfin prêt à démarrer. L'hôtesse, d'un air considérablement soulagé maintenant que la frénésie de nourriture était passée, claqua des mains pour attirer l'attention de tout le monde.

Les quatre auteurs furent présentés avec Bryce, connu par l'hôtesse sous le nom de plume de Thomas Giles, récemment admis comme le nouveau venu. Il fallut reconnaître qu'il accepta gracieusement cette reconnaissance et se leva de façon formelle pour offrir une petite révérence de remerciement pour ses gentilles paroles. Lorsqu'il se rassit près d'Adrian Strange, ce dernier lui sourit fièrement et lui tapota le dos, provoquant une fois de plus la fascination de Milo face au fait que ces deux-là soient devenus si proches.

Enfin, à la grande joie de Milo, en tant que dernier invité et non des moindres, leur hôtesse présenta Logan Hunter, alias BookHunter et, comme elle le stipula avec fierté, l'un de ses chroniqueurs préférés.

Puis, minaudant avec un éclat malicieux dans le regard, elle marcha jusqu'à Logan et Milo et les fit lever.

— J'aimerais aussi annoncer, dit-elle coquettement, laissant glisser son regard sur la pièce pendant que le sang leur montait aux joues, que Milo Cook et Logan Hunter sont à présent officiellement ensemble. Applaudissons-les en leur souhaitant bonne chance dans la vie, vous êtes d'accord ?

Consciencieusement, les invités s'exécutèrent. Un grondement d'approbation vibrante s'éleva, et Milo fut ravi de constater que la plupart des gens paraissaient réellement heureux pour eux. Si des homophobes se trouvaient dans le secteur, ils étaient suffisamment intelligents pour dissimuler leurs sentiments. Lois Knight, l'auteure de romance gay gloussa avec plaisir à cette nouvelle. Milo l'avait souvent croisée dans les salons professionnels et savait qu'elle était native de San Diego. Elle était célibataire avec un visage strict, grande et fine comme une lame. C'était une fanatique de la santé connue pour faire des marathons et randonner dans le désert chaque fois qu'elle le pouvait. D'une certaine manière, elle était toujours limitée en termes de mode. Ce soir, elle faisait appel à une étrange collection de barrettes pour retenir ses cheveux frisés en arrière. Comme si ça n'était pas assez, dix ou quinze barrettes supplémentaires de toutes formes et de toutes couleurs étaient fixées ici et là, sans réel but. Pour l'occasion, elle avait choisi de porter des chaussures plates en cuir bicolore, un pull en cachemire avec des boutons sur les manches et une jupe sortie tout droit des années 50. On ne pouvait s'empêcher de se demander si elle avait confondu cette petite réunion avec une fête d'Halloween à laquelle elle se serait promis de participer six mois auparavant.

— Bravo, s'écria-t-elle, bondissant sur ses pieds et laissant échapper de copieuses larmes de joie, que Milo jugea légèrement exagérées étant donné qu'ils s'étaient à peine adressés cinq mots au fil des années où ils s'étaient croisés.

Cependant, elle se montrait gentille et enthousiaste pour quelque chose qui tenait vraiment à cœur à Milo et, pour cette raison, il l'aimait comme une sœur perdue de vue depuis longtemps, même avec toutes ces putains de barrettes dans les cheveux.

De l'autre côté, Bryce et Adrian Strange paraissaient moins captivés par cette nouvelle. Milo n'était pas certain que ce soit parce que Bryce était son ex, ou parce que Logan était chroniqueur. Et franchement, il s'en fichait. Après que Logan et lui eurent réussir à s'extraire de l'étreinte de leur hôtesse pour reprendre possession de leurs sièges, Milo attrapa un second rouleau aux œufs dans l'assiette de Logan, ce qui lui récolta un autre regard assassin. Il se rassit pour attendre la suite des festivités de la soirée. Logan se détendit près de lui, sans aucun doute heureux de ne plus être le centre d'intérêt, même s'il avait perdu deux rouleaux aux œufs dans l'opération. Ce n'était pas la première fois que Milo découvrait qu'il y avait une touche de timidité chez Logan. D'une certaine manière, cette toute petite craquelure dans son armure le faisait l'aimer davantage. Surtout qu'il avait la même dans sa propre armure. Il réalisa aussi qu'il aurait à être prudent dans le futur s'il voulait voler de la nourriture dans son assiette sans permission. On pouvait facilement perdre sa main dans une telle opération.

Après les présentations, Milo fut appelé le premier pour faire une courte lecture de ce dont il avait envie. Il avait ramené sur son iPad quelques pages de son Projet en Cours, juste au cas où. Il le sortit, toujours assis près de Logan, et lu pour la foule autour d'eux. Durant sa lecture, la main de Logan ne le quitta jamais, placée discrètement près de sa jambe, son doigt caressant occasionnellement le tissu de son pantalon pour lui faire comprendre qu'il était là, ancré près de lui.

Quand Milo termina, la foule lui offrit de sympathiques applaudissements, faisant l'éloge de ses mots, s'exclamant sur son impatience à voir le livre imprimé, et jurant sur tout ce qui était saint qu'elle se précipiterait pour l'acheter le jour où il serait en rayon.

Ensuite, ce fut le tour de Lois Knight. Elle avait choisi un extrait de son roman précédent. L'extrait était tellement bourré de sexe entre hommes (anal et autre), avec de copieuses quantités de liquide séminal jaillissant dans toutes les directions et quelques-uns des plus gros sexes dont Milo avait jamais entendu parler dans un livre, que lorsqu'elle eut fini, plus d'une personne dans l'assistance était rouge comme une tomate et se tortillait de gêne. Que Lois Knight elle-même ressemble à la vieille tante vierge de l'un d'eux, un peu zinzin et incapable de reconnaître un pénis si elle lui rentrait dedans et le prenait dans l'œil, rendait sa lecture sur de tels sujets très perturbante. Quand elle eut terminé, elle referma sa tablette d'un geste irrévocable qui fit sursauter tout le monde. Elle contempla la salle, heureuse comme jamais par les expressions choquées qui la fixaient.

Personne ne fut plus soulagé que leur hôtesse quand Lois eut fini. Agitée, elle se dépêcha de présenter Bryce, ou plutôt Thomas Giles, qui ouvrit son portable et lut une grande partie du brouillon de son dernier projet, qu'il avait intitulé *Sunset*.

Comme il récitait son texte d'une fière voix de stentor, ménageant de longues pauses dans la narration comme pour offrir pompeusement à son audience le temps d'apprécier la beauté de son langage, l'adresse se mêlant à son phrasé, Milo sentit Logan se raidir à ses côtés. Quand il lui jeta un coup d'œil, Logan fixait ses genoux, sourcils froncés.

— Que se passe-t-il ? chuchota Milo.

Logan secoua la tête. Pas une fois il ne leva les yeux pour regarder Bryce ni ne tourna son regard vers Milo non plus. Il resta simplement là, fermé à la pièce comme s'il s'était barricadé en lui-même, refusant l'accès à Milo.

La lecture de Bryce se termina dans une clameur enjouée. Sans doute plus enthousiaste encore, car il n'y avait pas eu, durant toute la représentation, un seul orgasme décrit avec une insupportable minutie ni un seul gramme de liquide séminal balancé de façon obscène dans la pièce.

Tandis que Bryce achevait son livre, Adrian Strange prit la parole. Sa lecture était aussi un extrait d'un roman précédent, probablement parce que, d'aussi loin que se souvenait Milo, l'homme vivait de ses gloires passées. Il n'avait rien écrit depuis plusieurs années. Pourtant, il participait toujours aux conventions en vendant ses vieux bouquins. Et en toute impartialité, il était encore un auteur de science-fiction très populaire. Pourquoi choisissait-il de ne pas publier de nouveaux livres, Milo l'ignorait. Et à cet instant précis, il s'en fichait. Il était plutôt impatient que la soirée se termine pour pouvoir profiter seul de Logan et lui demander ce qui l'avait tant troublé dans la lecture de Bryce.

Mais ceci devrait attendre. Une fois qu'Adrian Strange eut terminé au son des applaudissements sympathiques, quoique réservés, la soirée prit aussitôt un tournant macabre, exactement comme Milo l'avait craint.

Les quatre auteurs ayant terminé leurs lectures, un vieil homme portant une veste en tweed avec des carrés de cuir aux coudes, et qui n'aurait pas pu sembler moins pompeusement littéraire s'il avait été affublé d'une plume d'oie, d'un parchemin et d'une bouteille d'encre de Chine, s'éclaircit la gorge de façon ostentatoire et prit la parole.

— Et à propos des meurtres de tous ces chroniqueurs ? demanda-t-il d'une voix qui retentit à travers la pièce comme une corne de brume. J'aimerais entendre ce que nos invités ont à dire à ce sujet.

Adrian et Bryce parurent légèrement ennuyés par la question, comme s'ils n'étaient pas heureux que la conversation soit passée à un autre sujet qu'eux-mêmes. Lois Knight récupéra une énorme quantité de sauce aux fèves sur sa chip et l'enfourna dans sa bouche, comme si elle ne pouvait envisager d'être ennuyée par des meurtres tant qu'il y aurait encore de la nourriture gratuite. Plus d'un membre du club, incluant l'hôtesse, se redressa lorsque fut mentionné le mot « meurtre ». Leurs yeux se tournèrent vers le panel d'auteurs rassemblés devant eux, attendant impatiemment une réponse.

Mais la corne de brume n'en avait pas encore fini.

— D'abord, j'aimerais entendre ce que BookHunter a à dire sur le sujet, étant donné que c'est sa profession qui est la plus horriblement ciblée. Monsieur Hunter ? Qu'en pensez-vous, Monsieur ?

Si Logan fut surpris d'être désigné, il fit un sacré bon boulot pour le cacher. Il se contenta de fixer l'homme, prenant son temps pour rassembler ses pensées avant de répondre.

Finalement, il s'éclaircit la gorge et ses paroles s'élevèrent doucement, mais fermement.

— D'abord, j'aimerais parler de ce que je considère comme une méprise à propos de ces meurtres. Tout le monde parle de cet assassin qui s'en prendrait aux chroniqueurs. Mais ce que je constate, c'est que ce ne sont pas des chroniqueurs qui sont visés. Ce sont des perturbateurs. Des trolls. Sous le prétexte de donner leur avis, ces personnes utilisent Internet pour chercher le plus bas dénominateur possible dans le but de faire honte et de ridiculiser des auteurs tout en essayant de mettre en avant leur propre style, leurs propres disciples, leurs propres sites web. Ce sont des blogueurs dont le seul but est d'augmenter leur lectorat et en conséquence, leur popularité.

Ils font cela en se présentant comme des experts, alors qu'en vérité, ce sont juste des agitateurs. Ils n'agissent pas pour faire avancer la littérature. Ni pour éclairer les lecteurs. Ils agissent ainsi pour attirer l'attention. Et parce qu'ils prennent du plaisir à abîmer le style des auteurs légitimes. Ils sont la version moderne des harceleurs scolaires, cachés derrière l'anonymat offert par Internet. En d'autres termes, ce sont des lâches.

Milo se surprit à fixer son profil tandis qu'il s'exprimait, fier comme il ne l'avait jamais été. Il ne manqua pas de noter que l'assistance était elle aussi silencieuse. Pas un bruit ne s'élevait en dehors de la voix de Logan. Chaque regard était rivé sur son visage, chaque oreille décryptait ses paroles. Milo ne put que remarquer que les mots qu'il utilisait étaient presque identiques à ceux qu'il avait lui-même lancés au détective de New York. Les victimes n'étaient pas des chroniqueurs. Ils en étaient loin.

Mais Logan avait clairement autre chose à ajouter, et Milo étouffa ses propres pensées pour pouvoir l'écouter. Il était en train de saisir un rare aperçu de la manière dont l'homme qu'il aimait se comportait en public, et il ne voulait pas manquer ça.

Logan contempla platement la salle. Un sourire triste accompagna son regard, comme s'il était étonné que les gens ne puissent voir la vérité par eux-mêmes.

— Deux des personnes assassinées perturbaient Internet sans révéler leur identité. Nulle part on ne pouvait trouver leurs véritables noms. L'une d'elles a même prétendu habiter dans un manoir près d'un lac à des milliers de kilomètres de l'endroit où elle vivait réellement. Elle prétendait aussi être séduisante si on se fiait aux quelques photos diffusées sur son site web. En réalité, aucune de ces affirmations n'était vraie. Pour commencer, un chroniqueur honnête n'a pas à avoir honte de quoi que ce soit. Un chroniqueur honnête ne mettrait jamais en place une politique de la terre brûlée visant à poster des notes et des avis sur tout un tas de livres en une seule journée, chaque avis plus insultant, plus préjudiciable pour l'auteur que le précédent.

Milo fut reconnaissant d'entendre un murmure d'approbation parcourir la foule. Plusieurs personnes disséminées ici et là hochèrent la tête. Des regards favorables s'échangèrent. Si Logan le remarqua, il n'en montra rien. Il garda le visage baissé comme s'il étudiait ses mains pendant qu'il s'exprimait calmement, suffisamment fort pour être entendu dans les moindres recoins, mais pas au point de donner l'impression qu'il prêchait. Sa voix avait la douceur de celle d'un professeur, récitant de manière indolente à ses étudiants une leçon mémorisée depuis des années. Il avait visiblement réfléchi à ces meurtres longtemps avant de venir ici et d'être interrogé à leur sujet.

Finalement, Logan releva la tête et lança un regard sur l'assistance. Sans tâtonner, il tendit la main et agrippa celle de Milo, comme s'il savait exactement où elle se trouvait. À la manière confiante et possessive dont il s'en empara, le cœur de Milo bondit de fierté. « Cette main m'appartient » disait-il par ses actions, et il était fier que chacun le voit dans la salle. Milo ne l'avait jamais autant aimé qu'à cet instant précis.

Mais Logan n'avait toujours pas terminé.

— Grace Connor était la seule victime qui publiait fièrement – ou stupidement, peut-être – sous son véritable nom. Elle assistait à des événements publics en utilisant sa véritable identité et se montrait dangereusement à tous. Elle venait d'assister à un tel événement quand elle fut assassinée à New York.

Logan s'interrompit, sondant les visages autour de lui. Puis il fronça les sourcils :

— Mais si vous lisez quelques-unes de ses critiques et que vous constatez à quel point elles peuvent parfois être cruelles, vous réaliserez qu'elle aurait dû se montrer un tout petit peu plus circonspecte avant de révéler sa véritable identité ou de se rendre accessible aux personnes qu'elle attaquait. Ça me fait mal de le reconnaître étant donné que c'était une amie de Milo, mais c'est pourtant la vérité.

Logan lança un regard dans sa direction, mais il ne s'attarda pas. Il ne réclama pas son pardon pour ce qu'il venait de dire au sujet de Grace, mais Milo le savait déjà. Comme il savait que les excuses étaient inutiles. Logan se tourna rapidement vers la salle.

— Même après tout ça, je continue à trouver le milieu fascinant. Les meurtres ont quelque chose de cool sur la page et rendent les livres excitants. Dans la vie réelle, je n'ai pas les tripes pour le supporter. C'est terrible et lâche que ces crimes aient été perpétrés, et ça ternit notre industrie. Vraiment. J'éprouve de l'empathie pour les victimes tout en détestant toutes les choses qu'elles ont faites durant leur vie. Et je pleure sur la perte de l'innocence que ces meurtres ont entraînée dans ce milieu que nous aimons tous beaucoup. Ce milieu qui nous rassemble ici ce soir. Le milieu des livres.

Une rage soudaine brilla dans les yeux de Logan. Ses poings se serrèrent sur ses genoux.

— Je hais le fait que tant de gens méprisent les chroniqueurs à cause d'une poignée de lunatiques vicieux qui nous rendent mauvais. La plupart des critiques littéraires sont des gens intelligents et attentionnés. Ils comprennent les écrivains. Certains sont même des éditeurs professionnels. En tout cas, tous sont très certainement des amoureux des livres. Bon sang, beaucoup de ceux que je connais sont même écrivains. Ils ne méritent pas ça. Personne ne mérite ça.

Quand il eut fini, Logan était si ému que ses mains tremblaient.

Milo effleura son genou comme pour dire « Chut, maintenant. Ça va aller. »

Il hocha la tête, puis jeta un œil timide sur chaque visage avant de se lever lentement. Milo se mit à son tour sur ses pieds.

— J'en ai assez, murmura-t-il modestement à son oreille. Maintenant, je vais voir s'il reste des rouleaux aux œufs étant donné que tu as mangé les miens. Jacasser me donne faim.

Milo leva la main et effleura sa joue, lui signalant son soutien pour tout ce qu'il avait dit. Au même instant, une série d'applaudissements légers commença à résonner dans la pièce.

— Oui ! s'exclama impatiemment Bryce depuis sa position à l'autre bout de la pièce.

Plusieurs têtes pivotèrent dans sa direction. Logan également. Milo remarqua que son regard se plissa. Il réalisa – et ce n'était pas la première fois cette nuit – à quel point il détestait Bryce. Une fois de plus, il se demanda pourquoi. Avec ce cri explosif « Oui ! » Bryce venait d'attirer la lumière sur lui. Et comme Milo se souvenait l'avoir vu faire quand il devenait le centre de l'attention, il se hâta de profiter de son avantage. Probablement dans le but de se montrer poli, Bryce tenta d'étouffer un peu sa propre exubérance. Sa voix adopta un ton plus calme, plus froid. Pourtant, une flamme brûlait toujours dans ses yeux, et la pièce devint silencieuse sous son regard. Ses paroles apaisèrent la foule.

— BookHunter a raison, déclara-t-il, fixant chaque visage l'un après l'autre pour s'assurer qu'il obtenait l'attention de tous. Grace Connor et toutes les autres victimes ont eu exactement ce qu'elles méritaient.

— Ce n'est pas ce que j'ai dit ! gronda Logan, les muscles de la mâchoire raidis, sa poigne se resserrant sur la main de Milo.

Bryce balaya les protestations de Logan d'un geste léger comme s'il chassait un insecte de son bol de salade de pommes de terre.

— Seulement parce que vous êtes trop poli pour l'admettre, déclara-t-il en lui octroyant un coup d'œil bref. Toutefois, c'est la vérité. Grace Connor et les autres se sont exposés à la colère des gens, ils y sont parvenus au-delà de leurs rêves les plus fous. Après tout, on ne peut pas attaquer aveuglément les autres sans faire voler quelques plumes. Malheureusement pour eux, la vengeance était voulue et précise à cause de ça. En gros, ce que ces soi-disant victimes ont fait, c'est énerver le mauvais taré. Et ils l'ont payé de leurs vies.

— C'est horriblement présomptueux de votre part ! claironna Lois Knight depuis sa position sur le sofa.

Elle avait cessé de manger et suivait à présent la conversation avec intérêt.

Bryce se tourna vers elle comme s'il avait été verbalement attaqué, obligeant la femme à soutenir son regard en retour.

— Vous trouvez ? demanda-t-il, le regard froid, les muscles de la mâchoire raidis. Et pourquoi ça vous embête tellement que ce soit le cas ?

Lois Knight se mit à rire, étonnant Milo en montrant une bien étrange réaction. Cependant, les paroles qui suivirent le surprirent encore plus.

— Je n'étais pas en train de prétendre que les victimes ne le méritaient pas. Mes ventes ont elles aussi été impactées par ce genre d'agitateurs. Non, ce que je vous demande, c'est pourquoi le tueur serait fou. S'il est fou, il a une drôle de manière de le montrer. Il me semble à moi qu'il maîtrise bien la situation, au contraire. Que je me fasse bien comprendre : ces décès sont consternants, bien sûr, mais je sympathise quand même avec les motivations du meurtrier.

L'hôtesse lâcha un cri de surprise et, durant un moment, Bryce lui-même parut choqué. Puis, il se ressaisit et reprit sa tirade, évitant Lois Knight comme la peste.

— Le fait est que ces personnes qui sont mortes n'étaient pas des chroniqueurs respectés. Pas du tout. Ils n'étaient que des perturbateurs, comme Hunter l'a dit. Des instigateurs du ridicule dont le seul but était de saboter autant de carrières d'écrivains que possible. Dans ce processus, ils ont humilié les professionnels comme Logan Hunter qui est fier de conserver politesse et justesse dans ses critiques.

— Laissez-moi en dehors de ça ! s'échauffa Logan.

Une fois de plus, Bryce ne fit pas attention à lui.

— Les gens comme Logan Hunter, et un millier d'autres chroniqueurs respectables qui aiment les romans et les auteurs, font tout ce qu'ils peuvent pour ramener de magnifiques exemples de littérature au regard des lecteurs. Pour mettre en lumière des écrivains talentueux là où ils pourront être pleinement appréciés. Si vous me demandez pourquoi ces victimes, ces agitateurs comme les appelle Monsieur Hunter, agissent comme ils agissent, je dois reconnaître que j'en ai une vague idée. Et comme Lois Knight, je le comprends parfaitement. Que Dieu me pardonne de le dire, mais chacun d'entre eux a tout fait pour que ces choses lui arrivent !

Un chœur d'approbation et de désapprobation résonna dans la pièce. Logan se rassit, entêté et silencieux, refusant d'exprimer une opinion même si la colère brûlait toujours dans ses yeux. Ce fut une vraie preuve du dégoût qu'il éprouvait pour ce que Bryce et Lois Knight avaient dit.

La seule personne présente qui était assise sans rien à dire sur le sujet était Adrian Strange. En fait, il grignotait toujours un bâton de carotte, sa serviette coincée joyeusement dans son col, son assiette en équilibre précaire au-dessus de son iPad. Dès que le vacarme commença à décroître, il posa son assiette sur le côté et leva les mains.

— Là, là, dit-il, juste assez haut pour attirer l'attention de chacun. C'est un sujet brûlant, et on a tous tendance à se laisser emporter. Bryce est un jeune homme passionné, il a ses opinions. Tout comme Monsieur Hunter a les siennes et moi les miennes.

— Moi aussi, répliqua Lois Knight, plus pour elle-même que pour la foule.

— Oui, soupira Adrian dans sa direction. Vous aussi.

— Quelle est la vôtre ? demanda quelqu'un dans l'assistance. Et que pensez-vous qu'il va se passer maintenant ?

Adrian Strange fourra un dernier bâton de carotte dans sa bouche. Tout en le mâchant bruyamment, il dit d'un ton évasif :

— Mon opinion m'appartient. Et pour ce qui est de ce qui va arriver par la suite, je suppose que ça dépend du tueur, n'est-ce pas ? Étant donné qu'il est visiblement sur une optique de châtiment, ça pourrait être n'importe quoi.

La longue figure d'Adrian s'éclaira d'une grimace joviale.

— Comme nous le savons tous, c'est pour ça que les meurtriers détraqués dans les romans sont si sympathiques à décrire et à lire. Vous ne savez jamais ce qu'ils feront ensuite.

— Ou qui ils sont réellement, murmura Lois Knight, fixant Adrian et Bryce avec suspicion. Après tout, dans un très bon livre, le tueur est la dernière personne qu'on soupçonne.

XIII

LORSQUE LA discussion reprit de la vigueur, Logan tira Milo dans la cuisine, loin des autres invités du club de lecture de South Park. Hors de vue du groupe, il serra ses épaules et supplia :

— Nous devons partir *maintenant*.

Milo ne l'avait jamais vu si bouleversé.

— Pourquoi ? Qu'est-ce qui ne va pas ?

Logan ne répondit rien, mais à travers son regard entêté – sa tête relevée, ses épaules raidies, ses yeux déterminés – Milo comprit qu'il y avait peu de raison de protester.

— Laisse-moi juste dire au revoir à l'hôtesse avant de partir.

— Bien, dit Logan. Je vais t'attendre à l'extérieur.

Milo posa sa main sur le torse de Logan comme pour tenter de comprendre ce qui se passait juste en le touchant, comme une sorte de braille de l'amour. Étant donné que Logan ne s'expliquerait pas, Milo finit par reculer. Son amant, les épaules affaissées à présent, détala dans le couloir en direction de la porte. De là, il sortit dans la nuit sans un regard en arrière. Milo, à son tour, se dirigea vers le salon pour accaparer l'hôtesse et la supplier gentiment de lui pardonner sa fuite. Deux minutes plus tard, il trouva Logan assis sur les marches du porche, qui l'attendait. Milo le fit lever et ils rejoignirent la voiture. Ils respirèrent tous deux l'air frais, soulagés d'être loin de la foule.

— J'ai besoin d'une cigarette, prétendit Logan.

— Non, tu n'en as pas besoin, répliqua Milo. Maintenant, dis-moi ce qui t'a énervé ? Était-ce de parler des meurtres ?

Logan fit glisser sa main dans celle de Milo. Il parut réticent à répondre, mais, finalement, il lâcha :

— Je n'étais pas énervé.

— C'était trompeur. Si ce n'était pas le cas, qu'est-ce que c'était, alors ?

— Tout un tas de choses.

— Nommes-en une.

Logan le fixa tandis qu'ils passaient sous un réverbère. Sa bouche habituellement généreuse était pincée, serrée en une ligne fine. Visiblement, il était toujours en colère, qu'il veuille l'admettre ou pas. Pour Milo, c'était un tout petit peu intimidant. L'homme était une montagne après tout. Les montagnes sont effrayantes quand elles deviennent folles. Pas qu'il puisse jamais être effrayé par Logan, bien sûr. C'était impossible. Pourtant, la rage de son amant était quelque chose qui le ramenait à la réalité.

Tandis qu'il l'observait et que Logan évitait son regard, il fut soulagé de voir la rage commencer à se dissiper, la fureur s'apaiser. Sa gentillesse innée semblait l'aider à se contrôler. Pour la première fois depuis leur confrontation dans la cuisine, un sourire de reproche contre lui-même plissa le coin de sa bouche. Il eut l'air embarrassé. Quand il ouvrit la bouche, sa voix était redevenue plus douce. Ses lèvres étaient de nouveau gonflées. Elles recommençaient à donner envie de l'embrasser, comme Milo les aimait.

Par-dessus son épaule, Logan indiqua du pouce les gens à l'intérieur de la maison derrière lui.

— Primo, Adrian Strange est un trou du cul. Il semble trouver amusant qu'un taré tue des gens, là dehors, comme si ça pouvait faire une bonne idée de scénario pour un livre, mais en insinuant que dans la vie réelle, ça ne compte pas vraiment.

— Je dois admettre qu'il porte bien son nom, parce qu'il est vraiment étrange, rit Milo. Mais ce n'est pas tout ce qu'il y a à savoir, Logan. Je sais qu'il y a plus par rapport à ce qui s'est passé que ce qu'Adrian a dit. Tu t'es mis à être tendu bien avant que le groupe ne commence à parler des meurtres.

À ces mots, la colère de Logan flamba de nouveau. Il retomba dans le silence. Et de l'opinion de Milo, ce silence dura trop longtemps.

— Eh bien ? le poussa-t-il. Que s'est-il passé ? Qu'est-ce qui t'a mis en colère ?

La poigne de Logan se resserra autour de ses doigts. Il se rapprocha jusqu'à ce que leurs épaules se touchent tandis qu'ils marchaient côte à côte. Il émit un long soupir interminable comme si une grande faiblesse avait soudain envahi ses os.

— J'ai besoin de vérifier quelque chose quand nous serons de retour à la maison. Sois indulgent jusque-là. Si j'ai tort, je passerai le reste de la nuit à chercher de nouvelles manières excitantes de me faire pardonner pour avoir gâché ta soirée.

Milo agita ses sourcils.

— C'est une promesse intrigante, mais tu n'as pas gâché ma soirée. Et tu n'as pas besoin de t'excuser non plus. Je veux juste savoir ce qui s'est passé. Es-tu sûr de ne rien pouvoir me dire maintenant ?

Logan retomba dans le silence et à travers l'expression entêtée sur son visage, Milo sut aussitôt qu'il fallait cesser de le presser. Il lui expliquerait tout quand il serait prêt à le faire. Pas avant.

Sans un mot, ils conduisirent jusqu'à la maison, quoiqu'il n'y eût aucune animosité entre eux. La main de Logan ne quitta pas sa cuisse et Milo ne cessa de caresser son dos tandis qu'il conduisait. Une fois qu'ils pénétrèrent à l'intérieur, Logan ne retira même pas ses chaussures avant de commencer à fouiller parmi ses bibliothèques éparpillées un peu partout, avançant méthodiquement, un livre après l'autre. Alors qu'il avait emménagé quelques semaines plus tôt, ses livres avaient été placés sur les étagères un peu n'importe comment. Logan s'était promis de les remettre dans l'ordre qu'il avait mémorisé, mais il ne l'avait pas encore fait. Donc, il dut rechercher quelque temps le livre qu'il voulait avant qu'il finisse par refaire surface.

Quand ce fut le cas, il s'écria :

— Ah ! en l'arrachant de l'étagère.

Il trouva Milo assis près de la piscine dans une chaise longue, portant un peignoir en tissu-éponge. Chaque vêtement qu'il avait porté était empilé sur les dalles du patio. Spanky et Emerson se trouvaient sur ses genoux, recevant des caresses au ventre plus qu'appréciées.

Il leva les yeux lorsque Logan passa la porte coulissante qui menait à la piscine. Il observa le livre dans sa main, mais ne dit rien. Tendant la main, il attira à lui une autre chaise longue et lui fit signe de s'asseoir. Avant qu'il s'exécute, Logan posa le livre sur la chaise et repartit dans la maison. Moins d'une minute plus tard, il était de retour et serrait autour de lui le peignoir qui s'accordait à celui de Milo. Dessous, il était aussi nu que lui.

Sans un mot, Logan rapprocha davantage sa chaise et se laissa tomber dedans. Il se pencha pour donner un baiser sur la tête de chaque chien. Il effectua ensuite un déplacement latéral pour séparer les plis du peignoir de Milo et appliquer un troisième baiser, qui s'attarda un peu plus longtemps que les autres, sur sa cicatrice d'appendicite, sa destination favorite. Ravi de

176

voir le sexe de Milo réagir, Logan rabattit les pans du vêtement et s'allongea dans sa chaise.

— Raconte, grogna Milo.

Il leva l'une des deux bières tout juste ouvertes et l'offrit à Logan. Ce dernier l'accepta avec gratitude et prit une longue gorgée avant de se réinstaller pour ouvrir le livre.

MILO ÉTAIT assis, jouant avec les chiens et sirotant sa bière pendant que Logan faisait Dieu seul sait quoi. Il se sentait confus vis-à-vis de ce livre, de ce qu'il avait à voir avec le reste. Il y avait jeté des coups d'œil pendant que Logan était à l'intérieur pour se déshabiller, mais ne l'avait pas reconnu, ni le nom de l'auteur. Pas plus, d'ailleurs, que le logo délavé de l'éditeur qui se trouvait sur la tranche. Le livre était vieux. Soit il avait été beaucoup lu, soit il était devenu mou et s'était abîmé avec l'usure, Milo ne pouvait en être certain. À la couverture, Milo devina un thriller. Par la police et le style, il semblait avoir été publié dans les années quarante, peut-être même avant. C'était un broché, les coins étaient pliés et élimés, le tissu de la reliure était légèrement déchiré. Une tache circulaire dans le coin droit de la couverture avait dû être faite par une tasse de café oubliée dont le contenu avait été renversé sur le livre et qui avait séché. Logan feuilleta les pages, tendant de temps en temps le bras pour caresser l'un des chiens d'un air distrait. Parfois, alors qu'il parcourait rapidement le bouquin, il baissait la main pour faire courir ses doigts sur le duvet des cuisses de Milo.

Quand il se mit à hurler « C'est là ! » en secouant le livre devant son visage, Milo fut tellement surpris qu'il faillit tomber de sa chaise.

Spanky n'apprécia pas non plus. Il grogna d'ennui et glissa avec difficulté de la chaise pour aller se réfugier dessous. Seul Emerson se montra indifférent. Il était allongé, endormi, sa tête sur le genou de Milo et ses quatre petites pattes dressées en l'air. Ses pieds tremblaient. En rêve, il devait chasser des lapins issus de sa mémoire génétique puisque son expérience des vrais lapins était au mieux incomplète.

Logan avait l'air si content de lui que Milo eut du mal à ne pas rire.

— « C'est là » quoi ? demanda-t-il plus amusé que curieux.

Logan se redressa et le fixa. Il baissa les yeux sur le livre avant de s'éclaircir la voix. Il commença à lire tout haut la page devant lui. Pendant qu'il lisait, Milo était assis là, confus, en se demandant où son amant voulait en venir. Comme Logan tournait la page et poursuivait sa lecture, l'attention de Milo s'aiguisa. Ses yeux, lentement, mais inexorablement, s'agrandirent, la bouteille de bière oubliée dans sa main. Il contempla la magnifique bouche de Logan qui récitait des mots qu'il avait entendus pas plus tard qu'une heure auparavant.

Quand Logan arriva à la fin du paragraphe, il leva les yeux et étudia la réaction de Milo. Il y vit clairement ce qu'il espérait, car il referma brutalement le livre alors qu'un sourire étirait ses lèvres.

— Il l'a volé ! haleta Milo, son regard brûlant celui de Logan. Chaque mot de ce que Bryce a récité, chaque phrase de ce qu'il a fait passer comme son projet personnel, il l'a volé.

Logan acquiesça.

— Son nom n'était pas la seule chose à propos de laquelle il a menti ce soir.

Milo tendit la main et attrapa le livre sur les genoux de Logan.

— Page 56, l'informa ce dernier.

Milo feuilleta les pages. Tandis qu'il était assis là, occupé à lire les phrases, son corps entier se raidit. À la fin, il referma le livre et leva la bière qu'il engloutit à moitié dans une longue gorgée bruyante. Pendant qu'il buvait, ses yeux cherchèrent ceux de Logan.

— Je suis navré, dit ce dernier.

Milo posa la bouteille sur le côté et fixa le livre une fois de plus.

— *Sunset*, il l'a appelé. *Sunset*, mon cul. Il l'a plagié.

— Mot pour mot, répondit Logan.

De nouveau, Milo souleva le livre et étudia la tranche, le titre, le nom de l'auteur, le logo de l'éditeur, aucun dont il ait jamais entendu parler avant.

— Où l'as-tu trouvé ?

— Ça fait des années que je l'ai, répondit Logan en haussant les épaules. C'était une histoire que j'adorais quand j'étais gosse. L'auteur était ce qu'on appellerait aujourd'hui un écrivain sans lendemain. Au mieux, obscur. Totalement oublié. Un inconnu. Il n'a jamais publié autre chose. Je ne suis même pas certain du nombre de copies qu'il a vendu de celui-ci. Je dirais simplement que ce n'était pas un best-seller. Pourtant, je l'ai toujours adoré. C'est un sacré thriller. Effrayant, sanglant, superbement écrit – du moins, c'est ce que je pensais quand j'étais gosse. Apparemment, Bryce l'aimait aussi.

— Oui, dit Milo. Il l'a aimé assez pour le voler et se l'attribuer. Je ne peux pas croire qu'il ait fait une telle chose.

Logan posa ses doigts sur le bras de Milo.

— Tu as dit toi-même que son écriture n'était pas si bonne.

— Mais le plagiat ! s'écria Milo. Qu'est-ce qui a pu lui faire croire qu'il s'en sortirait avec ça ?

Doucement, Logan murmura :

— Il y a une autre question que nous devrions nous poser.

Les yeux de Milo étaient toujours plissés par la fureur et le choc. Il s'arracha du livre à contrecœur pour observer Logan.

— Qu'est-ce que c'est ?

Dans un chuchotement, comme s'il craignait que même les chiens se sentent offensés, Logan dit :

— Je suis désolé, Milo, mais je pense que nous devons vérifier si son premier livre n'a pas été également plagié.

La mâchoire de Milo s'ouvrit toute grande alors que la logique de ce que venait de dire Logan faisait son chemin en lui.

— Mon Dieu, tu as raison. Mais pourrait-il être aussi stupide ?

Logan soupira. Ses doigts ne quittèrent pas le bras de Milo.

— S'il n'a pas plagié le premier, pourquoi risquerait-il tout ce qu'il possède en plagiant le second ?

Milo cligna des paupières. Une fois de plus, il fixa le vieux livre en piteux état sur ses genoux. Il éprouvait le besoin incontrôlable de jeter l'odieuse chose dans la piscine.

— Oui, dit-il doucement. Pourquoi ?

COMME LOGAN et Milo étaient allongés dans le lit, la lune jetait une lumière pâle et bleue sur les couvertures chiffonnées. Les fenêtres étaient ouvertes et une brise agitait les rideaux, faisant onduler la bande de lumière à travers le matelas comme un serpent. Maintenant que le printemps fleurissait, l'air était empli des délicieux parfums du chèvrefeuille provenant du canyon qui se situait près de la propriété de Milo. Allongé sur le dos et parfaitement éveillé, Logan fixait les ombres au-dessus de sa tête, conscient que Milo faisait la même chose près de lui. Leurs mains s'agrippaient l'une à l'autre. Leurs pieds se touchaient tandis qu'ils dépassaient du bord du lit, pendant dans le vide, ceux de Logan débordant largement plus que ceux de Milo étant donné qu'il était plus grand.

Ils s'étaient décalés bas sur le matelas puisque les chiens étaient étendus de tout leur long et profondément endormis sur les oreillers, accaparant la tête de lit en bons petits salauds trop gâtés qu'ils étaient. Ils s'étaient tellement rapprochés durant les cinq dernières semaines qu'ils étaient rarement vus l'un sans l'autre. Ils mangeaient ensemble, dormaient ensemble et jouaient ensemble. Ils avaient même commencé à nager ensemble dans la piscine, que les humains soient là ou pas. Même si Emerson avait un peu grandi, Spanky pouvait encore l'avaler tout entier. Quelques jours avant, Milo avait exprimé sa surprise à la vue de Spanky qui, en jouant avec Emerson, semblait avoir retrouvé sa jeunesse. Le fait qu'ils soient à présent inséparables était un choc. Mais, heureusement, un choc bienvenu.

Cette nuit était la première durant laquelle ils n'avaient pas fait l'amour depuis qu'ils avaient emménagé ensemble. Et Logan se sentait un peu coupable. Pourtant, ses pensées étaient trop confuses pour songer au sexe. Il doutait d'être capable de se concentrer même s'il essayait.

Après la réunion de la nuit précédente au club de lecture de South Park, Milo et lui avaient passé le jour suivant à faire des recherches sur le premier livre de Bryce afin de trouver la moindre preuve qu'il en avait volé des parties comme il l'avait fait pour celles qu'il avait choisi de lire à l'assemblée. Quelques heures plus tôt, ils avaient fini par trouver les preuves dont ils avaient besoin. Des preuves indéniables. En utilisant les moteurs de recherche qui renvoyaient à d'autres passages en ligne du premier livre de Thomas Giles, ils découvrirent des paragraphes repris mot pour mot. Des chapitres entiers où seuls les noms des personnages changeaient, qui se recoupèrent avec un autre livre oublié écrit par un auteur inconnu publié des dizaines d'années auparavant. Ils passèrent de longues heures à prouver et vérifier leurs théories jusqu'à ce qu'il n'y eût plus l'ombre d'un doute.

Tout ce qui se trouvait dans le livre de Bryce, de la première phrase d'ouverture au paragraphe d'épilogue, était volé. Seuls les noms des personnages et le titre avaient été modifiés. Il ne s'était pas contenté de le plagier, il s'était montré suffisamment paresseux et arrogant pour le copier mot pour mot !

Ni Logan ni Milo n'avaient eu une nuit décente depuis lors. Ce soir, vingt-quatre heures plus tard, simplement épuisés, ils avaient décidé de se coucher tôt pour espérer obtenir un peu de repos avant de décider quoi faire, sachant ce qu'ils avaient exhumé.

Mais le sommeil les fuyait.

— Pourquoi a-t-il fait ça ? demanda Milo pour la centième fois, se rapprochant de lui pour presser ses lèvres sur son épaule. Pourquoi tout risquer pour faire ça ? Et regarde-nous ! Maintenant, à cause de ce qu'il a fait, nous nous retrouvons dans une position inconfortable et devons détruire les espoirs d'un ami qui n'obtiendra jamais la carrière qu'il a toujours souhaité.

— Il l'est ? interrogea Logan, percevant la douleur dans la voix de Milo. Un ami, je veux dire ?

— Il l'a été il y a longtemps, avoua Milo presque sans hésiter. Bon sang, il a été plus qu'un ami. Peu importe la manière dont les histoires d'amour finissent, elles laissent des sentiments derrière elles, que nous choisissions de l'admettre ou pas.

Logan roula sur le côté et passa un bras à travers sa poitrine.

— Bébé, il n'y a aucune raison pour que tu sois impliqué dans cette histoire. Je suis le chroniqueur. Ce devoir me revient. Je n'ai pas envie de le faire, mais je sais que la vérité doit être révélée. C'est la seule façon de se montrer juste pour tous les écrivains qui obtiennent leur succès à la manière dure.

Milo se décala plus bas dans le lit pour pouvoir poser son visage sur le torse de Logan.

— Je sais. Mais ça paraît quand même injuste. Il avait l'air si fier d'avoir été enfin publié.

— Et sa fierté était basée sur un mensonge.

— Je sais. C'est juste que je déteste être celui qui tire le tapis sous ses pieds. Il sera évincé à vie après ça, tu sais. Même un pseudonyme ne le sauvera pas de la honte d'être associé au plagiat.

— Non, c'est vrai.

Logan fit glisser ses doigts dans les cheveux de Milo, espérant le réconforter, le calmer.

— C'est pour ça que je ne veux pas que tu t'impliques en dévoilant les faits. Tu sais, si tu n'avais pas insisté pour que je vienne à cette réunion, j'aurais lâché l'affaire. Je n'aurais pas fouillé dans son premier roman pour voir s'il avait été plagié. J'aurais laissé les choses s'arrêter à sa lecture, en me disant que ça n'aurait pas été plus loin que mentir à une salle remplie de gens. Mais à présent, nous savons que ce n'est pas le cas. Je ne voulais pas t'en parler parce que je savais que tu souffrirais. Mais tu as insisté, et voilà où nous en sommes.

Milo soupira.

— C'est vrai. C'est ce que j'ai fait.

Il inclina la tête en arrière pour le regarder bien en face, dans la pénombre.

— Je ne t'en veux pas pour ça. Pas du tout. C'est juste injuste que ce ne soit pas l'une des victimes qui ait découvert la vérité à propos de Bryce au lieu de nous. Étant mortes, elles auraient été celles qui auraient exposé la vérité à son sujet. Bon sang, pour une fois, elles auraient pu humilier quelqu'un qui le méritait vraiment.

— Alors tu admets qu'il mérite d'être démasqué.

— Oui. Je crains qu'il n'y ait pas d'autre solution. Mais peut-être y'a-t-il une manière discrète que tu pourrais employer ? Je veux dire, sans t'exposer dans le processus ?

Logan posa sa main sur la joue de Milo. Il baissa la voix jusqu'à chuchoter, espérant que ça rendrait ses mots moins douloureux.

— Ce serait aussi sournois que ce que fait Bryce. Ne le vois-tu pas ? Je suis fier de me montrer honnête dans mes avis, Milo. Je ne ferais jamais de tort à qui que ce soit intentionnellement avec les mots que j'utilise pour parler du travail des auteurs. D'habitude, quand je déteste vraiment un roman, je ne poste aucun commentaire. Mais là, c'est différent. Ça va au-delà des chroniques. Le plagiat ne peut être toléré. Et je ne peux pas être celui qui l'accuse de plagiat si je ne le fais pas ouvertement, en mettant ma propre réputation en jeu. J'ai toujours assumé ce que j'écrivais. Je ne vais pas m'arrêter maintenant.

Avec un profond soupir, Milo murmura :

— Je sais.

Les ténèbres silencieuses les englobèrent tandis que Logan réfléchissait à la logistique de ce qu'il devait faire. Dans sa tête, il avait déjà commencé à rédiger l'article pour son blog, celui qui dévoilerait que Thomas Giles était un plagiaire – celui qui détruirait pour toujours la carrière de Bryce.

Il enroula ses bras autour de Milo, le serra fort et murmura :

— Je suis désolé.

Milo déposa un baiser sur son menton.

— Tu fais ce que tu as à faire. Je le sais.

— Vraiment ?

Milo hocha la tête et, un moment plus tard, il s'assit péniblement dans le lit et balança ses jambes nues sur le côté, tendant la main pour atteindre son peignoir.

— Où vas-tu ? demanda Logan tout en lui caressant le dos, enfonçant ses doigts dans les cheveux de Milo, contre son cou. Que fais-tu ?

— Je vais faire ce que j'ai à faire. Je ne peux pas laisser Bryce se prendre ce coup inattendu. Je dois le prévenir.

Sur ces paroles, Milo se glissa hors du lit. Ses pieds nus émirent un son léger en foulant le tapis tandis qu'il sortait lentement de la chambre.

— Bien sûr, marmonna doucement, Logan.

Il était triste, il avait le cœur serré. Pas pour Bryce, mais pour Milo.

— Bien sûr.

LA SALLE à manger uniquement éclairée par la lumière de la lune, Milo s'assit parmi les ombres, les yeux fatigués. La nuit avait tout juste commencé, mais merci à son manque de sommeil couplé au stress de ce qu'ils s'apprêtaient à faire, Milo pensait qu'il ne s'était jamais senti aussi épuisé de sa vie. Il pouvait entendre Logan se déplacer dans la chambre. Un moment plus tard, il marcha nu jusqu'au bureau et referma doucement la porte derrière lui. Milo n'avait pas besoin de le questionner sur ce qu'il avait l'intention de faire. Logan allait écrire son article pour le blog. Son article qui ferait voler en éclat les rêves de Bryce de devenir écrivain.

Bryce serait prévenu, au moins. Même si ce qui allait arriver était de son fait, il devait être averti.

Soupirant, Milo se secoua et composa le numéro sur sa ligne fixe. Bryce répondit à la quatrième sonnerie.

— Oui ?

Sa voix était enrouée à cause du sommeil. Il avait l'air aussi fatigué que Milo.

Il marmonna quelque chose, quelque chose que Milo ne put entendre. Il se racla la gorge et ses paroles résonnèrent plus fort et plus clairement. Sa voix parut moins abîmée par le sommeil. Milo entendit le grincement des ressorts, comme si Bryce s'était assis dans son lit pour vérifier le réveil, clignant des paupières pour se réveiller, peut-être, tentant de comprendre ce qui se passait. Puis Milo crut entendre une seconde voix étouffée, s'élevant tout près, marmonnant un juron interrogateur.

— Putain, mais qui est-ce ?

Milo connaissait cette voix. C'était celle d'Adrian Strange. Alors c'était vrai : lui et Bryce étaient ensemble.

Avant qu'il puisse en découvrir plus sur ce mystère, Bryce devint grognon, se contentant de gronder dans le téléphone.

— Qui est-ce ? Que voulez-vous ?

Le cœur serré, Milo sut immédiatement qu'il ne serait pas celui qui lui parlerait. Prudemment, la main légèrement tremblante, il raccrocha le téléphone, mettant fin à la communication avant d'avoir ouvert la bouche. Il resta assis là, tenant le combiné pendant que le son de son propre cœur résonnait dans sa tête. Pivotant pour jeter un œil à l'extérieur, il regarda par la fenêtre de la salle à manger vers le ciel étoilé qui dominait la ville endormie.

La vue était si belle et si innocente, si opposée à tout ce qu'il éprouvait à l'intérieur de lui, qu'il ferma les yeux pour la bloquer.

XIV

À PEINE une heure plus tard, Logan était toujours assis nu devant son ordinateur – nu, car cela semblait approprié pour révéler une vérité tout aussi nue. Il retint sa respiration durant un long moment, puis tapa à contrecœur avec son index sur la touche « Entrée ». Voilà. Le blog venait d'être mis à jour.

Il n'y avait rien d'équivoque à propos de l'histoire qu'il avait publiée pour ses nombreux abonnés. C'était plutôt direct. Les faits étaient exposés de manière claire, concise et sans émotion. Pourtant, il n'avait exprimé aucun jugement. Logan avait simplement copié les passages des deux manuscrits côte à côte – le texte original de 1940 et la version plagiée de Bryce qui avait été publiée l'année précédente. Rien ne fut révélé au sujet de son Projet en Cours qu'il avait lu lors de la réunion du club de lecture de South Park. Logan savait qu'il avait parfaitement le droit de le mentionner, mais quel en serait l'intérêt ? Ce qu'il mit dans son article était amplement suffisant pour faire couler la carrière de Bryce. Et pour ça, Logan se sentait déjà profondément désolé.

Pendant qu'il était occupé à ciseler ses phrases, Milo l'avait rejoint. Chaque homme était assis derrière son propre bureau dans la pièce commune pendant que les chiens jouaient et sautaient dans la piscine à l'extérieur, ayant visiblement décidé qu'étant donné que les humains étaient levés, ils pouvaient l'être eux aussi. La pièce n'était éclairée que par la lumière de la lune et la lueur de l'écran de Logan.

Logan interrompit son travail assez longtemps pour demander à Milo comment Bryce avait réagi aux nouvelles quand il l'avait appelé pour le prévenir.

Milo soupira dans la pénombre.

— Je n'ai pas pu le faire. J'ai raccroché.

Logan le fixa à travers la pièce faiblement éclairée.

— Tu vas bien ?

Secouant la tête, Milo refusa d'en dire plus. C'était comme s'il ne pouvait supporter d'en parler. Logan n'avait jamais vu autant de culpabilité dans son regard. Et pire, il ne pouvait croire qu'il était celui qui avait provoqué cette culpabilité. Pourtant, il savait – et Milo aussi – que la vérité devait éclater. Tôt ou tard, elle devait sortir, que ce soit par la plume de Logan ou celle de quelqu'un d'autre.

Lorsqu'il eut publié le nouvel article sur son blog, l'horloge sur son bureau indiqua vingt-deux heures. Il éteignit son ordinateur et débrancha son téléphone. Milo fit la même chose. Ils restèrent assis dans les ténèbres, au milieu du bureau encombré, pendant que la lune californienne planait à l'extérieur, illuminant les chiens à travers la fenêtre qui donnait sur la piscine. Ils avaient joué jusqu'à l'épuisement et se reposaient à présent, leur fourrure humide, étendus ensemble sur les chaises longues. Emerson était allongé sur le dos, le museau contre le ventre de Spanky. Les deux animaux paraissaient endormis.

— Combien d'abonnés as-tu sur ton blog ? interrogea doucement Milo.

— Pas loin de vingt mille.

— Alors, l'information va se répandre rapidement.

Tristement, Logan affirma que oui.

— Et l'éditeur de Bryce ?

Cette fois, ce fut au tour de son amant de soupirer.

— J'ai envoyé une copie par mail à Horizon Home Press, soulignant la preuve de ce que j'avais posté. Ça soulèvera probablement une tempête de merde pour limiter les dégâts. Elle doit avoir lieu au moment même où nous parlons. Ou alors ce sera le cas quand ils ouvriront leurs mails demain matin.

— Tu penses que Bryce ou son éditeur seront poursuivis ?

Logan haussa les épaules.

— Le véritable auteur est mort depuis longtemps. Je l'ai recherché. S'il a encore de la famille, qui peut savoir ce qu'ils feront ? Mais je dois dire que je doute que ça se termine au tribunal. Le livre d'origine n'a pas été particulièrement bien reçu. Ce n'est pas comme si les descendants de l'auteur risquaient de perdre beaucoup d'argent parce qu'une copie plagiée a été publiée. Je dois ajouter qu'il a d'ailleurs fait un joli flop.

Milo ne répondit rien.

Toujours nu, Logan se releva et traversa rapidement la pièce, faisant rouler sa chaise derrière lui. Il le plaça directement devant Milo et se laissa tomber dedans. Se rapprochant jusqu'à ce que leurs genoux se touchent, il se pencha en avant pour repousser le peignoir de Milo et posa ses mains sur ses cuisses nues, leur contact provoquant, même après tout ce temps passé ensemble, un frisson de désir. Fixant son visage baissé dans la lumière de la lune, il attendit jusqu'à ce que ses magnifiques yeux tristes se lèvent de nouveau sur lui.

— Est-ce que ça va aller pour nous ? chuchota Logan. Parviendras-tu à me pardonner pour ça ?

À ces mots, Milo lui offrit un semblant de sourire.

— Il n'y a rien à pardonner, dit-il doucement. Tu fais ce que tu as à faire. Je le comprends. Et tu es celui que j'aime, Logan. Pas Bryce. Tu sembles l'oublier. Peu importe ce que tu choisis de faire, je serai toujours à tes côtés.

— Mais je t'ai fait du mal.

— Non. Si je dois vraiment désigner quelqu'un, je pense que c'est plutôt Bryce qui m'a fait du mal. Il m'a fait du mal en se faisant du mal à lui-même. Je suis surpris de me sentir concerné, mais c'est le cas. Je ne peux pas croire qu'il se détruise de la sorte. Peut-il réellement vouloir quelque chose aussi fort et risquer sa propre réputation pour l'obtenir ? Et bon Dieu, comment a-t-il pu croire qu'il s'en sortirait comme ça ?

— Il n'est pas le premier, expliqua tristement Logan. Et je doute qu'il soit le dernier. Le plagiat est utilisé de temps en temps. Parfois, même des auteurs couronnés de succès en sont victimes. Tu as du talent et tu mérites ce que tu as fait de ta carrière, Milo. Tu es un auteur à succès. Tu l'as prouvé avec quatre merveilleuses œuvres habiles, belles et imaginatives. Malheureusement, tout le monde n'est pas aussi doué.

Durant une minute, ils laissèrent le silence s'installer dans la pièce. Puis Milo tendit le bras et tapota sa main.

— Ça le tuera, je crois. Bryce n'y survivra pas. Être un auteur est ce qu'il a toujours voulu dans la vie.

— Laisse tomber, dit Logan dans un murmure à peine audible. Bryce a décidé de faire ce qu'il a fait. Les conséquences de cette décision ont toujours existé. Elles attendaient juste là pour l'entraîner avec elles. Il devait le savoir. Maintenant que la vérité a été dévoilée, il doit trouver le courage de faire face à ses erreurs.

Milo hocha la tête et une fois de plus, le silence revint pour remplacer le son de leurs voix, faisant vibrer l'écho de leur chagrin pour ce qui était sur le point de se produire.

— Viens te recoucher, supplia Logan, levant gentiment la main pour lui caresser le cou. Tu es épuisé. Laisse-moi te tenir dans mes bras jusqu'à ce que tu t'endormes.

Devant ces paroles attentionnées, une larme unique glissa sur la joue de Milo alors qu'il se relevait et se débarrassait de son peignoir.

Pressant une main tendre sur la douceur veloutée de son dos, Logan l'entraîna vers le lit.

DES HEURES plus tard, ils furent arrachés du sommeil par le vacarme des hurlements des deux chiens.

Les yeux de Milo s'ouvrirent au son du verre brisé et des bruits de pas sourds à l'intérieur de la maison. Des bruits de pas humains. Il tendit la main dans l'obscurité et trouva la silhouette familière de Logan près de lui, dans le lit, juste là où il était censé être. Logan paraissait aussi tendu que Milo. Le bruit l'avait lui aussi réveillé.

— Il y a quelqu'un dans la maison ! siffla Milo.

Les chiens devenaient fous maintenant. Paniqué, Milo bondit hors du lit. Il tenta de se secouer pour se réveiller tandis qu'il cherchait son peignoir à tâtons dans le noir avant de l'enfiler. De l'autre côté du lit, Logan fit la même chose. Les sons provenaient de la salle à manger. L'intrus marchait doucement, pourtant on entendait toujours le bruit prudent de ses pas et le crissement du verre. Les pas se rapprochaient du couloir, à présent, comme si l'intrus savait exactement où Milo et Logan pouvaient se trouver dans la maison. Les chiens étaient également là. Milo pouvait les entendre sautiller partout. Spanky était devenu silencieux, mais Emerson jappait et aboyait avec sa petite voix de yorkshire. Qui que ce soit sur le point d'approcher marmonna une série de jurons au bruit qu'Emerson était en train de faire.

Milo pivota pour scanner la chambre, cherchant une arme, n'importe quoi, mais Logan ne s'embêta pas. Les mains serrées en deux poings furieux, il jaillit hors de la pièce et Milo se pressa sur ses talons.

La maison était sombre. Les cris perçants d'Emerson remplissaient les ombres. Passé l'extrémité du couloir, une silhouette traversa le chemin de lune qui filtrait à travers la fenêtre de la salle à manger. On aurait dit un homme. Grand et fin. Il avançait dans leur direction. Spanky était à ses côtés. Étrangement, la queue du chien s'agitait en tous sens pendant que le yorkshire dansait toujours autour d'eux et aboyait contre l'intrus, le menaçant du pire s'il comptait progresser encore.

Quand la silhouette s'éloigna du petit chien bruyant, Milo le reconnut instantanément grâce à sa démarche et à sa silhouette.

— Bryce ! mugit-il en s'avançant et en repoussant Logan derrière lui. Putain, mais qu'est-ce que tu fais ici ? Et comment es-tu entré ?

Il se rappela alors les craquements et les tintements de verre brisé. Incrédule, il lâcha :

— As-tu brisé la fenêtre ?

Entre les jappements d'Emerson et les aboiements des saluts joyeux de Spanky dirigés vers l'homme qu'il ne voyait que comme un ami, Milo pouvait à peine s'entendre penser. En colère, il hurla :

— Ici, les chiens !

Spanky et Emerson s'approchèrent furtivement, momentanément intimidés par l'ordre de leur maître. Au même moment, le couloir fut soudainement éclairé, car Logan avait contourné Milo pour atteindre l'interrupteur.

Bryce se tenait sous l'arche menant à la salle à manger. Au moment où les lumières s'allumèrent, il se figea aussitôt. Milo ne l'avait jamais vu si négligé, ni les yeux si écarquillés. Ses cheveux étaient ébouriffés, ses vêtements débraillés. Il y avait une coupure sur le dos de sa main. Le sang gouttait sur le sol à ses pieds.

— Tu t'es coupé, déclara Milo.

Bryce l'observa. Son expression était un mélange d'étonnement et de culpabilité de petit garçon surpris en flagrant délit. Les premiers signes de rage déformèrent ses traits, son regard glissa de Milo vers Logan qui se tenait derrière lui. La fureur dans ses yeux se transforma alors en haine. Sa voix devint glacée.

— Je pensais que si je parvenais à l'intérieur, je pourrais vous arrêter. Vous faire supprimer l'article. On est au milieu de la nuit. Peut-être que personne ne l'a encore lu.

En vérité, les mots voyageaient vite. Il était inutile de se demander de quoi il parlait. Cette fois, ce fut Logan qui s'avança en repoussant Milo en sécurité derrière lui. Il ne détourna pas un seul instant le regard des yeux haineux de Bryce.

— Vous savez que c'est impossible, dit-il. Même si je le voulais, il ne peut plus être retiré.

Bryce persista à le fixer. Puis, soudain, la haine sur son visage commença à disparaître, son regard s'adoucit jusqu'à la vacuité, ses yeux se ternirent. Un horrible petit sourire plissa la commissure de ses lèvres.

— Mon compte est bon, alors.

Logan hocha la tête.

— Votre éditeur est au courant également.

Ses paroles furent exprimées sur un ton doux mêlé de pitié.

— Tout est fini, Bryce. Vous pouvez cesser de vivre dans le mensonge, à présent. Vous pouvez abandonner les subterfuges, prendre du recul et devenir qui vous êtes censé être.

— Qui je suis censé être ? répéta Bryce, les épaules voûtées, la voix vidée de ses émotions.

Logan fit un pas en avant, bras écartés dans un geste de réconfort.

— Venez dans la cuisine, dit-il. Laissez Milo soigner votre blessure pendant que je fais du café. Nous pourrons parler.

À cet instant, Milo vit le pistolet dans l'autre main de Bryce. C'était un petit Saturday night spécial, si petit qu'il tenait parfaitement au creux de son poing, le rendant presque invisible. Milo reconnut le Raven Arms MP-25, un calibre 25 semi-automatique que Bryce possédait lorsqu'ils étaient ensemble. Ce soir, c'était la première fois que Milo le voyait en dehors de sa boîte.

Milo se tint debout, les yeux rivés au pistolet. Il le fixa durant ce qui lui sembla être des heures. Puis il tendit le bras et tira sur la manche de Logan, l'obligeant à s'arrêter. À Bryce, il demanda doucement :

— Qu'est-ce que tu veux faire avec ce pistolet ?

Les paroles de Milo attirèrent l'attention de Logan. Ses yeux se braquèrent là où Milo regardait. Il se raidit.

Bryce baissa les yeux sur l'arme qu'il tenait au creux de sa main, surpris de la voir là. Il la tint maladroitement, comme si la sensation était étrange. Pourtant, il ne retira jamais son doigt de la gâchette.

— J'imagine que tu le découvriras bien assez tôt, dit-il avec une grimace. Mais avant tout, je pensais que je pourrais vous effrayer un peu avec. C'est ce que les gens font habituellement avec les armes à feu, n'est-ce pas ? Menacer ? Effrayer ? Harceler ? Je l'ai utilisé pour briser la fenêtre, mais un débris est tombé et…

Il détourna son regard du pistolet et fixa sa main ensanglantée avec une drôle d'expression, comme s'il réalisait pour la première fois que casser une vitre n'était probablement pas la chose la plus intelligente qu'il ait faite. Ni avoir une arme. Ses yeux se relevèrent, se concentrant sur le visage de Logan. Il n'y avait plus de colère en eux, juste un assentiment las, comme si tout ce qu'il avait jamais essayé de faire avait été mauvais, qu'il était seulement en train de commencer à le réaliser.

— Je pensais que je pourrais l'arrêter, c'est tout, marmonna-t-il, la voix étouffée. T'effrayer d'une façon ou d'une autre pour que tu... l'arrêtes.

— Vous ne pouvez pas, répéta Logan. Je suis désolé. Comme je vous l'ai dit, c'est déjà fait.

— Je sais. J'imagine que je le savais déjà avant d'arriver ici.

Bryce lâcha un rire sardonique comme s'il commençait à percevoir l'humour dans tout ça.

— Un petit oiseau me l'avait dit.

— Un petit oiseau ? questionna Milo.

Bryce hocha la tête.

— Est-ce Adrian Strange ? demanda Milo sur un ton doux. C'est lui qui te l'a dit ? Que s'est-il passé ? Est-il tombé sur le site de Logan ? Est-ce ainsi que tu l'as découvert ?

— Oui, répondit Bryce en soupirant.

Pressant sa main blessée, il fit couler le sang plus vite. Mais il ne sembla pas le voir.

— Plus tôt dans la soirée, un appel téléphonique nous a réveillés.

— C'était moi, l'interrompit Milo.

— Oh. J'aurais dû le savoir, déclara Bryce avec un étrange petit sourire.

Il reprit alors le cours de ses pensées.

— Adrian ne dort pas très bien. Il est debout la majeure partie de la nuit, errant à travers l'appartement, utilisant l'ordinateur. Il a vu l'article de Logan à peine quelques minutes après avoir été posté. Et alors... il est sorti en trombe.

Son regard se posa sur le visage de Logan.

— Mais il m'a d'abord réveillé pour me demander si c'était vrai. Je savais que d'autres mensonges ne me sauveraient pas, alors je lui ai tout avoué. Il m'a dit qu'il ne voulait plus être associé à moi plus longtemps. Pas après que la vérité fut révélée. Qu'il ne se laisserait pas entraîner. C'est là qu'il est parti. Sans même un au revoir. Il a pratiquement foncé à travers la porte sans un regard en arrière. Il... Il disait qu'il m'aimait, tu sais. Non pas que je l'ai vraiment cru. Les gens disent tout le temps ça, n'est-ce pas ? Je pense que, parfois, c'est juste leur manière de remplir les espaces vides dans la conversation.

Un sourire triste plissa le coin de ses lèvres.

— Je suppose que je ne peux pas vraiment lui en vouloir. D'être parti, je veux dire. Il a sa propre carrière piteuse à protéger. Dans le grand schéma de la vie, c'est tellement plus important que de baiser le plagiaire, tu ne crois pas ?

Bryce étudia les traits de Milo.

— Tu veux entendre un truc marrant ? Il n'y a que ce soir qu'Adrian m'a dit qu'il m'aimait. Tu peux le croire ?

Ses yeux se brouillèrent.

— J'imagine que je n'étais pas le seul menteur, hein ?

— Je suis navré pour Adrian. Je le suis vraiment, affirma Milo. Mais pourquoi es-tu là ? Si tu savais qu'il était trop tard pour tout arrêter, pourquoi être venu jusqu'ici ? Et pourquoi amener un pistolet ?

De manière incongrue, Bryce se mit à glousser. Il secoua sa main blessée comme si elle commençait enfin à lui faire mal. Le sang éclaboussa le mur près de lui, mais il ne le remarqua pas. Il leva son regard sur le visage de Milo, s'approchant de lui, la colère revenant en force.

— Oh, je suis là parce qu'un autre petit oiseau se baladait sur Internet et a vu l'article de ton amant. Un oiseau avec des idées.

Milo jeta un nouveau coup d'œil à l'arme.

— Quel genre d'idées ? Que veux-tu dire ?

— Plus de morts, répondit-il, les yeux brillants et moqueurs. C'est vraiment très intelligent. Comme une sorte d'intrigue, tu vois. Ou peut-être que tu ne vois pas. Pas encore.

Milo n'était plus seulement confus, à présent, il commençait aussi à devenir dingue. Il cracha littéralement les paroles qui suivirent :

— Putain, mais de quoi parles-tu ? Que veux-tu dire en parlant de morts ? Est-ce que tu insinues qu'il va y avoir d'autres meurtres ?

— Il parle de nous, murmura Logan. Il insinue qu'il va nous tuer.

Milo pivota pour lui faire face.

— *Quoi* ?

Bryce contempla Logan, l'air comiquement surpris.

— Tu te trompes complètement, répliqua-t-il calmement, *trop* calmement. Peu importe ce qui va se passer dans cette maison ce soir, rien ne t'arrivera. Enfin, pas vraiment.

Ses yeux redevinrent froids.

— Je ne peux pas revenir en arrière à propos de ce que tu as fait, Logan, mais je peux toujours te regarder payer pour ça. Je peux vous faire payer tous les deux en faisant ce que je *dois* faire.

— Vengeance.

Logan éclata de rire. Les mots glissèrent hors de ses lèvres comme s'il venait enfin de comprendre.

— Alors c'est pour ça que tu es là. Pas pour t'excuser, mais pour la vengeance.

Bryce lui offrit son plus charmant sourire. Il était tellement dénué de malice, presque normal.

— Oui, BookHunter. C'est exactement pour ça que je suis ici.

— Tu es fou, affirma Milo. Si tu ne veux pas nous tuer, alors comment comptes-tu nous faire payer ? Et qu'insinues-tu quand tu parles de ce que tu *dois* faire ? De quelle putain de vengeance es-tu en train de parler ?

Un autre sourire lui tordit la bouche. Il semblait en avoir des quantités à revendre, chacun différent des autres. Celui-ci débordait d'une ironie caustique.

— Tu verras, répondit-il pendant que le sang goûtait librement de sa main. Pour l'instant, je vous laisse dans le mystère, les gars. Je ne suis pas le seul à être fou ici. L'autre aussi est fou. Complètement dingue.

— Qui est-ce ? demanda Logan. De qui parlez-vous ? Dites-nous tout, Bryce. Parce que nous ne comprenons pas.

Milo pouvait le sentir essayer de distraire Bryce. Il était prêt à bondir. *Oh, bon sang, et s'il se faisait tirer dessus ?*

Mais à cet instant, un téléphone portable se mit à sonner. La sonnerie était assourdie et inconnue. Ce n'était pas le téléphone de Milo ni celui de Logan. Il lui fallut une seconde avant de comprendre que le téléphone provenait de la proche de Bryce.

Bryce gloussa en l'entendant.

— Oups, chuchota-t-il d'un air enfantin et conspirateur. En parlant du diable, je parie que je sais qui c'est.

— Dans ce cas-là, dit Milo, sa voix débordante de sarcasme, peut-être que tu ferais mieux de répondre.

Ça lui laisserait un tout petit peu de temps pour trouver quoi faire. Ou pour empêcher Logan de faire quelque chose de stupide.

Derrière Milo, les chiens durent sentir la tension grimper chez leurs maîtres. Ils se mirent à gémir, se rapprochant d'eux, tentant de passer. Milo leur ordonna de se taire avec impatience et les repoussa.

Bryce grimaça d'un air ennuyé à l'attention de Milo puis de Logan, comme si toute la scène n'était pas absurde. La colère et la haine sur son visage s'étaient effacées, remplacées par ce qui ressemblait à une joie pure et naturelle. Mais la joie n'atteignit pas son regard. À la place, ce qu'y vit Milo était un éclat de détermination frénétique mêlé à de la peur et au retour de ses intentions, qui l'effraya plus que tout ce qui s'était passé cette nuit. Le sang tachait le pantalon de Bryce, gouttant sur sa chaussure. Il pouvait entendre le son lent des gouttes lorsqu'elles tombaient. C'était un bruit étrange de film d'horreur qui provoqua des frissons le long de son dos. Sans réfléchir, il se rapprocha de Logan. Son ancre. Son réconfort.

Le téléphone continua de sonner.

Bryce ne paraissait pas s'y intéresser, comme si son humeur s'était encore modifiée durant les cinq dernières secondes.

— Oui, je pense que tu as raison. Je ferais mieux d'y répondre. L'autre petit oiseau pourrait bien devenir impatient.

Soudain, ses yeux se mirent à danser et il frissonna exagérément.

— Nous ne voulons pas le mettre en colère, n'est-ce pas ?

Bryce sortit joyeusement le portable de sa poche à l'aide de sa main blessée et le pressa contre son oreille. Un ruisselet de sang coula sur son poignet. Milo jeta un regard à Logan pour voir sa réaction sur tout ce qui était en train de se passer, mais ce dernier se tenait simplement là en fixant Bryce. Des rides d'inquiétude creusaient son front, comme s'il commençait à éprouver les premiers signes de peur.

Assez étrangement, avec Logan à ses côtés, Milo n'avait pas peur. La situation était juste totalement ahurissante pour nourrir de quelconques craintes, aussi bien pour lui que pour Logan. La seule inquiétude qu'il ressentait était pour Bryce – la vacuité de ses yeux couplée à une lueur de détermination, la ligne molle de sa mâchoire, la manière dont il pouvait subitement passer à un rire hystérique, la façon dont il laissait sa plaie saigner sur le sol sans chercher à retenir le flux. Tout cela mis bout à bout était juste… dingue. Et c'était une mauvaise coupure. Qui devait lui faire très mal. Pourquoi ne faisait-il rien pour stopper le saignement ou soulager la douleur ?

Et pourquoi tenait-il toujours ce putain de pistolet ?!

Logan fit un pas en avant, mais Milo tira sur son bras, le retenant en arrière.

— Attends, supplia-t-il doucement.

Il sentit la réticence de Logan à obéir, mais il finit par s'y résoudre. Il se figea et attira Milo contre lui, comme si en étant plus proche, il pourrait le protéger. Lorsqu'il le fit, son peignoir s'ouvrit. Il le referma tranquillement, couvrant sa nudité et nouant la ceinture autour de lui pour le maintenir en place pendant qu'avec son autre main, il gesticulait pour calmer les chiens qui devenaient de plus en plus nerveux. Ensuite, il serra Milo plus fort tandis que ses yeux ne quittaient pas Bryce, qui se tenait toujours au bout du couloir avec le téléphone coincé contre son oreille.

— On pourrait lui foncer dessus, murmura Logan. Laisse-moi me mettre du côté de son arme.

— Non ! siffla Milo. Il ne nous fera pas de mal. Je le connais.

Logan n'eût pas l'air convaincu. Son regard tomba sur le pistolet dans la main de Bryce.

Ce dernier parlait dans le téléphone, sa voix vibrante et gaie comme s'il se désintéressait totalement de ce que Logan et Milo se chuchotaient.

— Oui ?

Ce mot tout seul fut exprimé d'un ton paresseux comme s'il était marmonné par un somnambule. Au même moment, il lança un clin d'œil incongru à Milo.

Puis, depuis le téléphone portable que Bryce tenait contre son oreille, Milo entendit très clairement la voix dure et agitée de son correspondant qui se répandit dans la pièce.

— Ne te contente pas de faire ce que tu avais dit. Tue-les d'abord, imbécile ! Tue-les maintenant !

XV

— IMBÉCILE, CRACHA la voix du voyageur.

Habillé d'une salopette, de gants en latex et d'une casquette au cas où la nuit serait sanglante – ce qui était une possibilité distincte – la silhouette qui se tenait au milieu des ombres colla le téléphone portable dans sa poche intérieure tout en fixant la pente escarpée du canyon, pour surveiller le terrain.

Les broussailles avaient été nettoyées autour des angles de la maison, une pratique commune dans une Californie touchée par la sécheresse pour limiter les dommages des feux de forêt. Ça facilitait beaucoup plus l'approche que ça ne l'aurait due. La haute silhouette aurait pu tout simplement marcher en direction de la porte d'entrée et frapper, bien sûr, mais pourquoi risquer d'être vu dans le voisinage quand Bryce pouvait très bien faire ce qui devait être fait sans aide du tout ?

Ça avait peu de chances de réussir. Bryce était faible. Sinon, il n'aurait pas été dans cet état. Bien sûr, le fait qu'il soit dans cet état lui permettait de le manipuler plus facilement. Après tout, il était temps de conclure cette histoire, et il n'y aurait plus jamais de meilleure opportunité. Les meurtres avaient recueilli assez de publicité. Les trolls d'Internet allaient se calmer à présent, être moins cruels avec leurs avis, montrer un peu plus de courtoisie, probablement horrifiés par la perspective d'être punis à leur tour pour leurs mauvaises manières, comme ça devait être le cas. En conséquence de quoi, le travail était terminé. Il était temps de tout arrêter, non pas d'une façon légère, mais avec une grande déclaration, un final sensationnel. Quelque chose qu'ils ne seraient pas près d'oublier. Il était temps pour le voyageur de boucler la boucle et de retourner à une vie normale. Mais pour cela, un bouc émissaire devait être trouvé. Si la police était convaincue qu'ils avaient découvert le vrai tueur, ils ne le lâcheraient plus. Il était donc temps de se payer une chèvre en sacrifice. Et ce dernier acte allait être explosif, cette ultime scène de crime devrait vraiment faire l'affaire.

Si la barrière en bois à l'arrière de la maison avait été quinze centimètres plus haut, elle aurait été impossible à escalader. Telle qu'elle était, la haute silhouette se précipita par-dessus le sommet assez facilement.

196

Les personnes à l'intérieur de la maison ne feraient pas attention au bruit de quelqu'un se bagarrant à l'arrière pour entrer. Ils avaient d'autres problèmes auxquels s'inquiéter. Un nouvel intrus se faufilant en douce sur la propriété serait la dernière chose à laquelle ils s'attendraient après que le bon Bryce fut venu s'effondrer chez eux par la fenêtre de la salle à manger avec toute la finesse d'un éléphant furieux.

Les lumières du patio avaient été éteintes pour la nuit, mais les spots immergés de la piscine étaient toujours éclairés. Filtrés par l'eau chatoyante, ils projetaient une étrange lumière verte et ondulante sur l'arrière de la maison. C'était un peu inquiétant. Ça ressemblait un peu à l'éclat bilieux d'un écran de radar dans un centre de commandes perdu au cœur des entrailles de quelque bateau lointain naviguant sur des mers désolées.

La silhouette gloussa. Jolie comparaison. Elle pourrait peut-être placer ça dans un livre, un jour. Un livre qui ne serait pas volé. Et cette pensée provoqua un nouveau rire.

Marchant prudemment autour de la piscine luminescente, la mystérieuse silhouette entendit des voix venant de la porte ouverte du patio qui menait à la maison. Les premiers pas pour franchir le seuil débouchèrent dans la cuisine, mais rameutèrent les chiens. L'intrus repartit hâtivement en arrière et les chiens jaillirent de la porte pour partir en chasse. Tandis qu'ils commençaient à aboyer et à hurler face à ce nouvel intrus – mon Dieu, quelle nuit excitante ça devait être pour eux ! –, la silhouette retourna à l'intérieur de la maison et referma le panneau coulissant aux museaux des animaux. Ils n'étaient visiblement pas les chiens de garde les plus intelligents du monde.

Le voyageur agita un doigt moqueur et moralisateur à travers la vitre devant leurs museaux furieux, puis pivota rapidement avant de s'enfoncer à l'intérieur de la maison, laissant les chiens râler, s'énerver et griffer la porte coulissante de tout leur cœur. Une fois de plus, les occupants furent trop absorbés par leurs propres problèmes pour s'inquiéter d'autre chose, encore moins d'un couple de bâtards stupides qui braillaient encore et encore…

… pendant qu'un vrai meurtrier se glissait par la porte arrière.

La silhouette se figea, écoutant les sons provenant des autres parties de la maison. Des voix. Deux assez proches, une plus éloignée. La plus éloignée était celle de Bryce. Pourquoi, par tous les dieux, était-il encore en train de parler ? Il aurait déjà dû agir. Prendre les problèmes à bras le corps. Se venger, comme il avait dit qu'il le ferait. Prendre possession de la situation. Ce n'était pas la première fois que l'intrus suspectait la personne qu'il avait choisie pour l'aider à mettre fin aux événements, de ne pas être entièrement impliquée dans sa tâche. La faiblesse de Bryce permettait de le contraindre facilement, mais cette même faiblesse le rendait peu fiable.

Bien sûr, la totalité du plan était une opération assez improvisée. C'était une pure chance d'être tombé sur l'article de Logan. Et de là, il avait été simple comme bonjour de deviner que Bryce mourrait d'envie de confronter son accusateur. Un rapide appel révélant le fait que Bryce était au courant, et moins de cinq minutes plus tard, son nouvel amant le jetait à cause de ça. Adrian Strange avait toujours été un petit salaud égoïste. La silhouette qui se tenait dans la cuisine de Milo n'était pas le moins du monde surprise qu'il se soit enfui aux premiers signes de problème en laissant son pauvre et jeune amant se débrouiller seul.

Plus loin dans la demeure, les voix continuaient à parler. Seigneur, qu'était-ce donc, une réunion autour d'un café ?

Il devenait de plus en plus certain que Bryce ne les tuerait pas. Même après que le voyageur se fut précipité dans l'appartement de Bryce et l'ait consolé de la perte de son amant, puis qu'il ait passé de longues heures à le convaincre du reste, des choses *importantes*, il était évident à présent que Bryce n'était pas assez motivé – ou n'avait pas assez de sang-froid – pour faire ce qui devait être fait. Peut-être serait-il suffisamment désespéré pour se faire exploser le cerveau – après tout, c'était son idée, pas celle du voyageur –, mais le suicide ne restait que la moitié de l'objectif. Le mener jusqu'aux meurtres avait toujours été problématique. Honnêtement, le voyageur s'y était attendu. Mais ça allait. À la fin, tout ce dont il aurait besoin de la part de ce pauvre imbécile de Bryce, ce serait ses empreintes, quelques traces d'indices et par-dessus tout, son mobile.

Ce qui manquait à Bryce de cran et de talent pour tuer, son nouvel ami y pourvoirait. Joyeusement. Tout ce que Bryce devait faire, c'était fournir un cadavre chaud et un compère opportun pour que les flics lui collent les meurtres sur le dos. Après tout, Logan Hunter était lui-même chroniqueur. Toutes les autres victimes étaient aussi des critiques littéraires. Le même schéma serait ainsi poursuivi. Quant à l'infortuné Milo Cook, eh bien, il deviendrait une victime collatérale. Cependant, son corps ensanglanté aiderait à réaliser les grandes conclusions à cette affaire.

Les journaux s'écriraient quasiment tous seuls.

Un auteur a rendu la pareille dans une affaire de critiques injustes, assassinant trois personnes puis, avec la crainte d'être démasqué comme plagiaire, s'est résolu à récidiver. Ne tuant pas seulement le chroniqueur dans l'opération, mais aussi l'amant gay du chroniqueur, élevant ainsi le nombre de cadavres à cinq.

La mystérieuse silhouette se tenait dans l'éclat reflété par la piscine dans une cuisine inconnue, les yeux fermés, imaginant la une du *San Diego Union-Tribune*, l'histoire qui serait ensuite reprise par tous les journaux à travers le pays.

Frappé par la culpabilité des meurtres commis, l'auteur, sachant sa carrière et sa liberté brisées, retourna l'arme contre lui, clôturant le dernier chapitre de son thriller personnel. Si seulement il avait pu écrire une histoire aussi excitante que celle qu'il avait vécu – et perdu –, il n'aurait peut-être pas eu besoin d'avoir recours au plagiat.

Le voyageur grimaça et avança d'un pas silencieux dans la maison, se rapprochant des voix dans le couloir.

BRYCE FIT glisser son téléphone portable dans sa poche tout en jetant un œil désolé à Logan et Milo.

— Visiblement, quelqu'un devient impatient, dit-il avec un sourire. Alors juste pour être sûr d'être du bon côté…

Avec un petit bruit amusé, il leva le pistolet et le braqua sur le cœur de Logan.

— Non ! hurla Milo.

Logan tendit le bras et repoussa doucement Milo loin de lui. S'il devait être abattu, il n'avait pas l'intention de laisser Milo tomber avec lui.

Il étudia le visage de Bryce, ses yeux. Il était déconnecté, songea-t-il. Le type était en train de perdre le contrôle sur la réalité, s'il l'avait jamais eu. Mais c'était l'appel téléphonique qui dérangeait le plus Logan. Et les mots qu'il avait entendus.

— Qui était au téléphone, Bryce ? Qui vous a appelé et vous a demandé de nous tuer ? Qui est cette personne ? Pourquoi veut-elle que nous mourions ? Dites-nous au moins ça !

Bryce sourit puis se mit à rire franchement.

— Quoi ? Tu n'aimes pas l'idée de mourir ? J'admets que c'est mener le jeu un peu loin, mais pourtant, tu ne trouves pas ça dramatique à souhait ?

199

Tu ne penses pas que ça irait bien dans le dernier chapitre d'un livre ? Tu ne crois pas que ça ferait un dénouement parfait à notre petit drame ?

Pendant que Bryce parlait, Milo se rapprocha une nouvelle fois de Logan. Il se tint là, ses épaules collées aux siennes, comme s'il voulait lui montrer qu'il ne se laisserait plus repousser. Alors Logan passa un bras autour de sa taille, acceptant sa présence, le tenant serré contre lui.

Il tenta de parler calmement et patiemment, comme s'il essayait de raisonner un enfant.

— Ceci n'est pas un livre, Bryce. Ce n'est pas de la fiction. C'est votre vie. Ce sont nos vies à tous. Qui vous a appelé ? Qui vous a entraîné là-dedans ? Il n'est pas trop tard pour reculer. Si quelqu'un vous a forcé à faire ces choses, vous avez d'autres options. Vous pouvez vous battre. Ou simplement lui tourner le dos.

Bryce lâcha un soupir d'ennui.

— Ce serait bien pour toi. Ça te permettrait de sauver ton cul, n'est-ce pas ? Mais pas le mien. Ma carrière est ruinée. Ma vie est finie.

— Non, l'interrompit Milo. Ta vie n'est pas finie. Ce n'est pas le chapitre final à moins que tu décides que ça le soit. Tu peux encore écrire toute une vie. Tu peux recommencer et faire les choses correctement cette fois. Trouver un autre exutoire pour ton talent. Mais seulement si tu arrêtes tout ça maintenant. Si tu appuies sur la gâchette et blesses l'un d'entre nous – ou toi-même –, tu seras vraiment perdu. Réfléchis, Bryce. S'il te plaît. Réfléchis juste une seconde à ce que tu es en train de faire.

Logan posa sa main sur le dos de Milo, agrippant une poignée de son peignoir au cas où il aurait besoin de le retenir en urgence ou de le pousser loin du danger. Ses yeux ne quittaient pas le visage de Bryce. Ni le pistolet dans sa main.

Logan se mit à parler plus fort, suivant le fil de ce que Milo venait de dire.

— Si vous nous dites qui vous force à faire ça, nous pouvons appeler la police. Faites ce que Milo vous dit, Bryce. Réfléchissez ! C'est votre seule chance de faire le bon choix. Ne laissez pas cette personne vous exploiter à cause des erreurs commises. Vous êtes aussi choqué que nous. Je sais que vous l'êtes. Vous êtes une bonne personne, Bryce. Ne prenez pas part à tout ceci.

— Je t'en prie, Bryce, supplia Milo. Réfléchis.

— Je suis en train de le faire, répliqua Bryce, et avec un léger cliquetis métallique, il relâcha la sécurité de la gâchette.

SE DÉPLAÇANT doucement, l'intrus baissa la tête en franchissant le seuil à gauche de la cuisine, pénétrant dans une chambre. Le lit était défait, les couvertures hâtivement rejetées en tas. À l'autre bout de la pièce se trouvait une nouvelle porte. Contournant le lit, la silhouette silencieuse s'en approcha, l'entrouvrant à peine pour jeter un œil dans le couloir. C'était un bureau. Deux tables, deux ordinateurs – pour l'instant éteints – plusieurs bibliothèques coincées ici et là, chacune débordant de livres.

Le couloir était à gauche et la porte qui y menait était ouverte. Depuis ce point d'observation, on voyait Logan et Milo qui se tenaient en peignoir juste au-delà et faisaient face au pauvre Bryce, le crétin qui possédait un pistolet qu'il était trop effrayé pour utiliser.

Le voyageur traversa la pièce, avançant en parallèle du couloir, se mouvant discrètement à travers les ombres puis vers l'avant, franchissant une autre porte pour finir par déboucher dans une vaste salle à manger qui courait sur tout l'avant de la maison. Vers la droite, des éclats de verre recouvraient le sol là où Bryce, tel un bulldozer, s'était frayé un chemin à l'intérieur en brisant une fenêtre. La silhouette émit un gloussement silencieux et exaspéré. Comment ? Bryce n'avait jamais entendu parler de sonnette ? Les rideaux autour de la fenêtre cassée tourbillonnaient dans la brise nocturne. L'air était frais et humide. L'aube se lèverait d'ici quelques heures.

La pièce était sombre ; la seule lumière provenait de l'éclat du couloir où Bryce se tenait dos à la salle à manger…

… et à la personne debout et invisible parmi les ombres situées derrière lui.

La fine silhouette se tenait immobile, écoutant les événements de la soirée progresser. En vérité, ça ne semblait pas si prometteur que ça. Bryce ne tirerait jamais sur ces gens. C'était évident. Comme toujours, une main ferme serait nécessaire.

L'intrus se rapprocha, aussi silencieux qu'un chat. Se faufilant toujours plus près, le voyageur sortit un pistolet de la poche de sa veste.

Cette arme, contrairement à celle placée dans la main de Bryce, ne semblait pas du tout embarrassante.

Cette arme, même au travers des gants en latex, était comme un vieil ami.

201

— Écoute-moi, supplia Milo. Baisse ce pistolet. Ne laisse pas cette personne t'entraîner dans quelque chose que tu n'as visiblement pas envie de faire. Si tu nous tues, tu seras le premier que la police suspectera. Tu es celui que Logan a exposé sur son blog, ce soir. Ils seraient fous de ne pas te suspecter.

— Ne t'inquiète pas, Milo. Je ne vais pas te tuer, lâcha Bryce d'une voix monocorde accompagnée d'un sourire vide. J'ai décidé de coller à mon plan initial. Après tout, il n'y a rien que la police puisse me faire, de toute façon. Que personne ne puisse me faire.

Son sourire demeura fixe et vide tandis qu'il levait le Saturday night spécial et plaçait l'extrémité du barillet sur sa propre tempe. Comme si le métal était frais et rafraîchissait sa peau, comme si son contact avait été longtemps attendu, Bryce inclina sa tête contre le pistolet et ferma les yeux de reconnaissance.

Milo et Logan haletèrent tous les deux.

À cet instant, de l'angle de l'arche qui menait à la pièce située près de lui, une voix gutturale s'éleva de la pénombre.

— Cesse de te montrer aussi larmoyant ! Fais-le, Bryce ! Seigneur ! Je n'ai plus besoin de toi. Plus personne n'a besoin de toi. Appuie sur la gâchette que je puisse finir le travail moi-même.

Surpris, le barillet de l'arme à feu toujours pressé contre sa tête, Bryce se tourna vers la voix.

Au moment où il pivotait, Logan chargea. Mais aussitôt, la seconde silhouette s'avança dans la lumière et leva son propre pistolet, dirigeant le barillet sur le cœur de Logan comme Bryce l'avait fait plus tôt.

Logan dérapa pour s'arrêter et Milo s'écrasa contre son dos. Il enroula ses bras autour de lui et ils se tinrent debout, consternés, en fixant le second intrus.

— Vous ! s'écria Milo incrédule.

Lois Knight battit des paupières d'une façon aguicheuse et lui adressa un clin d'œil guilleret.

— Bonsoir les garçons ! lança-t-elle d'un air faussement timide. Surpris ?

Ne laissant jamais son pistolet s'éloigner du cœur de Logan, elle grimaça à l'attention de Bryce qui resta figé comme un imbécile, l'arme toujours braquée sur sa propre tête.

— Appuie sur la gâchette, mon cher, ordonna-t-elle calmement. Si tu ne le fais pas, c'est moi qui le ferai pour toi.

Avant que Bryce n'ait pu faire un mouvement, Logan éleva la voix, tentant une fois de plus de pousser Milo loin de sa ligne de mire.

— Vous ne pensez pas vraiment que vous pouvez nous tuer, si ?

— Nous verrons, dit-elle. Ça ne devrait pas être si compliqué.

— C'est vous qui les avez assassinés ! s'exclama Milo, percevant soudain la vérité, comprenant subitement tout. Grace et les deux autres chroniqueurs ! C'est vous la meurtrière !

— Bon sang, tu as raison, marmonna Logan dans sa barbe.

Au même instant, Bryce fixa la femme, consterné.

Lois sourit, ignorant Logan et Bryce, adressant sa réponse à Milo.

— Je vous en prie, ne les appelez pas comme ça. C'est bien trop grand, ils ne le méritent pas. Mais j'ai bien peur de les avoir tués, c'est vrai. Il y a eu beaucoup de voyages, ne pensez pas que ça n'a pas été le cas. Vous devriez voir l'état de mon compte en banque. Cependant, à la fin, ça en valait vraiment la peine. Les trolls ont reculé. L'avez-vous remarqué ? Ils ont appris l'humilité, je pense. Ou peut-être ont-ils juste peur de se retrouver avec un pic à glace dans leur cerveau comme ce pauvre BooksOnWheels. N'ayez pas l'air si choqué. J'ai fait ce que j'avais à faire. Vous savez de quoi avaient l'air ces gens ! Dieu sait que j'ai assez vu mes livres détruits par des chroniques injustes. Mes royalties se sont effondrées ! Pourquoi devrais-je rester en arrière et laisser ces agitateurs détruire mon gagne-pain ?

— Vous auriez dû vous montrer suffisamment forte pour les ignorer ! hurla Milo.

— Mais je ne le suis pas ! s'exclama-t-elle en retour. Et pourquoi devrais-je l'être ? Ils n'ont eu que ce qu'ils méritent, et je suis heureuse d'avoir été celle qui l'a fait.

Milo n'arrivait pas à croire qu'il se tenait là, en train de se disputer avec une meurtrière. Il chercha des souvenirs dans sa tête.

— Durant la réunion, vous avez dit que vous étiez choquée par leur mort !

Lois rit.

— Non. J'étais choquée que le tueur soit considéré comme fou, comme si ça impliquait que seul un dingue avait pu être suffisamment fort pour accomplir ces meurtres. C'était insultant et sexiste.

Elle se tourna vers Bryce et ajouta avec un sourire affecté :

— Adrian Strange et toi n'êtes que deux trous du cul pompeux. Vous êtes perdus l'un pour l'autre. Je voulais juste que tu le saches.

Puis, voyant ce que Bryce faisait encore, elle éloigna impatiemment le pistolet de sa tempe.

— Oh, et pose ça si tu ne l'utilises pas !

Se tournant vers Milo et Logan, elle indiqua Bryce du pouce par-dessus son épaule.

— C'est à cause de gens comme lui que je travaille seule. Il ne sert à rien. C'est un lâche, en réalité. Et un plagiaire, en plus. J'ai moi-même été surprise par ce petit twist dans le scénario. Je ne l'ai pas vu venir.

— Ça ne s'est pas passé comme ça…, marmonna Bryce.

Mais Lois exprima sa désapprobation.

— J'ai bien peur que ça se soit exactement passé ainsi, et tu le sais parfaitement.

— Vous avez lu l'article, l'interrompit Logan.

Se tournant vers lui, elle se mit à rire.

— Pas plus de deux minutes après qu'il a été mis en ligne. Joli travail, en passant. Écrit succinctement. Excellente grammaire. Quand vous décidez de détruire une carrière, vous détruisez vraiment une carrière. Bien sûr, je savais que Bryce n'aurait pas d'autre choix que de se confronter à vous. Surtout si je l'encourageais. Après tout, il n'a rien d'autre à perdre. Honte sur vous, mes garçons. Mais ensuite, votre article sur Bryce m'a permis d'obtenir une opportunité parfaite pour m'esquiver de ce jeu macabre pendant que j'en avais encore la chance.

— Ce jeu macabre… ? murmura Bryce, plus confus que jamais.

— Vous êtes folle, affirma Logan en ignorant Bryce, comme les autres personnes présentes dans la pièce.

Lois sourit.

— Vous croyez ? Bien sûr, ruiner la carrière de Bryce n'est pas que de votre fait. Vous lui avez également donné une raison de se tuer et de disparaître avec un public pour l'évincer. Il pense que s'il se fait exploser le cerveau devant vous, voyez-vous, le gentil Milo et vous-même passerez le reste de votre vie à vous apitoyer sur vous-même et à souffrir de culpabilité pour l'avoir démasqué comme plagiaire. J'ai réussi à le convaincre. J'ai également tenté de le convaincre de vous tuer aussi, pendant qu'il était là, mais c'est tombé à l'eau apparemment. Il préfère que vous vous sentiez coupable à propos de son suicide. Ce qu'il ne réalise pas, c'est que la durée de votre vie ne va pas s'élever à grand-chose. Une histoire de minutes.

— Allez vous faire foutre, cracha Milo.

Son sourire s'agrandit. Visiblement, les insultes ébranlaient à peine son sang-froid.

— La vengeance est assez pathétique, je sais. Mais franchement, tout ce qui concerne Bryce le vaut. La véritable récompense, c'est que vous avez désigné un bouc émissaire et m'avez donné une chance de fermer la boutique et de me sauver moi-même. Ça ne lui a pas suffi de venir jusqu'ici avec un plan absurde, cet idiot a même apporté son propre pistolet à la fête. C'est tellement inespéré, ne pensez-vous pas ?

— N-Non, bafouilla Bryce. Mais de quoi parlez-vous ? Ce n'est pas supposé se passer comme ça. Ce n'est pas ce que vous m'avez dit.

Son regard passa de Milo à Logan, puis inversement, ignorant complètement Bryce comme s'il ne comptait pas.

— Au moins, je l'ai fait venir ici. En faisant ça, la bataille était à demi gagnée. Sinon, j'aurais dû le tuer quelque part s'il refusait de faire le boulot lui-même, puis trimballer son corps dans votre maison. Ce n'est pas une tâche aisée pour une dame. Bref, où en étais-je ? Ah oui. Les trolls. Je savais que mon travail était achevé, voyez-vous. J'ai prouvé mon point de vue. J'ai appris une leçon à ces trois salauds. Comme je l'ai dit auparavant, les perturbations sur Internet ont diminué considérablement. Les chroniques sont meilleures. Non pas que je n'ai jamais eu de problème avec des chroniqueurs professionnels tels que vous, Logan. Vous vous êtes toujours comporté comme un gentleman. Mais les autres ! Combien ils pouvaient être méchants ! Bref, quand j'ai vu votre article à propos de cet imbécile de Bryce, je savais qu'il viendrait ici. Pour une confrontation, au moins. Peut-être, à la fin, pour quelques minutes de gémissements et de flatterie. Quelle meilleure chance pour moi de conclure le dernier chapitre de ce mélodrame avant de me retirer ? Avec ce pauvre Bryce qu'on blâmerait pour tout. C'était trop bon pour passer à côté.

— Alors, au lieu d'essayer de le contredire pour qu'il ne se suicide pas, vous l'avez convaincu de le faire devant nous, dit Logan. Une fois qu'il sera passé à l'acte, vous arrangerez les choses pour qu'on pense qu'il nous a aussi abattus. Comme les trois autres victimes.

Lois lui offrit un sourire timide, comme si elle venait de recevoir un compliment.

— Brillant, n'est-ce pas ? En ce qui concerne Bryce, c'est la meilleure chose à faire pour lui, vraiment. Ça lui épargnera une vie entière d'humiliation après la révélation de son plagiat. Bien sûr, j'aurais aimé qu'il

205

vous tue aussi, mais à cet instant de la soirée, je pense que ça a peu de chance de réussir, pas vous ?

— C'est impossible ! bouillit Milo. Vous ne vous en sortirez pas comme ça ! Bryce, tu n'as pas à poursuivre sur ce chemin-là !

Le regard de Bryce glissa sur le visage de Milo avant de revenir rapidement vers la femme à ses côtés. La haine flamba dans ses yeux et sur son magnifique visage fatigué. Les muscles de sa mâchoire se mirent à jouer tandis qu'il l'observait, choqué par la manière dont elle parlait de lui, dont elle se moquait de lui et le traitait comme s'il n'était rien, comme s'il n'était même pas là. Et au-delà de tout, consterné par la façon dont elle l'avait manipulé.

En voyant la fureur de Bryce gonfler, une vague d'espoir traversa Milo. Lois était trop occupée à jubiler pour se rendre compte que sa colère augmentait. Elle fixait toujours Logan et Milo, ses yeux passant continuellement de l'un à l'autre tandis que son sourire prétentieux demeurait collé à ses traits.

— Je vais m'en sortir, assura-t-elle. Une petite réorganisation des preuves. Quelques empreintes digitales ici et là, des résidus de poudre à canon transféré de l'arme du crime à la main de Bryce après un dernier tir accidentel. C'est tout ce qu'il faudra. J'ai écrit des enquêtes, ajouta-t-elle avec sagesse. Je ne suis pas une novice. Je sais ce que j'ai à faire.

Milo se mit à pleurer, ses mots devenant suppliants.

— Bryce, ne la laisse pas te coller ça sur le dos !

En entendant ces paroles, Lois se mit à rire. Avec une élégance froide, elle fit pivoter le pistolet et l'appuya fermement sur la tête de Bryce.

— Oh, il va le faire. Il n'aura pas le choix. Il sera mort. Et comme les pirates dans toutes les histoires de cape et d'épée avaient l'habitude de le dire, les morts ne parlent pas. Comme je l'ai dit, notre gentil petit Bryce a décidé de se tuer, de toute façon. Par tous les dieux, pourquoi je n'en profiterais pas ?

Les yeux de Bryce s'écarquillèrent. Le dégoût qu'on pouvait y lire était surprenant, mais Lois ne le remarqua toujours pas. Ou s'en ficha. Étrangement, Bryce laissa son propre pistolet pendiller inutilement au bout de sa main, comme oublié.

— Tire sur elle ! cria Milo. Fais-le avant qu'elle ne t'abatte !

Mais Bryce en fut incapable. Il se tint là, le regard soudain rempli d'une clarté terrible, étourdi en réalisant qu'il avait été manipulé comme un idiot depuis le début. La vérité était largement peinte sur son visage torturé.

Tenant toujours l'arme contre sa tempe, Lois étudia son expression comme si elle n'avait jamais vu de créature plus pathétique jusqu'à maintenant.

— Vous voyez ? dit-elle en regardant Bryce, mais en s'adressant à Milo et Logan. Vous voyez à quel point c'est facile ? Les gens voient la mort approcher, ils se contentent de se couper de tout. C'est rare qu'ils se battent contre ça. Surtout les lâches.

S'exprimant d'un ton froid et moqueur, comme si elle n'avait pas la moindre raison au monde de voir sa requête refusée, elle dit :

— Tu vas faire ce que je te dis, mon cher, n'est-ce pas ? Lève ton arme, Bryce. Lève ton arme, presse-la sur ta tempe et appuie sur la gâchette. Si tu ne le fais pas, je le ferai pour toi. Je peux imiter la blessure d'une victime par suicide si je dois le faire, mais je viens de réaliser que ça importera davantage d'avoir les résidus de poudre à canon sur tes mains. Ensuite, j'utiliserai le même pistolet pour m'occuper des deux autres. Ou alors je peux t'abattre avec eux en utilisant mon propre pistolet et le laisser dans ta main en partant. Ça représentera un peu plus de travail, mais ça ne me gêne pas. Vraiment. Le choix dépend de toi, mon cher. Prends une décision. Je suis fatiguée d'attendre.

— Bryce ! hurla Milo. Bon sang, ne te laisse pas faire ! Tire sur elle !

Le regard de Bryce ne quitta pas un seul instant le visage de Lois.

À la surprise de Milo, des larmes se mirent à jaillir de ses yeux. Comme s'il était hypnotisé par ses paroles, il commença à lever le pistolet.

— Bryce, je t'ai aimé il y a longtemps, supplia Milo. Ne fais pas ça. Ne te fais pas de mal. Je ne veux pas te voir mourir.

Lois ricana.

— Malheureusement, Bryce n'éprouve pas la même vénération pour vous. Ni pour lui-même. N'est-ce pas, Bryce ? Tu serais mieux mort, tu sais. Ta carrière est ruinée. Tu seras une source de moquerie pour le restant de ton existence. Tu ne publieras jamais un seul mot. Non pas que tu l'aies jamais fait. Enfin, ce n'était pas les tiens, en tout cas.

— Elle se moque de toi ! beugla Logan. Putain, mais tire sur elle !

Mais Bryce se contenta de rester là, levant lentement l'arme, tournant le barillet vers lui, se préparant à le nicher contre sa tête, exactement comme elle le lui avait ordonné.

— Je dois faire quelque chose, siffla Logan dans l'oreille de Milo, mais avant qu'il puisse se jeter en avant, Lois le menaça aussitôt, relevant son arme en direction de la gorge de Milo, cette fois.

— Si vous bougez d'un millimètre, il n'y aura plus jamais de gorge profonde avec votre précieux Milo parce qu'il n'aura plus de gorge du tout ! Bien sûr, les jours de gorge profonde sont définitivement terminés, de toute façon. Je veux dire… vous êtes sur le point de mourir tous les deux…

Milo et Logan se figèrent. Au même moment, Bryce cligna des yeux pour chasser ses larmes et redressa les épaules. Il baissa les yeux sur le pistolet dans sa main, puis sur la femme à ses côtés.

— Il est temps que je fasse quelque chose de bien, dit-il doucement, et dès que les mots s'échappèrent de ses lèvres, il leva son arme complètement.

La faisant rapidement pivoter, il tira sur la gâchette.

Avant que la moindre surprise puisse se lire sur les traits de Lois, un trou rouge, parfaitement rond, apparut sur son front. Au même moment, une rosette de sang et de matières cérébrales, bien moins nette que la blessure sur son front, explosa à l'arrière de son crâne. Le souffle du tir résonna dans la pièce. L'odeur du soufre remplit l'air et une fine volute de fumée flotta au-dessus du barillet du Saturday night spécial de Bryce, exactement comme dans les films.

Comme si le Grand Marionnettiste avait coupé les ficelles, Lois Knight s'effondra en tas, aux pieds de Bryce.

Toujours choqués, Logan et Milo avancèrent d'un pas. Juste un. Ils ne s'étaient pas plus tôt approchés que Bryce pivota gracieusement vers eux. Une fois encore, son arme se dirigea vers le cœur de Logan.

— Non, haleta Milo.

Il s'agrippa à la main de Logan, suppliant, refusant de le laisser partir.

— Non, Bryce. Je t'en supplie. Ne me le prends pas.

Mais Bryce se contenta de sourire tandis qu'une larme glissait sur sa joue. Elle s'accrocha à son menton, attrapant la lumière comme une minuscule étoile.

Lorsqu'il ouvrit la bouche, sa voix était forte et claire. C'était presque comme si rien ne s'était passé. Il essuya la larme sur son menton avec le dos de sa main ensanglantée et son visage s'adoucit.

— Je t'ai aimé aussi, Milo. Tu m'as rendu heureux à une époque, et peu de gens ont fait ça.

Il s'interrompit durant un moment pendant qu'un éclat de tristesse touchait ses yeux, juste un éclat.

— Ce qui va se produire n'est pas ta faute. C'est la mienne. Ne te reproche rien. Je suis heureux que ça arrive. Je sais que je le suis.

Avec un dernier et franc sourire éclairant son visage, il dit en plaisantant :

— Je suis désolé d'avoir ruiné ton tapis, mais je ne l'ai jamais vraiment aimé de toute façon.

Comme ses yeux se plissaient sur un léger éclat d'autodérision, il fit ce que Lois Knight lui avait ordonné de faire. Sans jamais quitter Milo du regard, il leva le pistolet jusqu'à sa tête, pressa le barillet contre sa tempe et tira une nouvelle fois.

Le silence qui suivit fut assourdissant.

XVI

Qu'ils sortent tous… et les acteurs quittent la scène.

LOGAN ET Milo se baladaient le long de la promenade de Seaport Village, contemplant la baie de San Diego pendant que le crépuscule assombrissait la mer qui passa de bleue à noire. Les feux de navigation des bateaux clignotaient ici et là alors que la pénombre s'épaississait. Plus haut, là où il restait perpétuellement amarré à la jetée de la Navy, les lumières du porte-avion massif, l'*USS Midway*, devenu à présent un musée, s'allumaient aux pieds de Broadway. Les odeurs de la marée basse étaient lourdes dans l'air, rappelant vaguement les contes maritimes et les grands navires. Comme pour se moquer de leur imagination, des oiseaux de mer émirent des commentaires tapageurs loin au-dessus de leurs têtes.

— C'est tellement beau ici, murmura Logan en resserrant ses doigts autour de la main de Milo.

Emerson et Spanky marchaient en tête. Emerson, jamais calme – même lorsqu'il dormait – jouait à zigzaguer entre les pattes de Spanky et se baissait sous son ventre, emmêlant volontairement leurs laisses, ce qu'il semblait trouver particulièrement amusant. Pour la énième fois, Logan et Milo s'arrêtèrent pour les démêler. Ils n'avaient pas plus tôt fini qu'Emerson les enchevêtrait de nouveau.

Comme ils terminaient leur balade, une fois encore main dans la main, leurs épaules se touchant, la voix de Milo se mêla doucement aux cris des mouettes et à la chanson a capella d'une cloche de balise carillonnant joyeusement au loin.

— Nous nous sommes baladés ici lors de notre premier rendez-vous. Tu t'en souviens ?

Les yeux de Logan s'adoucirent.

— Oui, je m'en souviens. Je pense que j'étais tombé amoureux de toi avant même que cette première soirée soit achevée.

Milo se moqua de lui.

— Non, c'est faux.

Logan se contenta de se sourire à lui-même, un peu hautain, refusant de se disputer avec lui. Il savait ce qu'il savait. Si Milo refusait de le croire, ça ne lui faisait ni chaud ni froid.

Ils s'arrêtèrent et se penchèrent contre la barrière, contemplant la mer. Milo attrapa deux biscuits pour chien dans sa poche et les fit tomber à ses pieds. Emerson et Spanky s'en saisirent avant qu'ils touchent le sol.

— Je n'arrête pas de penser à Bryce, avoua Milo.

Logan acquiesça doucement.

— Je sais.

Milo lui glissa un regard en coin.

— C'est si évident ?

Logan souleva sa main et la pressa contre ses lèvres.

— Tu ne serais pas humain si ce n'était pas le cas. C'est un événement très triste. Lois Knight a détruit des tas de vies. Je ne pense pas qu'elle soit en train de profiter d'une bonne tasse de thé au paradis, ce soir.

— Non, approuva Milo. Je ne le pense pas non plus.

Après un moment, il ajouta :

— Bryce avait raison à propos du vieux tapis. Il est moche. Je ne l'ai jamais aimé non plus.

Logan lâcha un rire fatigué tout en posant une main apaisante sur le bras de son amant.

— Eh bien, comme il n'est plus là, tu n'as plus besoin de le détester.

Ils venaient de passer six jours coincés dans un motel avec les deux chiens. En premier lieu, la police les avait jetés hors de leur maison pendant trois jours pendant que la scène de crime était étudiée. Quand les flics étaient partis, il avait fallu trois jours de plus pour que le tapis, irrémédiablement imprégné de sang, soit retiré, les planchers revernis et les meubles remis en place. Ils avaient parlé de se contenter d'arranger les taches de sang du couloir, mais Milo avait relevé le fait que chaque fois qu'il regarderait par là, une armée de souvenirs non désirés referait surface. C'était la dernière chose que Logan voulait pour lui. Maintenant que le travail était terminé, ils préféraient les nouveaux planchers.

— Ce n'était pas une mauvaise personne, tu sais. Je pense que Bryce avait un défaut majeur : sa faiblesse. Je pense aussi que, s'il avait vécu, s'il s'était accroché à son rêve d'être écrivain, il aurait pu avoir du succès, même avec le fardeau du plagiat entachant son passé. Il aurait pu le surmonter en travaillant dur. Il aurait pu un jour voir son rêve devenir réalité. Si seulement il n'avait pas... fait ce qu'il a fait.

Comme ils achevaient leur balade, Logan se rapprocha de lui et drapa un bras réconfortant sur ses épaules.

— Il ne voulait pas que tu te sentes mal à cause de ce qui lui est arrivé à la fin. C'est ce qu'il a dit, Milo. Et je pense que tu as raison. C'est sa faiblesse qui l'a tué. Il n'était pas assez fort pour faire face à ce qui lui arrivait. La disgrâce et la honte apportées par le plagiat étaient trop lourdes à supporter. Je suppose qu'il s'imaginait agir de la seule manière possible. Au moins, il a choisi de ne pas te faire de mal. Pour ça, je lui serai toujours reconnaissant.

Le regard de Milo se tourna vers lui. Il s'arrêta pour se blottir dans ses bras pendant que les chiens tournaient en rond autour de leurs pieds.

Logan l'embrassa sur les cheveux et respira le délicieux parfum de son shampoing. Il referma ses doigts autour de sa nuque, le tenant doucement contre lui pendant que des touristes passaient près d'eux, évitant volontairement leur regard.

— Merci d'avoir dit ça, murmura Milo, le visage enfoncé dans la chemise de Logan. Il ne t'a pas fait de mal à toi non plus.

Il leva les yeux sur lui.

— Je remercie aussi le Ciel pour ça chaque jour.

Logan posa ses doigts sur la joue de Milo.

— Alors, ça signifie qu'il a fait deux belles choses à la fin. C'est probablement plus que ce que nous avons accompli.

— Oui, répondit tristement Milo. Je suppose.

Il se dégagea des bras de Logan et fixa les chiens. Les laisses étaient de nouveau emmêlées.

— Tu vas devoir porter Emerson jusqu'à la maison. C'est trop loin pour ses petites pattes.

Logan sourit au yorkshire qui l'observait en retour comme s'il comprenait ce qu'ils étaient en train de dire. Personne n'aimait autant une bonne balade gratuite qu'Emerson.

— Pas de problème, déclara Logan. Ce n'est pas comme s'il était un poids. Il pèse autant qu'un Big Mac.

— Oh ! Oh ! dit Milo en chassant les dernières larmes de ses yeux. Excellente idée. Arrêtons-nous pour un sandwich sur le chemin du retour.

— On va devoir manger dans la rue. Les restaurants n'accepteront pas les chiens à l'intérieur.

— Je m'en fiche si tu t'en fiches.

Une fois fixés, ils reprirent leur chemin. Ils suivirent la baie durant un moment puis rapidement, repartirent vers l'intérieur des terres, se dirigeant vers la colline qui finirait par les mener à la maison. Il y avait un Jax in the Box [14] le long de la route. Ils s'arrêteraient et prendraient deux sandwiches en passant.

Milo lança un dernier regard vers la mer. Logan songea qu'il avait l'air triste.

— Logan ?

— Oui ?

— Tu crois que les perturbateurs reviendront en force maintenant qu'ils savent qu'ils sont de nouveau en sécurité ?

— Oui, j'imagine. Mais il y a toujours beaucoup de chroniqueurs honnêtes et attentionnés. Les gens connaissent la différence, je pense. En dépit de ce que Lois Knight a fait, je crois que les lecteurs savent quand une chronique est rédigée avec le cœur, et pas avec la jalousie ou la haine ou peu importe l'émotion dans laquelle puisent les agitateurs. Les gens ne cesseront jamais d'aimer leurs livres favoris et n'abandonneront pas leurs écrivains préférés à cause d'une ou deux mauvaises critiques. Ils ne l'ont jamais fait. Et les auteurs ont réellement besoin de devenir un peu plus durs s'ils veulent survivre. Il n'y a pas d'autre manière de vivre la vie qu'ils se sont choisie.

De nouveau, la main de Logan trouva celle de Milo. Il la serra comme si elle représentait une direction sûre pour chaque once de bonheur qu'il trouverait dans sa vie. C'était le cas.

— Je t'aime, Milo Cook. J'espère que tu le sais, chuchota Logan juste au moment où les réverbères s'allumèrent au-dessus de leur tête.

Milo s'appuya contre son épaule tandis que leurs doigts s'entremêlaient plus fort, cette fois.

— Oui, répondit-il, le regard doux. Il se trouve que je le sais déjà.

Logan se pencha pour attraper Emerson sur le trottoir. Le coinçant sous son menton, il sourit et attira Milo encore plus près.

Ensemble, ils diminuèrent et rapetissèrent tandis qu'ils s'éloignaient au loin. Dans leur sillage, les mouettes piquèrent et rirent et, à travers la baie, les derniers soubresauts du crépuscule disparurent face à la nuit.

Bras dessus, bras dessous, marchant lentement par respect pour l'âge de Spanky, Logan et Milo discutèrent doucement de choses futiles pendant

14 *Enseigne de hamburgers.*

213

que, par chance et de façon surprenante, les souvenirs de leur horrible aventure commençaient à s'estomper dans leur esprit.

Pendant que les ténèbres se rassemblaient autour d'eux et que les lumières de la ville clignotaient sur leur chemin, les rires et le doux murmure des mots tendres les suivirent jusqu'au sommet de la colline.

JOHN INMAN est un finaliste lambda de certaines récompenses littéraires et l'auteur de trente romans, allant d'outrageuses comédies aux récits de fantômes et de monstres en passant par des romances terrifiantes. Il écrit des livres depuis qu'il est assez vieux pour tenir un stylo. Son partenaire et lui vivent à San Diego, en Californie. Ensemble, ils partagent leur passion pour le théâtre, les livres, la randonnée et le vélo le long des sentiers et des canyons de San Diego. Ou si l'envie les en prend, ils aiment se détendre devant une bière et un bon film.

Le conseil de John pour tous ceux qui veulent devenir écrivains ?

Prenez du temps pour écrire chaque jour et faites-le vraiment. N'ayez pas peur de partager ce que vous avez écrit. Les retours sont importants. Quand un refus survient, déchirez-le et recommencez. Continuez de soumettre des choses. Continuez à écrire et à réécrire, et puis recommencez encore une fois. Chaque minute de cette lutte le vaut, alors n'abandonnez jamais. Souvenez-vous que pour les éditeurs, c'est souvent comme en amour : parfois, il faut chercher longtemps avant de trouver le bon. »

Email: john492@att.net
Facebook: www.facebook.com/john.inman.79
Website: www.johninmanauthor.com

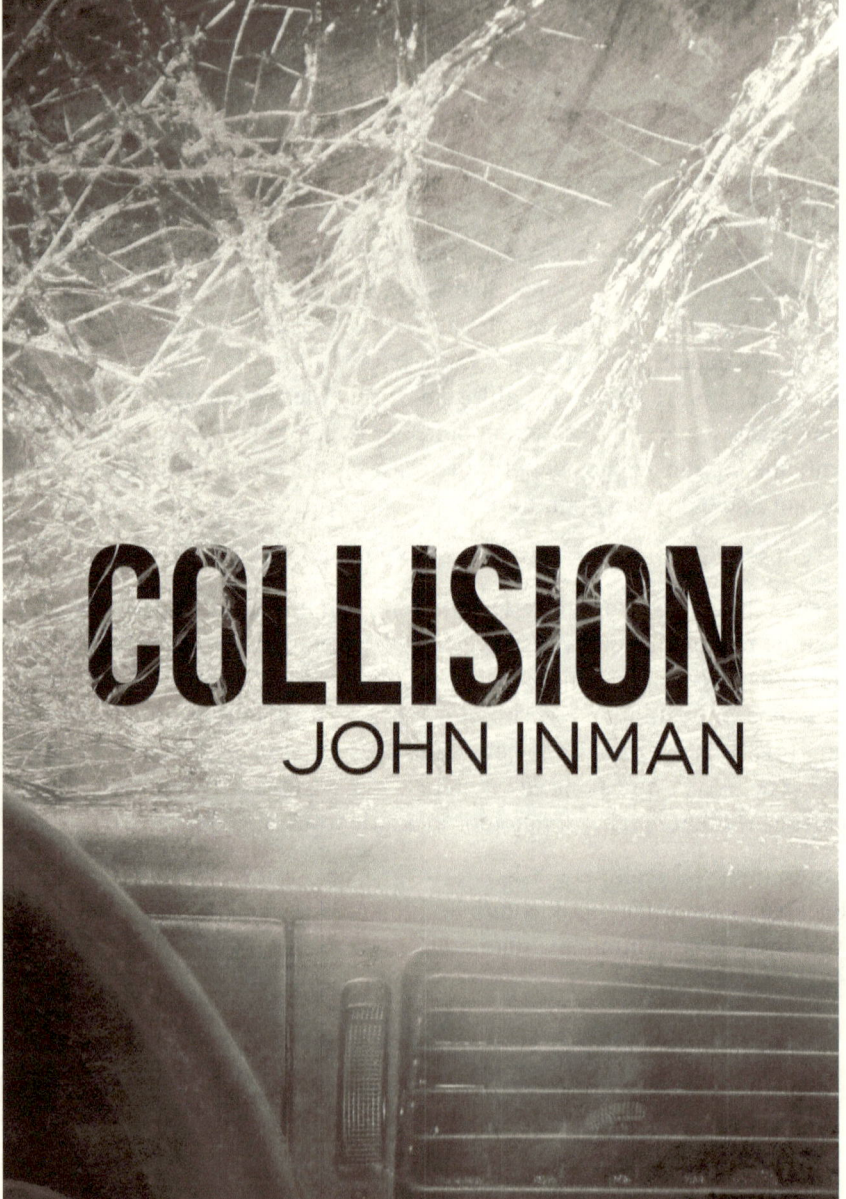

COLLISION
JOHN INMAN

À vingt-six ans, les jours de Gordon sont comptés. Du moins, il espère qu'ils le sont. Lassé de la culpabilité et des regrets qui découlent d'un horrible accident de voiture, deux ans auparavant, dans lequel un homme a perdu la vie, il se réveille chaque matin avec des pensées suicidaires. Alors que la loi l'oblige à travailler pour expier ses péchés, sa rédemption personnelle est beaucoup plus difficile à trouver.

Puis Minus – un simple sans-abri qui a sa propre croix à porter – sauve Gordon d'un terrible destin. Une nuit, non seulement Gordon trouve une lumière à suivre, et peut-être même un but à sa vie, mais aussi la possibilité que l'amour l'attende au bout du tunnel.

Il n'aurait jamais imaginé qu'il découvrirait un moyen de se pardonner et, qu'en le faisant, il ouvrirait suffisamment son cœur pour gagner l'acceptation et l'amour de la personne qu'il a le plus blessée.

www.dreamspinner-fr.com

LA MONTAGNE DE
Jasper

JOHN INMAN

Lorsqu'un petit voleur nommé Timmy Harwell « emprunte » imprudemment une Cadillac pour effectuer une virée en voiture, il ne s'attend pas à trouver 100 000 $ dans le coffre. Sa joie se transforme en terreur lorsqu'il se rend compte que le SUV et l'argent appartiennent à Manuel Garcia, alias El Poco, un trafiquant de drogue basé à Tijuana qui a mauvaise réputation. Timmy ne voit qu'un seul moyen de s'en sortir : abandonner la voiture volée derrière lui et courir aussi vite qu'il le peut.

Sa fuite est écourtée lorsqu'une tempête s'abat sur lui alors qu'il se trouve près d'un chalet de montagne, isolé, appartenant à Jasper Stone. Jasper trouve Timmy dans sa cabane, inconscient et brûlant de fièvre, et décide de prendre soin du jeune homme jusqu'à ce qu'il aille mieux. Les deux hommes se rapprochent, mais Jasper, un écrivain qui se plaît dans sa vie en solitaire, est tout ce que Timmy n'est pas : franc, honnête et gentil.

Timmy a besoin de l'aide de Jasper et veut gagner son respect, aussi lui cache t il ses habitudes malhonnêtes. Mais lorsqu'El Poco vient réclamer son dû, Timmy réalise qu'il n'est pas le seul à être en danger. Ses actes mettent aussi la vie de Jasper en péril. Dire la vérité maintenant pourrait lui faire perdre l'homme qu'il aime, mais ne pas la révéler pourrait mener à une issue bien plus tragique.

www.dreamspinner-fr.com

Lorsqu'un crime épouvantable détruit la vie de Tyler Powell, son désir de vengeance prend le dessus. Chaque jour, à chaque instant, alors qu'il tente de reconstruire sa vie brisée, il n'a plus que cela en tête… la vengeance.

Cèdera-t-il à la colère pour devenir cette chose qu'il déteste par-dessus tout : un tueur ?

Il n'y a qu'avec l'aide de Christian Martin, inspecteur à la brigade criminelle chargé de son affaire, que Tyler voit une nouvelle vie possible se profiler devant lui, avec la révélation inattendue d'un nouvel amour qui lui tend les bras. Un amour qu'il pensait ne jamais plus connaître.

Le laissera-t-il entrer dans sa vie, ou est-ce déjà trop tard ? Sa vengeance a-t-elle plus d'importance pour lui que son propre bonheur ? Et celui de l'homme qui l'aime ? Tyler est bien déterminé à trouver un moyen d'assouvir sa vengeance sans pour autant sacrifier tout espoir d'un avenir avec Christian, mais cela s'avèrera difficile – si ce n'est impossible – et au final, il risque d'être confronté à un choix cornélien.

www.dreamspinner-fr.com

Par John Inman

Collision
La montagne de Jasper
Les mots
Vengeance

Publié par Dreamspinner Press
www.dreamspinner-fr.com

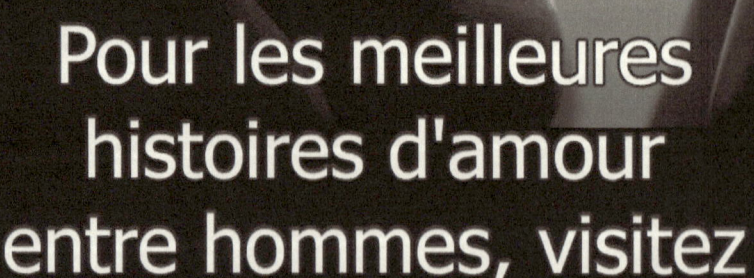

www.ingramcontent.com/pod-product-compliance
Lightning Source LLC
Chambersburg PA
CBHW022138240626
47153CB00007B/2407